终此一生，我只爱你

满城烟火 著

新世界出版社
NEW WORLD PRESS

图书在版编目（CIP）数据

终此一生，我只爱你 / 满城烟火著 . -- 北京 : 新世界出版社 , 2019.8
ISBN 978-7-5104-6815-5

Ⅰ . ①终… Ⅱ . ①满… Ⅲ . ①言情小说－中国－当代 Ⅳ . ① I247.5

中国版本图书馆 CIP 数据核字 (2019) 第 143922 号

终此一生，我只爱你

作　　者：满城烟火
责任编辑：丁　鼎
责任校对：宣　慧
责任印制：王宝根
出版发行：新世界出版社
社　　址：北京西城区百万庄大街 24 号(100037)
发 行 部：(010) 6899 5968 （ 010) 6899 8705 (传真)
总 编 室：(010) 6899 5424 （ 010) 6832 6679 (传真)
http://www.nwp.cn
http://www.nwp.com.cn
版 权 部：+8610 6899 6306
版权部电子信箱：nwpcd@sina.com
印　　刷：天津中印联印务有限公司
经　　销：新华书店
开　　本：880mm × 1230mm　1/32
字　　数：230 千字　　印　　张：9.5
版　　次：2019 年 8 月第 1 版　2019 年 8 月第 1 次印刷
书　　号：ISBN 978-7-5104-6815-5
定　　价：38.00 元

目录

最熟悉的陌生人

启航创业投资公司是整个风投界年轻的神话，人们对这家公司的创始人刘义洲的传奇史一直津津乐道。启航最困难的时候，只有刘义洲和楚歌两个人。他们是在那个时候领了结婚证的。

楚歌对神情颓败的刘义洲说："不管将来如何，我都陪你。"

刘义洲的双眼盈满了泪水，坚定地说："楚歌，我刘义洲一定会闯过这一关，永远都不会再让你跟着我吃苦。"

那时候有很多人劝他们放弃启航，更有闺中密友骂楚歌傻，在刘义洲事业低谷时，跟着跳进火坑。不管外界有多少质疑，他们还是守住了事业，才有了今天城市中心十八层高级写字楼里环境清幽的办公室。

这个本就不寻常的上午，在员工们的震惊和窃窃私语中，启航的创始人刘义洲涉嫌违规交易，被警察带走了。

他被带走时，高大的身体有些佝偻，三十岁出头的他不知从什么时候起，已经失去了创业时的意气风发。相比人们的震惊，他的表情始终很平静，和每次面对大事时一样地临危不乱，以至于那些震惊中的员工都相信他还会回来。

楚歌推开办公室的门，她的手里端着水杯。一直没有迟疑的刘义洲忽然停住脚步，神情专注地凝视着她。刚刚还在窃窃私语的员工一时间都闭上嘴，屏住了呼吸。他们的视线在两个人之间小心翼翼地滑动，在心里不知道骂了楚歌多少句。他们都觉得楚歌狠毒，为了争夺公司的控制权，亲手把自己的丈夫送进监狱。他们没有兴趣辨别事实的真相到底是什么，只对花边新闻中的是是非非感兴趣。

楚歌没有说话，平静地与刘义洲对视了几秒，随后向茶水间走去。她与他擦身而过时，甚至看都没有看他一眼。

刘义洲的唇角微微抽动，笑得有些苦涩。他继续抬步，微微垂着视线，想要掩盖眼中的落寞。还不等他身后的警察跟上，他的视线便开始变得模糊了，当视线里的地面开始晃动时，他高大的身体已经倒了下去，重重地砸在地面上，一张照片随着他倒地时从他的上衣口袋中滑出。

楚歌的脚步顿住，手一颤，手中的水杯掉在地上，陶瓷碎片四溅。她忘记了淡定，慌乱地转头看去，他就躺在不远处的地上，脸色苍白，没有一点血色。她的脚步僵在原地，视线定格在照片上。照片上的他们笑得天真灿烂，距离这一刻形同陌路的他们，已经过去了十年。十年如白驹过隙，她还清晰地记得拍下这张照片时的情景，还没有忘记他们曾经站在城市的最高点，大喊着要携手征服金融市场。可是，十年间，到底是金融市场征服了他们，还是他们征服了金融市场？他们从一个极致走向了另一个极致，又是谁背弃了初心，是谁抛下了谁？

楚歌的耳边嗡鸣，已经听不到那些慌乱呼喊刘义洲的声音。透过人群的缝隙，她看到他试图努力睁开眼睛看向她，那眼神像是在祈求她的原谅……

人们总以为在犯错后，可以祈求原谅。所以才会在犯错时，肆无忌惮。

如果早知道这一错是诀别，是否还会一路一意孤行地错下去？

上一次引起启航全公司哗然是什么时候呢？

是几个月前，许久没进公司的老板娘楚歌重返公司，掀起了一场对公司控制权的大战？

还是再早一点，公司投资项目的负责人上了顶楼，以死相逼？

再或者，一些人的到来和离开，都让启航在狂风大浪中风雨飘摇。

海恩法则说，每一次重大事故的发生，都是许多小事故和摩擦积累在一起的结果。所以，很多事情当你回望时，你会发现如果有那么一刻你没有视若无睹，或是在执念中走不出，或许就不会发生谁都无力挽回的结局。

楚歌一直把“海恩法则”当座右铭，却不是因为上面说的那句解释，而是因为海恩法则强调的第二点：再好的技术，再完美的规章，在实际操作层面，也无法取代人自身的素质和责任心。这也是她和刘义洲的初心，不管金融市场有多大的诱惑，都坚持自身，保有初心。

已经过了盛夏时节，天气渐渐降温。这个时候的北方城市，正是舒服的时候。

装修得富丽堂皇中又透着些雅致的商场里，服务员把一双金光闪闪的高跟鞋穿在一双白皙纤细的脚上。

“小姐，您穿这双鞋太好看了。”服务员忍不住真心地夸赞，抬头看向这双脚的主人。

楚歌眨了眨大眼睛，看了看脚上的鞋，价格不菲，也确实好看。

“这位小姐可是你们商场投资人之一刘先生的太太。人家夫妻俩可是模范哟。”正在一旁挑选鞋子，有些发福的阔太太忽然接话道。

阔太太化着精致的妆，穿戴的都是奢侈品。楚歌与之比起来，清新淡雅，没有化妆的脸蛋白皙细腻，眉眼清秀。

服务员又惊又喜，连忙说：“这鞋特别衬刘太太的好气质。”

楚歌无奈地叹息了一声，自己才回家备孕一年多，就从楚总变成了刘太太。

“算了，我还是不要了。我最近不方便穿高跟鞋。”

阔太太立刻闻到了八卦的味道，凑过来问：“有了？”

楚歌甜蜜地笑着点了点头，俯身穿好自己的鞋。

阔太太真心为楚歌高兴，连忙说：“这可是大喜事，为表庆祝，我给咱们基金会增资 100 万元，多帮助点有需要的人，为这个孩子积福。”

楚歌感激地笑了，她回家备孕后，并没有真的停下来什么都不做，而是与一众太太团建立了一支基金。多是一些富家太太的私房钱，交给楚歌打理，盈利的部分用于做公益项目“寻找匠人精神和中国制造”。这些钱主要用于对他们生活的资助，如果遇上可发展的项目，楚歌会通过启航再帮他们融资。楚歌做这事不只是帮助了有需要的人，还间接帮启航发掘了潜力股。

楚歌从座椅上起身，手机忽然响了一下。她随手拿起看了一眼，脸上还未退去的笑容瞬间僵住。

阔太太探头看过来，问：“怎么了？”

楚歌下意识按灭手机的屏幕，勉强恢复自然，说：“没事。我家里来了客人，我得回去一趟。”

楚歌强作自然地离开商场，直到坐进自己的车里，表情才垮了下来。她拿出手机，调出短信。刚刚那行让她变了脸色的字，再次映入她的眼中：“你丈夫和他的秘书在你家的别墅里。”

楚歌面如死灰，颤抖着手选出刘义洲的电话号码，想要拨过去，犹豫了一下，还是没有按下绿键，而是发动了车子。

在她的车子驶离后，另一辆车也跟了上去。

这一天，楚歌看到丈夫刘义洲和秘书谷倩玲衣衫不整地待在她家的别墅里。一天后，在小她八岁的男人于继晨的陪伴下，楚歌流掉了她和刘义洲的孩子。这样绝望的日子里，她曾以为她所看到的一切肮脏都是真相。可是，后来她才知道，双眼有的时候会欺骗我们。

距离那条告密短信已经过去了两个月。因为寒流来袭，十年间最早的一场雪，在今年的十月就洋洋洒洒地飘落下来。

一辆出租车离开缓慢爬行的车流，在繁华商圈的大厦前停了下来。

楚歌从出租车上走下来，雪花一片一片落在她的肩头。她今天穿了一件灰色的羊绒大衣，领口有些大，冷风顺着领口灌进去，她冷得拉了拉脖子上的围巾，快步向大厦的门走去，与一辆快递三轮车擦身而过。急于翻找快递的小哥手上一不留神，快递散落一地。

小哥怕弄湿快递，一边急着捡起，一边用衣袖擦着快递上的雪花。

楚歌停下脚步，反身走了回来，快速帮小哥捡起快递，擦好放回车上。在捡起最后一份文件时，楚歌手上的动作僵住了。

小哥伸手想要接过文件，却见楚歌一动不动，呆愣在大雪中。

是法院寄来的传票，寄给楚歌的。

刘义洲在与她协商离婚未能如愿后的一个月，正式发起了诉讼。这个她曾以为可以携手一生的男人，毫不留情地急于摆脱他们的婚姻，就是为了眼前这座大厦里位于十八层的公司启航创投的控制权。恋爱七年，结婚五年，十二年的相互陪伴都没能敌过利益的驱使。在这场离婚大战爆发前，楚歌从来没想过这样的戏码会在他们之间上演……

启航创投的走廊里，楚歌的助理陆娇娇怀里抱着文件，走在最前边，她的身后跟着团队的其他成员。

会议室门口，一行人停下脚步，陆娇娇推开会议室的门，脚步忽然收住，看着围坐在会议室桌旁的人愣住了。

会议室为首的男人皱眉看向陆娇娇，带着点斥责地问："怎么不敲门？"

说话的男人是启航的总经理——乔远。

"乔总，我们组预约了会议室。"陆娇娇客气地提醒。

"会议室你们再预约吧。你们那点太太团的闲钱反正也不急于一时半会儿。"乔远不客气地回了一句，收回视线，想继续未完的会议，却见陆娇娇没有走的意思，便给自己的下属使了个眼色。

那人接到上司的授意，站起身走到门口，直接就去关门。

陆娇娇等人站在门口已经尴尬万分，会议室里又传来了嘲笑声，不知谁嘲弄道："有时间开会，不如去陪太太们打牌、买菜。"

刚刚关上的门，还不等关门人走回自己的位置，就再次被推开了。

乔远不悦地转头看去，斥责的话却没有说出口。

楚歌肩头发丝上融化的雪花变成水珠滚落，她的脸色有些惨白，在冬装的层层包裹下，身体依旧纤细单薄。她看起来却一点都不狼狈，严肃的表情自带威严，看人的眼神自带气场。

刚刚关门的人见楚歌来了，不敢再动，看向乔远。

“乔总，请按规矩办事。”楚歌冷声说。

乔远的眼中闪过一丝不耐烦，站起身，走到楚歌的面前。

“楚小姐，我们真的有个很重要的会议急着开。您也是公司的股东，总不希望公司的重要项目被耽搁吧？”乔远皮笑肉不笑，言语中透着点胁迫的意思。

公司里的人都叫楚歌“楚小姐”，是因为楚歌在公司里没有职务，只是自建了一个小组，小组目前的业务是楚歌带进公司的，就是乔远口中的太太团。比起风投界动辄几亿元的融资和几十倍的利润回报，楚歌手里的这个太太团业务确实显得有点像是闺蜜之间的小打小闹。

“乔总，创投最讲究时间概念，我们预约了 9 点 30 分的会议室。”楚歌看了一眼手表，“现在已经是 9 点 32 分。也就是说，你已经耽搁了我们团队两分钟，他们很可能为了补回被你们耽搁的时间，在下班后继续加班。那么，公司额外付出的这笔加班费是不是由乔总的团队出？”

乔远没想到楚歌会这么说，一时间哽住了，不知道怎么回答。

楚歌看向陆娇娇，交代道：“打电话给人事部，我们团队今晚的加班费从乔总的团队人员身上平摊扣除。”

“是，楚小姐。”陆娇娇刚拿起电话，就又听楚歌说：“另外，我记得公司规章制度有规定，高层如果带头破坏规章制度，可以扣罚当月奖金。”

“楚小姐，要不要这样啊？”乔远有些恼怒地质问，“我也是为了公司。”

“乔总，为了公司，至少要顾及公司的声誉。不管是一百万还是一个亿的项目，如果你以这么轻蔑的态度去对待，最终受影响的都是公司的声誉。”

乔远被楚歌怼得无话可说，只能快步向会议室外走去，他的团队自然也都得跟上。

楚歌走进会议室坐下，陆娇娇连忙跟了进来，把文件放在她的面前。她自顾自地翻阅了一下文件，等所有人都坐下了，才开始交代。

“朱琳，你负责跟进张太太，她那笔钱什么时候打进来？”楚歌说着看向坐在会议桌末端、脸色难看的年轻女孩。

朱琳沉默了一会儿，似下定了决心，开口说：“张太太昨天打麻将输了钱，心情不好，没听我说。”

“那你今天再联系一下她。”楚歌交代道。

“楚小姐，我决定辞职了。”朱琳说，“我研究生毕业，想找一份体面的工作，想真的做金融。”

楚歌并不惊讶，人员流动总是有各式各样的理由。

朱琳放下工作牌，起身离开会议室。

她才离开，相继又有两名组员放下工作牌离开。理由都是这不是一份他们想要的工作，他们想做金融，想做风投，而不是陪太太团逛街，看太太们的脸色，被其他同事耻笑。这样不如回家陪老妈，谁还留在异乡打拼？

会议才开始十分钟，四名组员只剩下一个，还是她的秘书陆娇娇。

楚歌笑笑，看着陆娇娇问：“你为什么不走？”

“现在的工作就是我想要的工作。”陆娇娇保持着浅淡的微笑，毫无谄媚之色，“跟着楚小姐可以学到东西。”

“走吧。”楚歌站起身，走出会议室。

楚歌一下子成了光杆司令，成为公司的笑话。

私下议论的同事看到她们过来，赶紧住口。

楚歌一进公司，公司里的赌局就遍地开花。有赌她和小三谷倩玲谁会胜出的，也有赌她和刘义洲谁能拿到公司控制权的。而赌楚歌赢，是赔率最高的。

几乎所有人都不看好楚歌，偶尔几个赌她赢的，大概也是为了她的高赔率。

刘义洲不准楚歌插手公司的任何业务，各部门领导也就见风使舵地站队刘义洲。所有人都猜刘义洲是想逼得楚歌没地方站，自动自觉地离开。

女同事们窝在洗手间里，手上拿着昂贵的化妆品，一边补妆，一边幸灾乐祸地议论着。

“我听说董事长这位失宠的正宫是因为生不出孩子，被离婚不甘心，才回公司来砸场子的。”一个正在涂口红的女员工说。

“我怎么听说是她自己把孩子杀了呢？”说话的人煞有其事地做了个抹脖子的手势。她说着，看向坐在角落里的女人。她穿着白色的名牌套裙，面容精致又透着些与生俱来的柔弱，她这会儿正端详着手腕上的奢侈品手链，漫不经心地说着：“她自己都成为笑话了，还不自知。”

她叫谷倩玲，启航董事长刘义洲的秘书。她说话的语气和她的面容一样带着些与生俱来的柔弱，仿佛她不是在损楚歌，而是真心在同情她。

她的话让洗手间里哄堂大笑，有女员工注意到她的手链，羡慕地说：“限量版呀。得几万块吧？”

“嗯。”谷倩玲幸福地笑了。

“董事长送的？”女同事有些酸地问。

谷倩玲笑着点了点头，语气暧昧地说：“他自己一个人偷偷给我选的。”

洗手间的隔间被打开了，一群女员工循声看去，看到走出来的楚歌，全都愣在当场，眼神闪躲，恨不得立刻逃之夭夭。楚歌仿佛没看到她们一样，高跟鞋规律地踩着地面，走到谷倩玲的面前。

“摘下来。”楚歌冷声命令道。

“啊？”谷倩玲仿佛受了惊吓，一时间不知道该如何反应才好。

“不是说手链是刘义洲送的吗？”楚歌盯视着有些慌乱的她，有条不紊地说，“几万块这么大额的婚内财产，没有我的同意，刘义洲是不能自己随意支配的。否则我有权依法追讨。”

谷倩玲咽了口唾沫，看了看围观看热闹的同事，又看了看气势逼人的楚歌，一时间骑虎难下。

“还不快点？”楚歌冷声说，“如果我找律师介入，就得请你暂时离职了。”

谷倩玲不舍地看了一眼手腕上的手链，犹豫了一下，还是摘了下来递给楚歌。

楚歌接过手链，头也不回地走了。

洗手间的门嘭的一声关上，谷倩玲才回过神，有些恼羞成怒地扫了一眼看热闹的同事，冲出洗手间。两个当事人一走，洗手间里立刻又热闹起来。

“还是正宫的手段厉害。”一位女同事忍不住为楚歌拍手。

“你们说为什么正宫不除掉外室？”

“这还用说吗？得留下来一点一点地折磨，才能解心头之恨啊。”

几个女同事激灵一下，被她们臆想出来的楚歌吓得心有余悸。

家里的厨房政治，公司的厕所八卦，都是一种社会文化的体现。

楚歌走到自己的办公室外，刚放下电话的陆娇娇立刻站了起来。

“楚小姐，我已经通知人事部再帮您招聘组员了。”

“人选选定后，你和人事部一起面试。”楚歌交代一句，把谷倩玲的手链交给陆娇娇，“把这条手链卖了，放进我们的基金。”

“是，楚小姐。”陆娇娇接过手链，“徐律师在办公室等您。”

楚歌的表情僵了一下，推门走进办公室。

徐征背对着她，坐在她的办公桌前，正看着手机。听到门响，他放下手机，转身看去，与楚歌相视而笑。

楚歌走到办公桌后坐下，语气带着点调侃：“不像是你的作风。你一向分秒必争，严格执行提前预约、过午不候的准则，今天怎么会提前在我的办公室等我？”

“我也分人好不好？”徐征无奈地失笑，说，“我听说你刚才在洗手间收缴了谷倩玲的手链？”

“我才从洗手间走到办公室，你就知道了？”楚歌不得不惊叹于现在的信息传播速度。

“群里看到的。”

“你那个万花丛中一点绿？”

徐征挠挠头，尴尬地笑了。

徐征，启航的法律顾问；老板刘义洲和老板娘楚歌的大学同学，好朋友；公司的头号钻石王老五。为人热情，律师的天赋使然，嘴皮子也溜，很会哄女孩子开心。虽然没见他和公司哪个女孩交往，但是女孩子们喜欢他，搞个联谊群，唯一加的男士就是他。

“那条手链不是义洲送的。”徐征看着楚歌毫无反应的表情，继续说，“谷倩玲炫耀几天了，我问过义洲，他说不是他送的。”

“我知道。那不是刘义洲的眼光。”楚歌轻描淡写地说，像是在说别人的事情。

“还是你了解义洲。”徐征意有所指地感触道。

“你是他的代理律师，是应该提醒他，离婚官司没有正式打完前，他和谷倩玲应该低调一点。”

“你收到传票了？”

“嗯。”楚歌看向桌子一角拆开的快递。

“楚歌，正式开庭前，和解吧。你们都是我的朋友，我说一句公道话，义洲给的离婚条件对于你来说并不亏。”徐征为难地劝道。

“不亏？”楚歌嘲讽地笑了，“所以婚姻在你们的眼中是金融市场的交易？是用多少钱来衡量亏不亏的吗？”

徐征这才意识到自己说错了话：“楚歌，我的意思是……”

“徐征，我还有工作要处理。”楚歌打断他的话，不想与他争论。朋友之间立场不同时，任何的争论都不会有结果。

徐征离开后，楚歌将疲惫的脸整个埋在掌心中。她的头有点疼，就算是再强势，她的心里也不觉得胜利了。大概在所有人的眼中，她就是为了出一口气，才回到启航，试图搅得天翻地覆，让所有人都不得安宁。但只有她自己知道，她坚持回来是因为什么。

而故事里的另一个主角刘义洲，这会儿正坐在酒店餐厅里，与视频网站的创始人秦颂秘密洽谈。这是一家很多风投公司都看好的视频网站，正计划融资，筹备上市。秦颂愿意坐在这里和刘义洲谈的最主要的原因除了启航开出的条件优厚外，还有他和刘义洲的奋斗背景类似，彼此之间更有共鸣。当然，这是刘义洲告诉他的。

即便秦颂大有一副引刘义洲为知己的架势，但还是在启航和一家美国公司之间犹豫不决。

“众所周知，在国外上市，要比国内门槛低很多。而接受美元入股，等于为上市背书。”秦颂说出了自己的迟疑。

刘义洲淡定地微笑，说：“但是美元需要做VIE[1]，快则四五个月，慢要半年以上。再加上前期的尽职调查、签署合约，贵公司拿到这笔钱的时候，搞不好已经一年过去了。以现在视频网站分秒必争的形势，前边倒下的并不孤立，以后还会相继发生。”

“你说的我也有考虑。只是国内很多公司在冲击IPO（首次公开募股）的最后关卡都铩羽而归，”秦颂似半开玩笑地说，“最后被你们风投公司蚕食，连骨头渣子都不剩。”

“不不不，我们是想与秦总同生共死的。”刘义洲满含诚意，“而且现在很多科技巨头都相继回归A股。股市的风向是多变的，紧跟风向就显得尤为重要。”

两个年纪相仿的男人相视而笑。很多时候双方能合作除了逐利，更重要的是志同道合。

到了下班点，楚歌穿好大衣，系好围巾，向办公室外走去。她总觉得今儿公司的空调有点冷，她在屋子里穿着大衣还有些发抖。出了大厦，刚刚下过雪的天气更是寒意逼人。她忍不住拢了

[1] 可变利益实体，指境外上市实体与境内运营实体相分离。

拢衣领。

一辆汽车从她的面前飞驰而过，带起零星的雪花飘散。那是刘义洲的车。正坐在副驾驶上的谷倩玲看到楚歌，故意降下一点车窗，让楚歌可以看到她和刘义洲。她的眼神透着挑衅，仿佛一下子报了大仇似的。而驾驶座上的刘义洲正视着前方，看也没看楚歌这个方向一眼。

楚歌的身体如坠冰窖，瑟瑟发抖。

因为天气的原因，不管是出租车还是网约车都异常难叫，楚歌在街上站了一个小时，才叫到车。等到回家时，她只觉得整个人都冻透了。任凭屋子里的暖气再热，她又开了空调，却还是觉得很冷很冷。她一个人窝在双人床上，迷迷糊糊做了一夜的梦，梦中的她放声大哭，扯了谷倩玲的头发，扇了刘义洲的耳光，她咆哮崩溃，哭着例数他们的无耻。醒来时，她的枕头湿了一大片。留下太多回忆的房子里，静得只有她一个人的喘息声。

楚歌揉了揉发疼的头，拖着沉重的身体进了客厅，在医药箱的最底下找出一板感冒药。与她此刻的窘境不一样的高档酒店里，房间的窗帘微微展露一条小缝，还穿着睡裙的谷倩玲，纤细洁白的手正熟练地帮刘义洲打上领带。两人虽然没有什么言语上的互动，这样的场面，也已经不言而喻。

楚歌吞下两片感冒药，全当是早餐。清锅冷灶，这个家已经彻底失去了烟火气。

楚歌进公司时，陆娇娇已经在了。这个永远比她早到公司、在她有吩咐时永远不会缺席的姑娘，让楚歌倍觉好感。

陆娇娇看到她的脸色不好，建议她去看医生，她漫不经心地应了句“没事，已经吃过药了”，便开始投入一天的工作中。

午饭时间，陆娇娇推开办公室的门，将餐盒放在办公桌上。

陆娇娇也才跟在楚歌身边一个月，为人话不多，做事却格外靠谱，对楚歌的喜好更是掌握得十分精准。

楚歌当时正坐在电脑前看朋友发来的视频，视频正播放着一个中年男人站在启航所在大厦的顶楼，情绪激动地要跳楼。他大喊着，他没钱还给启航了，用这条命来还。

这个已经没法再体面的中年男人叫冯威，是企业老板，拥有自己的研发团队，也曾风光无限。他的公司百易是启航投资的企业之一。

投资冯威的公司时，楚歌还在公司上班，对这个人是有印象的。他是个难得的在商场上摸爬滚打久了，还能亲自上阵潜心做研究创新的人。

楚歌打了一个喷嚏，陆娇娇立刻抽出纸巾递给她。

“楚小姐，早点回家休息吧。”

“我没事。”楚歌擦了擦鼻子，问，“娇娇，你认识屏幕里的男人吗？”

陆娇娇看了看，点点头，说：“我对这事有印象，他来公司要跳楼的时候，我刚来公司上班没几天。”

“后来怎么处理的，知道吗？”楚歌问。

“不知道。”陆娇娇摇摇头，“我只知道乔总把他给劝下来后，他就没来公司闹了。”

不知道为什么，楚歌总觉得这事蹊跷，让她隐隐觉得不安。如果她没有记错的话，他们投入百易的钱还有不到一年就到撤出日期了。

楚歌要留下继续忙工作，陆娇娇不好再劝，帮楚歌买了药，就自己去忙了。

下班时间一到，陆娇娇又特意进门，提醒楚歌应该下班了。

楚歌也不想把自己折腾得倒下，第一次准时准点地走出办公室。

电梯的液晶屏数字由小变大地跳跃着。电梯里站着两个男人：一个是乔远；另一个无论是气质，还是外表，都比乔远出众太多，是刘义洲。

刘义洲这会儿正在交代乔远公事，声音沉沉地说："环业那边，我们可以退出了。"

"环业的股价涨幅很好，我们可以跟合伙人签约延期。"乔远建议道。

刘义洲微皱眉，沉声说："再好的形势都一定有风险，所以退出机制才显得尤为重要。"

电梯门叮的一声开启，电梯里的人对上电梯外楚歌的视线。

刘义洲愣了一下，才走出电梯。

楚歌像看着陌生人一样地看了刘义洲一眼，抬步走进电梯。

刘义洲站在电梯前，看着电梯门缓缓关起，也没有离开的打算。

乔远察言观色，本来想告楚歌的状，末了又咽了回去。

电梯已经下了几层楼，刘义洲才收回视线，正打算离开，陆娇娇快步走了过来。

刘义洲看她满脸焦急，问："怎么了？"

"刘太太的药没拿。"陆娇娇抬了抬手里的药袋，在刘义洲的面前竟是一反常态不再叫"楚小姐"，而是改口叫了"刘太太"。

刘义洲竟也不觉得有问题，拧眉问道："她病了？"

"嗯。刘太太有些感冒发烧。"陆娇娇点点头。

"给我吧。"刘义洲直接拿过药袋子，按下电梯的向下键。

电梯在一楼停下，楚歌走出电梯，又拢了拢衣服，向门口走去。

忽然有一道高大的身影从她的身后蹿出，还没等她转头去看是谁，她的眼睛已经被一双大手蒙住。那双大手很温暖，带着薄茧，是一双男人的手。

"于继晨，别闹。"她无奈的语气有些无力。

这个比她小八岁的男人，总是那么有精神头作怪。

他就是她的生死之交，中国好邻居。

于继晨这次出奇地没有耍赖，撤下捂着她眼睛的大手，覆在她的额头上。

"你的头怎么这么热？"于继晨担心地说，"发烧了？"

"可能吧。"楚歌拉下他的手，"休息一下就好了。"

"生病要看医生，休息一下怎么可能好？"于继晨边说边脱下身上的羽绒服，披在她的身上，"走吧，我带你去看医生。"

"不行不行。"楚歌推托，"昨天刚下过雪，外边天冷。你的羽绒服不能给我。"

于继晨霸道地把羽绒服按在她的肩膀上，说："快走吧。我年轻，火力旺着呢。"

楚歌哭笑不得，反问："你这是在骂我老？"

"不敢不敢。"于继晨求饶地说，"你年轻貌美，不知道的都会以为你是我妹妹。"

楚歌扶额失笑，这小子的嘴巴向来都很甜。她了解他的性格，今儿这件羽绒服她不穿怕是不行了。她不想在大厅里和他多推拒，只能妥协，向门口走去。

刘义洲站在电梯门口，直到他们已经走出大厦，他仍旧久久地没动。他看到了于继晨给她披上羽绒服，看到了她冲着于继晨心无芥蒂地笑。

于继晨送楚歌去了医院，医生建议扎点滴。楚歌想让于继晨先回去，可他坚持陪着。因为天气冷，滴液进入血管时，凉凉的，于继晨就用手焐热滴液管。这个小她八岁的男人，全程细心地陪伴，倒是真像她的哥哥了。

楚歌有那么一刻，忽然就不想抵触于继晨的靠近了。特别是在这家医院里，那时候还陌生的他，曾陪她度过了一个噩梦。

扎完点滴，天已经黑了。原本她答应了今天请他吃饭，最后倒是变成了他陪着她看病。

回家的路上，他又给她买了粥。他一边开车，一边看着她把粥喝完。忙到最后，她甚至没看到他喝一口水。

楚歌有些抱歉地说："欠你的这顿饭，我一定尽快补上。"

于继晨笑嘻嘻地说："应该补两顿了。"

"你倒是会讨价还价。"楚歌无奈地摇了摇头，将整个身体都窝进座椅里。

汽车驶过深夜的街头，于继晨按开音响，车里音乐流淌，让还在病痛中的她，精神上格外舒服。

她闭着眼，感叹着说："于继晨，为什么我总觉得你车里的音乐像是有灵性的心情盒子，有治愈人心的功效呢？"

大多数人车里的音乐都是根据个人喜好，有一个风格，但是于继晨的车里不同，总是能根据她的心情，放出不同旋律的音乐。特别是他车里的音响，面对任何风格的音乐都能胜任。

"声音本来就有治愈的功效啊。"于继晨专注地开着车，随口说道，"声音是通过物体振动产生的，而人体本身就是振动源，身体各器官的振动就像是一场交响乐。美妙的声音会让这场交响乐升华，进而使人亢奋。"

楚歌睁开眼，看向于继晨的眼神有些崇拜。

于继晨转头看她一眼，傲娇地说："是不是开始觉得学识和年龄无关了？"

楚歌无奈地失笑，这个男人还真是不用夸，他完全可以直接开启自恋模式。

她看着于继晨的侧脸，他的脸美得比女人还精致，皮肤白皙，笑起来的时候阳光灿烂。他的那种朝气，是年轻人才会有的。

她不禁陷入自己的思绪中。初见他是三个月前，因为一条告密短信，她看到了刘义洲和谷倩玲在别墅里。而那天，她正打算把怀孕三个月的喜讯告诉刘义洲。她的身体一直不好，在怀孕一个多月时，就因为情况不好，进了医院。那时候刘义洲每天都忙得早出晚归，压力很大。又因为医生告诉她，如果保胎过三个月，孩子还很健康，这一胎才能留下。所以，她一直一个人承担着一切，期盼着他们的宝宝坚强地与父亲见面。可是，人们往往无法预测明天的事情，就像是她没有预测到她会在结婚多年后，跟眼前这个比自己小了八岁的男人牵扯到一起。

他的唇角挂着暖和的微笑："在想什么？"

"我在想，为什么你总是能恰到好处地出现？"楚歌问。

于继晨愣了一下，笑着感叹道："骑士也想知道，为什么他总是能恰到好处地来到女王的身边。"

楚歌失笑，为什么她每次很认真地问他问题时，他总是能嬉笑着岔开？

"对了，我有个礼物要送给你。"于继晨说。

"什么礼物？"楚歌好奇地问。

"等过几天你就知道了。"于继晨神秘兮兮地说。

到达楚歌家楼下时，楚歌已经睡了一小会儿，再加之药物生效，她的身体终于没那么难受了。

于继晨下车，快走几步跟上，为她打开副驾驶的车门。

"女王陛下请下车。"

楚歌被他逗笑了，看着站在车门口的他，他就是这样，会毫不掩饰地跟你耍赖，又会表现得像个绅士。

她迈下车，刚下过雪的路面有些滑。她脚下不稳，他眼疾手快地揽住她的腰。四目相对，两具身体暧昧地贴在一起，楚歌尴尬地推开他。

“楚歌？”一道忽然响起的喊声穿过黑夜，有些不太确定。

楚歌愣了一下，一瞬间就听出了这道声音的主人是谁。

覆水难收

楚歌循声看去，便见迎面走来一位朴素的妇人。

很快，妇人走到了两人的近前。

“妈……”楚歌有些不太自然地叫了声。

“我来看看你和义洲。”刘母温和地对她笑笑，眼角的余光却扫着于继晨，“你和朋友出去了？”

“嗯。”楚歌竭力不着痕迹地回道。

眼前的妇人是刘义洲的母亲，她一直住在老家，还不知道楚歌和刘义洲要离婚了。

楚歌看到刘母拎着旅行袋的手都冻红了，紧张地问：“妈，您什么时候来的？怎么没给我和义洲打电话？”

“火车下午到的，你们都是干大事的人，我怕耽误你们工作。”刘母憨厚地笑着说。

楚歌有些心疼刘母，赶紧去帮她拎旅行袋。

“妈，我帮你。”

于继晨抢先一步，接下刘母的旅行袋。

“阿姨，我帮您拎吧。楚歌今天不舒服。”

于继晨的话让气氛一瞬间变得尴尬，楚歌想解释，又觉得有点此地无银三百两。

刘母将视线落在于继晨的脸上，问道：“这位是？”

于继晨倒是神态自然，回道：“阿姨您好，我叫于继晨，楚歌的邻居。”

“谢谢你了，小伙子。”刘母笑得有些勉强，她将视线转向楚歌，“楚歌，快上楼吧。天冷，你怀着孩子不能在外边待太久。”

于继晨的眉心不着痕迹地轻皱一下，老太太这话是说给他听的。他微侧视线，看向楚歌。楚歌这会儿的脸色已经一片惨白，嘴唇都有些哆嗦了。

刘母眼角的余光始终打量着于继晨，将他的反应尽收眼底后，心下稍安，以为他那一下皱眉，是因为楚歌有孕而不能起色心才不爽。

楚歌面色沉重地看着刘母，还是点了点头。有些事情，还是刘义洲自己去向刘母交代比较好，哪怕将她说成过错方。既然她决定了要和他离婚，就没指望能得到他家里人的谅解。

当天夜里，刘义洲没有回家。刘母之前也见多了刘义洲出差或是加班不回家，她这次来是想照顾楚歌，以及她未来的孙子。

楚歌临睡前又看了一些文件，才拿出医生给开的药，去厨房倒水吃药。她故意想避开刘母，免得尴尬。

楚歌倒了一杯水，刚想把药送进嘴里，刘母的声音在昏暗的客厅里猝然响起："楚歌，你干什么？"

楚歌的手一抖，药片滚落一地。

刘母快步走过来，痛心疾首地说："你们这些孩子啊，除了工作，什么都不懂。怀孕怎么能吃药呢？还好我看到得快。你没吃吧？"

"没有。"楚歌的表情尴尬，"妈，其实我……"

"你怎么了？"刘母摸了摸楚歌的头，"还有点热。妈知道你不舒服，但是为了孩子，这也没办法。"

刘母拉着楚歌回屋，又端了一盆热水进门，浸湿毛巾给楚歌擦手。

楚歌尴尬无比，说："妈，我自己来。您早点睡。"

"妈没事。你困了就早点睡。妈守着你，保证你们母子俩平安无事。"刘母憨厚地笑着，执意留下照顾楚歌。

楚歌面对这个阵仗，哪里睡得着啊。

刘母像是怕她无聊，开始从自己生刘义洲那时候讲起，一路讲到刘义洲念大学，直至娶楚歌。

关于刘义洲年幼时候的往事，楚歌知道一些，但从来没有像今夜这般，从头到尾了解得透彻。若是换了从前，即便那些是她没参与过的过往，她也会跟着他一起幸福。可是，在这一刻听到，她的心里只觉得五味杂陈。

第二天一早，楚歌不顾刘母的劝阻，早早地出门，不想再与刘母以尴尬的方式相处下去。当着刘母的面，她连医院开的药也没办法带上。

让楚歌没想到的是她才一出单元楼，就看到了靠在车门上的于继晨。

他上身着一件米白色的羽绒服，下身一条浅蓝色的牛仔裤。即便满面的疲惫，衣着却依旧规整。

晨光照在白雪上，反射出迷人的光芒镀在他的身上，让这个男人看着格外温暖。

楚歌有些惊讶地问："大早上的，你怎么站在这里？"

"送你上班。"于继晨语气自然地边说边拉开车门。

楚歌犹豫了一下，还是上了车。

于继晨关上车门，才快步走到驾驶座一侧，开车离开。

楼上的刘母看着楼下的一切，表情格外地沉重。

于继晨的车子开出好一段距离，楚歌都始终沉默着。视线明明落在车窗外，却无半点对景色的流连。

于继晨单手扶着方向盘，揉了揉眉心："他的家人还不知道你们要离婚？"

"嗯。"楚歌微侧头，看向他，"我跟刘义洲说，孩子是我自己流掉的，因为我恨他。"

于继晨的眸色深了深，心疼地说："何必这样惩罚自己？"

"为什么你不觉得这是我对刘义洲的报复呢？"她的眼底晃动着泪花，唇畔挂着一抹感激的笑。

“你不会用自己的孩子作为报复。”于继晨肯定地回道。

“……谢谢你。”楚歌哽咽了半天，才艰难地吐出这三个字。

汽车在红灯的路口停下，于继晨转头看向楚歌，眼中的情绪复杂，有心疼也有抱歉。末了，他打开车载音响，在红灯结束时发动车子，什么都没有说。

送她到公司时，他递了一包药给她，和昨晚医院开的一模一样。楚歌想说“谢谢”，又觉得于继晨为她做的，不是“谢谢”两个字能表达的。

于继晨却仿佛懂她的心思，笑嘻嘻地说：“欠我三顿饭了。”

“好。”楚歌接过药，下了车。

楚歌进办公室时，陆娇娇正在帮她打扫。

看她把一包药放在桌子上，陆娇娇暧昧地笑着问：“是董事长拿给您的吧？”

楚歌愣了一下，不解地看着陆娇娇。

“昨天我发现楚小姐的药忘记在办公室了，董事长说他给您送去，就把药拿走了。”陆娇娇解释道。

楚歌愣了一下，平静地回道：“我知道了。你出去吧。”

“好的。”陆娇娇点点头，退出办公室。

陆娇娇才出去十分钟，就又冲进了楚歌的办公室。

“楚小姐，不好了，出事了。”

启航出事了。一夜之间，在网上闹大后，启航的人才发现。各大网络，各大社交软件上，各种真的假的传闻，一个比一个劲爆。

这是楚歌进公司以来，第一次激动地冲到刘义洲的办公室前。

谷倩玲见她来势汹汹，连忙起身阻拦。

“楚小姐，刘董在里边开高层会议。你不能进去。”

“让开！”楚歌这会儿着急，不想与她多费口舌。

“楚小姐，不要为难我。”谷倩玲挺胸抬下巴，差点就没抬起双臂去拦楚歌的去路了。

“让开！”楚歌不客气地直接推开谷倩玲。

谷倩玲的身体一个趔趄，穿着高跟鞋的脚扭了一下，险些摔倒。

楚歌忘记了敲门，直接推开办公室的门。她进门时，刘义洲正在和高层开会。

“公司是不是真的挪用了一格基金的回款？”楚歌猜到他们正在研究的事情，一定也是她想问的。

不等刘义洲回答，乔远抢先回道：“楚小姐，我马上会让公关部发布公告，严厉打击造谣的人。”

楚歌看向乔远，不客气地说：“我是在问刘义洲。”

“你们都先出去吧。”刘义洲等所有人都出去了，示意楚歌坐下。

见她坐下，刘义洲走到饮水机旁，拿出柜子里的杯子，动作利落地倒了杯水，放在楚歌的面前。

楚歌看着面前粉色的陶瓷杯一怔，一抬眼，看到他的办公桌上正放着同款的灰色杯子。两个杯子都有些旧，也不是什么高档瓷器，还是创业那年，她在街边小店买的。那时候，她曾天真地对他说：“十年后，二十年后，我们还站在这儿，拿着这对杯子喝咖啡多好。”

只是，物是人非，杯子还在，人也还在，那时候的幸福感已经不复存在。她没有想到，他还留着这对杯子，她以为他早就丢掉了，再换上配他身份的高档货。

她努力地将自己从回忆中抽出，说：“不必客气了。”

“我是倒给你吃药的。”刘义洲把昨天没来得及交给她的药袋子拎到她的面前，“你这个时间生气，十有八九会忘记吃中午的药。”

楚歌看着桌子上的药袋子，心里酸涩，五味杂陈。

“你刚出小月子没多久，”刘义洲的声音有些哽咽，“天又冷，即便是感冒也不能大意。”

“刘义洲，我会保重我自己，活得好好的。”楚歌转头看向他，冷漠地说，“我们谈公事吧。”

“好。”刘义洲叹了口气，“公司确实挪用了一格募集的那笔回款。”

即便之前已经想到，楚歌还是不免失望。

“用在了百易的第二笔投资？”

“对。”刘义洲并不打算隐瞒她。

“在冯威跳楼后？”楚歌近乎肯定地问。

“对。”

即便已经猜到答案，听他亲口承认，楚歌还是失望的。

“你知道网上现在是怎么说你的吗？他们说你把老百姓的血汗钱注入一家濒临倒闭的公司，是为了转移资产。”楚歌说到最后，声音已经拔尖。于她而言，此刻的感受就好比是一个出轨的丈夫，现在还想祸害死他们的孩子。

“楚歌，我没有。”刘义洲解释的时候有些急切，他害怕看到她眼中的鄙视，又解释道，“只要百易的新型建材拿到专利，百易活过来，我们就可以一并收回两笔投资。”

“刘义洲，难道你忘记了吗？风险投资就一定会伴随着风险，所以这个风险一定要是我们能承担、能面对的。”

“如果我不为百易第二次注资，百易死了，冯威在我们公司跳楼，保底增值的机制早在几个月前就已经连累我们公司倒下了。”刘义洲的声音沉稳，他毫无悔色的表情仿佛在说“我没错”。

“公司几个月前资金链就断了，为什么不告诉我？”楚歌这才意识到她和刘义洲之间的问题，不只是谷倩玲。他们从什么时候开始，从无话不谈的亲密爱人变成了中间隔着许多的秘密。

刘义洲拿起一支烟，又烦躁地放下。

“现在公司没有倒下，还签下了几个不错的项目。我相信启航会跟那年一样，活过来的。”

楚歌知道刘义洲口中的那一年，公司艰难到只剩下他们两个人。所有人都觉得他们年轻气盛，没有经验才会惨败，该乖乖地放弃，回去好好工作。但是他们没有，他们一起挨过来了。

“刘义洲，启航是我们一起创立的，我比谁都不希望启航倒下。如果公司受百易的事情连累倒下了，我们清算破产，但是我们不愧对自己的良心。可是，一格基金这笔钱是别人的血汗钱，如果还不回去，我们不只是做了亏心事，你可能还会坐牢的。”楚歌失望地看着刘义洲，她这才意识到他已经不再是当年那个有情怀的刘义洲了。当年的他，一定会和她一样，情愿启航倒下，情愿自己失败，也不会去做违背良心的事情。现在的他就跟所有被金钱和欲望主宰的人一样，为了不让自己的金钱帝国倒下，而不惜一切代价。

“你担心我？”刘义洲苦笑着问。

楚歌与他对视了几秒，没有回答他的问题，而是问道：“你打算怎么办？就算是现在发公告说没有挪用这笔钱，逾期不能支付，也隐瞒不了。”

“离支付日期还有半个多月，环业那边已经在退出了。不会有问题的。”刘义洲的语气并不是很肯定。

楚歌也惴惴不安，挪用款项这么敏感的事情，公司知道的人一定不多，却被言之凿凿地爆料出去，这说明肯定有人在整启航。如果她没有猜错的话，启航想渡过这一关很难。

如乔远所说，启航和一格基金很快发了公告，否认网上的指控，承诺到期一定会准时把款项打入一格基金，让他们发放给有限投资人，并扬言要追究散播谣言的人的法律责任。

散播谣言的微博小号并没有因此被吓到，让网友等着看启航和一格一个月后被自己的公告打脸。

两周过去了，早已经签署股份回收合同的环业，以各种理由拖延着不肯把款项转给启航。距离最后限期越来越近，网上的舆论和各个维权群又活跃了起来。一格基金的负责人差点把启航的门槛踏破，一次又一次地上门。除了舆论有规律地发酵很诡异之外，在到期那天，有人准时扯着条幅出现在了启航的门口。

这事如果不是有人煽动，不可能反应这么快。至少要在到期的一周后，才可能出现这么混乱的情况。

楚歌冷眼看着那一张张情绪激动的面庞。拉条幅，上网声讨时，他们一个个看似强势，可这种种做法恰恰是最无力的表现。

启航召开了紧急高层会议，所有人都一筹莫展，公司的资金链断了，那是一大笔钱，不是哪个人想帮忙就能解决的。

刘义洲离开会议室时，整个人都处在努力压抑后的颓废状态中。所有人都恨不得躲着他走，免得踩雷连累了自己。所以在楚歌去刘义洲的办公室时，谷倩玲再也没有阻挠。她觉得楚歌是来看笑话的，会和刘义洲之间爆发世纪大战。可是，在楚歌离开刘义洲的办公室后，一格基金正式发布公告，三天内向有限合伙人发放款项。人们看到这个消息时是震惊的，认定是拖延的套路。可是，这一次剧情没有反转，一格基金如期发放了所有款项。

一场可能会危及公司的危机在风平浪静中被化解了，后来，有消息传出，是在楚歌的太太团的帮助下，启航才能渡过这次危机。楚歌的太太团除了以投资盈利做公益以外，还会因此收购一些专利，再以专利入股，与合适的合伙人办厂投入生产，因此赚到了不少钱。太太团极为相信楚歌的眼光。楚歌这次以百易的新型建材潜力作为推动点，组织了超二十位阔太太以有限合伙人的方式买下了启航二次入股百易的股份。启航顺利地拿到了钱，才能从一场危机中脱身。但楚歌知道，事情到了这里还没有完。百易的新型建材无论如何都必须研制成功。

至此，再也没有人敢轻视楚歌的太太团了。据说太太团里不乏各界名人的太太。楚歌和刘义洲之间剑拔弩张的关系仿佛也因此得到了缓解。公司里看热闹的不怕事大，在楚歌进公司的最初就开了赌盘。那时候，觉得小三谷倩玲会胜利的比例还比较大，如今局势逆转，这一局原配完胜。大家都等着谷倩玲出一招必杀，再让局势翻转。

楚歌一天比一天忙，在所有人都认定她是回公司抢男人，企图利用自己在事业上与刘义洲势均力敌，驱逐小三的时候，楚歌却天天都伏在案上，认真地梳理着她离开公司这一年多的业务。对传言，她置若罔闻。

陆娇娇是楚歌在工作上最好的帮手，她亲自去招聘的新组员，果真与上一批人事部给过来的员工不同。再加之如今太太团在公司中的地位不同以往，全组上下干劲十足。

这些天来，楚歌难得一次早下班，她站在马路旁，准备拦一辆出租车回家。

刘义洲的车缓缓停在她的面前，车窗降了下来。

“一起回家吧。我答应了妈今天回家吃饭。”

“不用了。我打车回去就好。”楚歌别过脸，并不想看刘义洲。

“上来吧。一会儿公司的人看到，明天又要有新版本的故事了。”

楚歌微微迟疑了一下，但还是没动，她并不在乎公司的流言。换句话来说，她要是在乎，也待不到今天。

“我们今天一起回去，我跟妈把话说清楚。”

楚歌看向刘义洲，她一直在等他这句话。她天天和刘母相处得太尴尬，该由刘义洲这个当儿子的把话说清楚了。

楚歌拉开车门，坐了上去。

车子很快驶入车流，两人之间的气氛让不大的车内空间格外压抑。

“从回公司开始，就没见你开过车。”刘义洲没话找话。

楚歌原本平静的脸色忽然大变，她的身体微微有些哆嗦，看向刘义洲的眼神里有仇恨蹦出。

刘义洲吓了一跳，试探着问：“楚歌，怎么了？”

楚歌意识到自己的失态，转过头去，看向窗外，轻描淡写地回道：“没事。”

“晚上想吃点什么？”刘义洲觉得自己的声音有些发干，“一会儿我在市场停一下，去我们总去的那家海鲜店买点东西吧。”

楚歌转头看向刘义洲，说：“那家海鲜店已经搬走了。”

刘义洲尴尬地笑着说：“没关系。我们换一家。”

楚歌面无表情地看着他，冷冷地回道：“我吃海鲜过敏。”

刘义洲微惊讶地脱口问：“你以前不是最爱吃海鲜吗？”

“刘义洲，我们身边的人和事，一天、一个小时都会有很大的变化。更何况你说的以前，你还记得是多久以前吗？”

楚歌过于平静的语气，却犹如一颗深水炸弹，扔进刘义洲的心湖。他不知道她为什么不再开车，更不知道一向喜欢吃海鲜的她为什么会对海鲜过敏。即便是帮启航渡过难关的太太团，他虽然没有像其他人一样轻视，却也只是觉得那不过是一件有意义的善事。楚歌说得对，这世界上的人和事，哪怕是一天、一个小时都会有很大的变化。而他们之间隔着的是人生的剧变。

再次面对面，他们不过是熟悉的陌生人。

刘母来了大半个月，儿子只见了一面，还是在外边请她吃了一顿饭。儿媳妇虽然大部分时候回家，与她相处的气氛却总有些怪怪的。刘母一如既往买了一大堆菜，给楚歌补身体。

饭菜刚上桌，门铃就响了起来。

刘母听到门铃声一喜，还以为是刘义洲或是楚歌回来了，也没看门镜，就拉开了门。

下一瞬，她脸上的笑一僵，看着门前陌生的年轻女人，狐疑地问："小姐找谁？"

"阿姨……"女人委屈地咬了咬唇，"我是专程来找您的。"

"你是？"刘母的脸色渐渐冷了下来，心里已经有了不好的预感。

"我叫谷倩玲，是董事长的秘书……"谷倩玲的声音哽咽，泪水已经噼里啪啦掉了下来，哭得肩膀一耸一耸的。

刘母的心情越发沉重，却不动声色地说："进来说吧。"

刘母始终平静，神情冷淡地请了谷倩玲进门，丝毫没有面对楚歌时的温和。

“谷小姐，你坐，我去给你倒水。”刘母客气且疏离地招呼道。

谷倩玲抹去眼泪，赶忙说：“阿姨，不用忙了。您叫我倩玲就行了。”

“谷小姐不必客气，来客人哪里有不招待的道理。”刘母的唇角微弯，看似温和的笑意里却透着凉意。

谷倩玲刻意奉迎的神情一僵，刘母摆出的姿态已经很好地告诉她，她在这里不受欢迎。

她深吸一口气，努力挤出一抹笑：“麻烦阿姨了。”说完她向后退去，走到沙发边坐下。

刘母走进餐厅，很快倒了一杯水出来，放在她的面前，自己则走到另一侧沙发坐下。

谷倩玲被刘母直射的视线盯得有些紧张，艰涩地咽了口唾沫，端起面前的水杯。

“谷小姐，如果我儿子有什么冒犯你的地方，我替他给你赔个不是。”刘母顿了顿，看到谷倩玲握着杯子的手一颤，又接着说，“但是我相信自己的儿子，绝对不会做离经叛道的事情。”

这样的局面，以及刘母这样镇定的反应是谷倩玲没有想到的。

她努力整理了一下情绪，放下水杯，眼中又盈起了泪光，委屈地说：“阿姨，我和董事长是真心相爱的。”

“真心相爱？”刘母轻蔑一笑，“如果他真的爱你，就不会让你自己出面。如果你真的爱他，也不会不顾他的想法，直接找上门来。”

谷倩玲被刘母的话堵得一哽，脸色一时红一时白。

“谷小姐，你和我儿子的事情，最好去跟我儿子解决。”刘母站起身，大有送客的意思，“孩子的事情，我虽然一般都不愿意多管，可娶媳妇这事，必须我说了算。人品不正的，想进刘家的门，除非我死了。”

谷倩玲的脑袋里嗡的一声，羞得整张脸烧了起来。她听说刘义洲的母亲是个农村老太太，以为好对付，没想到眼前这个看似不起眼的老人连说话的机会都不给她。

她眼中盈着的水雾凝结成水珠，滚出眼眶，声音有些失控地问：“为什么楚歌可以，我不可以？”

计划里，本来没有这句话，可是刘母的羞辱让她忍不住如此对比。

刘母面色暗沉地看着她，并不打算回答她的话。这是一种蔑视，等同于在告诉谷倩玲，她没资格与楚歌相比。

谷倩玲激动得胸脯不停地上下起伏，唇边浮起故意加深的讥讽笑意，“我至少不会像楚歌一样亲手杀了自己的孩子。”

她的话犹如晴天霹雳，直接将刘母劈中。刘母的神色一震，瞬间面如菜色，人如塑像一般僵在原地。

就在谷倩玲以为自己达到了目的，想要上前宽慰的时候，刘母忽然一弯身，拿起桌子上的水杯，动作利落地将水杯里的水泼到了谷倩玲的脸上。

谷倩玲的眼中刚刚泛起的得意之色被一杯凉水泼得瞬间消失殆尽，水珠顺着她的头发和苍白的脸颊滴滴答答地流了下来。她惊愕地看着刘母，一时间无法理解她的反应。

“我的孙子如果有事，你的下场也不会好。”刘母发狠地盯着谷倩玲，这反应像极了母兽在保护幼崽。

“阿姨……”谷倩玲才委屈地一开口，刘母已经冲过来，扯住她的胳膊，向门口拉去，直接将她推出门去。

“你真以为什么女人都可以嫁到我们家来？我刘家虽不是什么高门大户，可也没有你这种恶毒女人站的地儿。”刘母一番蔑视的冷嘲热讽后，嘭的一声关上房门。门外徒留一身狼狈、头发还在滴水的谷倩玲。

她是真的被刘母的气势给吓到了，却不知道在关上房门后，刘母挺直的身体不禁一软，勉强佝偻着走到沙发边上，人便瘫软下去。

她知道谷倩玲来的目的，所以她很清楚谷倩玲不可能拿她孙子的生死撒谎。

心底的那股子喜悦，谁知这么快就成了噩耗。

谷倩玲红着眼睛盯着那扇紧闭的门，抹了一把脸上的水迹，得意地笑了笑，向电梯走去。

刘义洲的车在小区停下，他没有下车，而是抬头看了看他家的窗口，那扇窗口的灯光，他这会儿看了依旧眷恋。

他转头看向楚歌，涩然地开口："楚歌，对不起。我……"

“我先上楼了。”楚歌推开车门，下了车。她并不想接受他的道歉，因为她不会原谅他。

刘义洲懊恼地将身体靠在座椅上，拿出一根香烟点燃。烟雾很快散满整个车厢，淹没了他的表情。这时，他的手机提示音响了起来。他拿起手机，是徐征发来的微信。徐征说：等二次鉴定的结果出来，我就去法院帮你撤回离婚诉讼，好好地把所有事都告诉楚歌，就算是她暂时生气，也一定会原谅你的。

刘义洲并没有因为徐征的鼓励而宽心，依旧一副苦大仇深的样子。在楚歌这一席话前，他与徐征一样，认为他和楚歌之间有的是需要解释清楚的误会。直到这会儿他才真正体会“覆水难收”四个字。

谷倩玲的胸前湿了一大片，连衣裙粘在胸口上，隐约可见里边的胸衣。她看着电梯上跳动的数字，心情烦躁而慌乱，在心里祈祷着电梯里没有人，以免自己在别人的窥视下更加狼狈不堪。

叮的一声，电梯门缓缓开启，老天似乎并没有听到她的祈祷，一道人影随着电梯门的开启映入她的眼中。

电梯里的楚歌将将抬步，却因电梯外的谷倩玲，又生生顿住了脚步。

楚歌的迟疑也只是一瞬间，她走出电梯，打量了谷倩玲一眼，很显然谷倩玲是去过楚歌家了。

不用猜，她这一身的水也肯定是婆婆所赐。

楚歌在谷倩玲的面前停下脚步，问：“你跟我婆婆说了什么？”

她不担心自己回去要面对怎样的指责，只是不忍心婆婆那么大年纪了还跟着两个孩子伤心难过。即便刘义洲背叛了她，但毕竟这不是那个曾经爱护过她的老人的错。

谷倩玲微一昂头，示威地问：“怕了？”

楚歌轻皱了下眉心，不想再跟这个失去理智的女人多言，越过她向自己家的门口走去。

谷倩玲愤恨地瞪了她的背影一眼，走进电梯。

楚歌深吸一口气，推开门。客厅里的灯很明亮，气氛却压抑得让人心慌。刘母就坐在沙发上愣神，仿佛没有看到她。

她动作小心地换了鞋，放轻脚步走了过去。

“妈……”她这一声叫得有些艰涩。

刘母似被她的声音惊醒，连忙起身，说：“回来了，妈去给你热饭。”

“妈！”楚歌拉住她，“我刚才上来的时候看到谷倩玲了。”

婆婆的表情告诉她，一切都瞒不住了，那就说清楚吧。

刘母叹了声，拍了拍楚歌握在她胳膊上的手，拉着她一起坐在沙发上。

“楚歌，妈替义洲给你赔个不是。”刘母的眼底泛起了泪花，自责地说，“是妈没教育好他。”

“妈……”楚歌的声音微哽，红了眼圈。

“孩子，让你受委屈了。”刘母握紧她的手，“等他回来，妈一定给你出气，只要你再给他一次机会。”

楚歌哽咽得无法出声，只是不停地摇头。她和刘义洲之间走到了这一步，已是覆水难收。但她仍旧感谢婆婆的爱护。

“妈，我和义洲不可能了。”楚歌艰难地说。

刘母忽然从沙发上起身，跪了下去，“楚歌，就当妈求你，再给义洲一次机会。”

刘母的反应让楚歌有些措手不及，楚歌顾不得心里的疼，赶紧起身去扶她。

“妈，您先起来。”

“楚歌啊！”刘母的眼泪大颗大颗地从堆积着细细密密皱纹的眼角滚落，“你嫁进刘家的那天，妈就承诺过，一定把你当亲生女儿看。可是，妈没有做到，让你受了这么大的委屈。妈对不起你。”

楚歌扶不起她，只能跟着跪了下去：“妈，不是您的错。”

“是妈老糊涂了。要不是那个妖精找上门，我还不知道你和义洲之间怎么了。”刘母满眼的愧疚之色，抬起布满老茧的手去擦楚歌脸上的泪，“你答应妈，再给义洲一次机会。等他回来，妈一定帮你好好地教训他。”

“妈……”楚歌拉下她的手，强忍住哽咽，“我和义洲已经不可能了。有些事情，您可能还不知道。”

她想，刘母大概还不知道她打掉孩子的事情。如若不然，刘义洲都接受不了的事情，她是如何接受的？

“妈知道。快起来，地上凉。”刘母扶着楚歌起身，在沙发边坐下，“妈不会只听别人说，妈更相信你。这中间一定出了什么事。”

“妈……”楚歌刚刚止住的泪水，又大颗大颗地滚了下来。

“傻孩子。”刘母将她抱入怀中，“你这个时候不能哭，哭多了伤身。”

“妈……”楚歌咬了咬唇，记忆如潮水般涌了上来，她缓缓道，“因为撞车，我那天大出血。医生说，孩子生下来也会有缺陷，严重的话会畸形。我没有办法，才会决定流掉孩子。”

她本以为，她一辈子都不会再解释这件事情了。可是，刘母的信任，让她不忍心伤了这位老人的心。

刘母泛着泪光的双眼溢出疼惜和自责，却在扫到门口的时候，变成了愤怒。楚歌顺着她的视线看去，是刘义洲。他正站在门口，泛红的双眼中含着泪花。

刘母起身冲过去，一巴掌毫不留情地甩在刘义洲的脸上。刘母这一下用了十足的力气，打得刘义洲高大的身体一晃，撞到身后的门板上。他斜倚在门板上，含泪的双眼正歉疚地看着楚歌。

“浑小子，你真让妈失望。”刘母责难的声音微微颤抖着，满脸泪水。

“我这辈子唯一认的儿媳妇就楚歌一人，如果你哄不好楚歌，你就给我打一辈子光棍。”刘母怒视着他，“那个女人找上门来，就是想弄散你的家，你可不能犯糊涂上当啊！”

刘义洲的脸色蓦地一沉，问：“谷倩玲来过了？”

他们住的房子有两部电梯，他上楼时，谷倩玲正好用另一部电梯下楼，也就错开了。

“义洲啊！”刘母软了声音，用力拍打着他的肩膀，那是一个母亲对儿子恨铁不成钢的爱，“只要夫妻同心，没有迈不过去的坎。”

随后，刘母叹了声气，换鞋出了门。

只剩下刘义洲和楚歌的客厅里，他们坐在沙发的两端。

“你什么时候出的车祸？”刘义洲艰难地问。其实他已经猜到了答案，却还是忍不住问。

楚歌迎视着他愧疚的视线，冷声说：“看到你和谷倩玲在别墅里的那天。”

刘义洲的身体微微颤抖，激动地问：“你是因为失去孩子，所以不再开车了吗？”

“嗯。”楚歌的喉咙里滚出一个痛苦的音，“失去孩子后，我的身心受到重创，免疫系统出了问题，所以我吃海鲜会有严重的过敏反应。”

楚歌含泪瞪着刘义洲，嘴唇颤抖着：“刘义洲，你知道我为什么不告诉你吗？”

刘义洲不肯接话，因为他知道为什么。

“我那时候就想，曾根深蒂固被我们爱着的、喜欢的，有一天你就是得放弃。即便你想勉强，你的身体也会排斥。”楚歌站起身。刘义洲下意识地拉住楚歌的手臂，也站起身。

“楚歌……我……”刘义洲哽咽着，已经泪流满面。

楚歌用力甩开刘义洲的手，冷漠地看着他：“刘义洲，我不需要你的同情和内疚。如果可以的话，我希望我们的夫妻关系快点结束。”

楚歌实在不想与刘义洲共处一室，索性直接摔门离开了。

刘义洲跌坐在沙发上，将脸埋在手掌里，泪水顺着指缝流出。这个向来流血不流泪的男人，这一刻不顾形象，哭得宽厚的背不停地颤抖……

神秘的小情人

楚歌出了小区，漫无目的地走在灯火璀璨的街头。这座大而繁华的城市，万家灯火，却没有一盏与她有关。结婚后，她的生活完全以刘义洲为中心，忘记了去交朋友，忘记了该有自己的生活。唯一的好朋友严熙也在大洋的彼岸。她忽然觉得很孤单，很孤单……

楚歌在一家酒吧门前停下脚步，迟疑了一下，走了进去。

吧台前，她点了一杯酒精含量低的酒。她不想买醉，她要清醒地认清自己的错，从头开始。

她一个漂亮女人独自坐在这里，时不时地就有男人上来搭讪，却都被她的冷淡给冻走了。

楚歌有时候挺讨厌这样的自己，她忽然又想起了闺蜜严熙。严熙是热情如火的，大学时，住在她的上铺，总是带着她去疯。

如果这个时候严熙出现，能带着她去疯，她大概就不会像现在一样压抑得无处发泄了。除了严熙总是有办法让她欢动起来不说，还有很重要的一点，就是信任。她没办法把自己心里的痛去向一个不信任的人倾诉。

她回想起大学时的种种，不禁会心一笑。她正陷在美好的回忆中，酒吧里忽然响起“嘭”的一声，她吓了一跳，转头看去。有人从包间那边冲出来，撞倒了椅子。那是一个身材极好的女人，戴着鸭舌帽，长长的帽檐遮住了她的脸。

楚歌对围观向来没兴趣，正打算收回视线，女人头上的鸭舌帽被店里的装饰剐掉。瞬间，她一头波浪卷的长发倾泻而下，妩媚地飘荡在她巴掌大的美艳容颜旁。

楚歌一怔，惊呼出声：“严熙！”

严熙循声看去，看到吧台前的楚歌一怔，随即快步跑过去。这时，已经有两个男人从酒吧包间那边追了出来。

“死女人，你给我站住！”其中一个男人凶神恶煞地大喊。

楚歌一时间傻了眼，不知道这是什么情况，严熙却拿起桌子上的酒瓶，对着嘴臭的男人砸了过去。楚歌又是一惊，多年不见，严熙还是这么猛。严熙曾说过，她妈妈为她取这个名字，就是希望她能活得像公主一样优雅。可是，她却长成了个二小子。

楚歌看着凶神恶煞直逼而来的男人，下意识地挡在严熙的身前。

站在她身后的严熙暖心一笑，拉住她的手臂就跑。

两人一路狂奔，左躲右闪，也不知道跑过了多少条街，才气喘吁吁地停了下来。

严熙靠着墙壁，咯咯地笑了起来，兴奋地说："今晚真爽。"

楚歌认真地看着她，心有余悸地说："你什么时候回来的？怎么惹上那些人的？"

严熙将一根手指竖在唇边，做了一个"嘘"的手势，一副神秘的样子。

酒店里，楚歌看着好久不见，变得更加妩媚的严熙，埋怨地说："回来也不跟我联系，亏我刚刚还在想你。"

"我这不是今天才回来嘛！"严熙抱歉地笑笑，亲昵地抱住她的肩膀，"我本来想等明天去报社报了到，再约你出来聚聚的，没想到今晚就遇上了。一定是你的想念召唤了我。倒是你，你不是不喜欢去酒吧吗？怎么一个人跑去那种地方？刘义洲呢？"

故友久别重逢的喜悦瞬间凝结在楚歌的脸上，她微垂下眼睑，声音低落地说："我们马上就离婚了。"

"刘义洲有小三了是不是？"严熙一激灵，几乎肯定地问。

"嗯。"楚歌低声应道。

"我就和你说过，刘义洲那人长得太招风，有钱后保准出事。现在渴望上位的小三那么多，你不招惹她，她还来勾搭你呢。"严熙说得咬牙切齿，替闺蜜打抱不平。

楚歌眼底的失落更浓了，她还记得大学时，严熙就说过，你找个刘义洲这种饭都要吃不上的小白脸干吗？这种人很可能你陪他吃完苦，是为别的女人谋福利。不如找个又帅又有钱的，就算是最后离婚了，还能分他点家产，继续潇洒。

可是，那会儿她就认准了刘义洲，她天真地觉得这世上任何人都会变，只有刘义洲不会。

“别说我了，你呢？今晚追你的那些人到底是什么人？”楚歌岔开话题，不想多谈刘义洲。毕竟两人曾经那么相爱，即便如今不能相守，也不必将过往的美好统统推翻。

“富二代的鹰犬。”严熙从兜里翻出手机，调出视频，“给你看看，我今天的成果。”

视频的画面有些黑，但可以清晰地看到几个人围坐在桌边，桌子上放着白色的粉末，几个人轮流去吸，表情飘飘欲仙。

“他们在吸毒？”楚歌震惊地问。

“嗯。”严熙收起手机，得意地说，“我保证这会是头条。就算是我报到第一天送给我们总编的见面礼了。”

“视频里的人，我怎么看着有些眼熟？”楚歌疑惑地呢喃。

“富商陈国涛的独生子陈海。”严熙得意地继续说，“为了回来一鸣惊人，我可是在国外的时候就一直研究他，今晚才能准确地找到他的老窝。”

严熙一个人在滔滔不绝，楚歌却有些出神，不在状态。

“喂！你有没有在听我说话？”严熙不满地喊她，“你发什么呆啊？别告诉我你认识这个陈海。”

楚歌回过神，认真地看向她，“陈国涛是我们公司的股东之一。”

“楚歌，你千万别告诉我，你想让我删除这些视频。我可是有职业操守的。”严熙警惕地说。

楚歌无奈地看着严熙的提防，失笑。严熙还是那个以正义为终生事业的严熙。

这天夜里，她和严熙同床而眠，仿佛又回到了大学时期。两人腻在一起，彻夜聊着各自的见闻，就是没有聊刘义洲。

因为严熙比谁都清楚，楚歌的伤口需要她自己来养好，别人一再提及只能一次又一次地把伤口撕得见血。

严熙说："楚歌，别怕，凡事有我呢。"

那一刻，楚歌红了眼圈。有一个信任的人在这个时候陪在自己的身边，楚歌才足以坚强地面对风雨，不会倒下。

严熙回来了，楚歌的生活也渐渐丰富起来。

第二天楚歌才一走出公司，严熙已经开着大越野停在了她的面前。

"不错啊，才回来就有车开。"楚歌坐在副驾驶座位上，啧啧称叹。

"我向报社同事借的。"严熙笑眯眯地说。

"哎呀，美女的人缘就是不同。第一天上班就有同事慷慨奉献。"楚歌的语气难得轻松，"你那个视频怎么样了？"

"已经交给我们总编了。近期就会爆炸登场。"严熙不免有些兴奋，"国内不是流行周一见吗？"

楚歌无奈地笑着摇了摇头，问："我们今儿去哪？"

"带你去个好地方。"严熙神秘兮兮地说，"我在国外就盯了好久的地方，据说那儿的老板特别帅。"

“你这身在曹营心在汉啊，人在国外整天盯着国内。”楚歌被她逗笑。

“那当然了。谁让咱们的祖国人才多，帅哥多呢。”严熙的眼睛已经笑成了一弯月牙，一副如果帅哥在眼前，她就会立刻扑倒的架势。

“我倒真想看看一会儿见到的男人有多帅。”楚歌与她一唱一和，车里充满着欢声笑语。

严熙开车的技术很娴熟，找路的能力也很强。不像楚歌在这座城市生活了那么多年，还是个路盲。严熙说，这是她的职业习惯。记者如果不认路，怎么去明察暗访呢？

两人一路欢快地聊了些有的没的，很快就到了严熙说的神秘地方——在比较偏僻的小巷里。车开不进去，两人只能徒步走进去。很快，两人在一个既不起眼也没有招牌的店铺前停下脚步。

严熙拿出手机，对照了一下手机上的照片，欢喜地说：“就是这里。”

楚歌又打量了一下里边的环境，零零散散的电器零部件、万用表、烙铁，还有一些楚歌叫不上名字的工具，都散乱地扔在桌子上。楚歌有些难以置信地问：“你来修家电的地方干吗？”

“这里不是修家电的。”严熙神秘一笑，说了句“一会儿你就知道了”，便走进店里。

“你好，于继晨老板在吗？”严熙试探着喊了声。

楚歌一怔，难道是重名？她正这么想着，就见里间走出来一个男人。男人穿了一件白色的毛衣，精致的面容给人一种很干净的感觉。

“于继……”楚歌惊讶地看着走出来的男人。可她嘴里的话还没说完，就被严熙把话接了过去。

“虞姬？楚霸王那位虞姬吗？”严熙贴在楚歌的耳边，暧昧地说，“长得还真不错。老实交代，你们怎么认识的？”

于继晨看到楚歌，也愣了愣，僵住脚步。

还不待楚歌回答，里边又走出一个男人，男人双手插兜，吹着口哨，黑亮的头发打了摩丝定型，有一撮翘起。他一见到楚歌，兴奋地走了过来，风风火火地，步子带风，向楚歌伸出手，爽朗地说：“这位一定是师娘吧？我叫罗峰。你叫我峰子就行。”

楚歌愣在当场，一时间不知道该怎么反应好了。

“于继晨是我师父。”罗峰怕楚歌不懂，特意解释道。

罗峰一看年纪就比于继晨大，和楚歌的年纪相仿。不过学艺不分年纪，这个楚歌倒是理解。可是上来就叫她“师娘”，她有点吓到了。

罗峰也不管气氛是不是尴尬，自顾自地继续兴奋地说：“我师父刚刚还在想念师娘，师娘就来了，还真是心有灵犀。”

罗峰说着还不忘向于继晨抛去一个暧昧的眼神，让气氛更加微妙。

严熙惊得瞠目结舌，用胳膊轻轻碰了一下楚歌。

“行啊。这么快就找到小情人了。”严熙瞄了于继晨一眼，暧昧地低声说，“这个颜值绝对不输刘义洲。最主要的是比他年轻。以后你就是霸王，他就是你的爱妾。一起让敌营的刘义洲哭去吧。”

“这都什么跟什么啊？我记得你上学时，历史总交白卷。原来你对中国历史也感兴趣啊？”楚歌无奈地摇摇头，看向于继晨，轻声说，“没想到我朋友想找的老板是你。”

“一直没机会跟你说。”于继晨轻描淡写地说。

楚歌愣了愣，不禁意识到她对于继晨的了解真的是微乎其微。她轻易让这个认识几个月的年轻男子走进她的生命中，大概是因为“生死之交”四个字吧。楚歌的脑中不禁闪过她失去孩子那天的画面。

那天，一条告密短信，将她引到别墅。

这栋别墅买于三年前，但她嫌两个人住这么大的房子太空，就一直住在老房子里，想等生了孩子，再接两家父母一起来同住，也算是一家子其乐融融了。

可是，在这栋承载着她美好梦想的别墅里，她看到的却是谷倩玲穿着睡袍，头发还湿答答地向她走来。

谷倩玲看到是她时，明显还有些紧张，右脚略微抬起，有点进退不得地又落回了原地。

楚歌忍下想要给她一巴掌的冲动，问道：“刘义洲呢？”

她和刘义洲婚姻里的问题，她不想跟这个女人用肢体冲突来解决。就算她能打得眼前的女人跪地求饶，那也不算是胜利。

“他天亮才睡，这会儿还没有起床。”谷倩玲顿了顿，尴尬地问，“要不要我去叫他？”

“如果我没有记错，这里是我的家。”楚歌鄙夷地看着她，

“请问这位小姐是谁？”

谷倩玲的脸色一嗔：“那你好好照顾董事长，我现在就进去换衣服离开。”

她说着转身向屋里走去，自然的姿态，仿若楚歌才是个闯入者。

楚歌不想把时间都浪费在跟她较劲上，抬步向楼梯走去。

谷倩玲站在大厅里，毫不避忌地褪下浴袍，露出布满青紫吻痕的姣好身体，才伸手去捡沙发上的衣服。

楚歌的脚步微僵，视线定格在她的身上，那些烙印无一不刺伤她的眼。小腹处一股刺痛蔓延而上，冲破她脑中的空白。

她狠狠地闭了闭眼，再睁开时，眼中已是一片坚决。她收回视线，抬步向二楼走去。

小腹的疼痛愈加剧烈，冷汗不断地从鬓发间渗出。

她轻轻地抚上小腹，在心里不断地对腹中的孩子说：“宝宝，你再忍忍，妈妈今天一定要做个了断。即便你没有爸爸，妈妈一个人也会好好爱你。”

在二楼主卧的门前停下脚步，她去推门的手微顿了一下，终是没有允许自己再迟疑，用力将紧闭的门推开。

入眼处，一片狼藉，他的衬衫、西装、领带扔了一地……

她的身子不稳地晃了晃，视线微垂，正好看到门口一条被撕破的丝袜。

腹部一股绞痛翻涌而上，她的眼前一黑，险险扶住门框，才不至于摔倒。

门里传来低沉的询问声：“还没走？”那是刘义洲的声音。

这一刻，她不想吵，不想闹，不想质问，只想挺直腰板对他说：“刘义洲，我们离婚！”

楚歌咬紧牙关，松开门框，艰涩地挪动脚步向屋里迈去。

她将将抬步，屋里也传来了下床的响动。须臾，光着精壮上身的刘义洲走进她的视线中。

“呵！呵呵！”她一时间找不到语言，只能嘲讽地笑，这就是她爱的男人吗？

刘义洲健硕的身体蓦地一僵，下意识地上前一步：“楚歌！”

“别靠近我。”楚歌厉喝一声，急急地后退，若不是后背狠狠地撞上了门框，只怕她这会儿已经跌坐在地上。

“我们离婚！”她满眼灰败之色地盯着他，蓦地拔高声音，“刘义洲，我们离婚。”

刘义洲的眼底有一抹震惊之色极快地滑过，两步冲到她的面前，握住她的手腕。

“不要碰我！”楚歌抽出手，嫌恶地盯着面前的男人，拼尽全力地挣扎，想要挣脱他的禁锢。

“楚歌，对不起。”刘义洲失去了平日的沉稳，颓败地说。

如果感情真的没有了，她愿意与他好聚好散，他现在这样算什么？

她一巴掌落在刘义洲的脸上，啪的一声整个世界瞬间都静了。

她的手在半空中颤抖了良久，才无力地跌落。

“刘义洲，我看不起你。”她的声音明明很轻，在这样安静的空间里，却显得尤为突兀，让听了的人不禁心慌。

刘义洲脸上的表情瞬间定格，在她鄙夷的视线下，连与她对视的勇气都没有了。

楚歌跑下楼的时候，谷倩玲就站在楼梯旁静静地看着她。那眼神有怜悯，有同情，就好似眼前的结局并不是她想要的。

楚歌离开别墅的时候，腹部一股一股蹿起的疼痛愈发明显。可是，她当时太气，根本没当回事。她开着车，就冲上了马路。泪水模糊了她的视线，脑中肮脏的情景让她的情绪崩溃。以至于在差点撞到人时，她紧急转向，撞在了一旁的护栏上。她的身体受到冲击，撞在方向盘上，又弹了回来。原本就有疼痛袭来的腹部变成了剧痛。她眼前的景物已经幻化成几个影像，她捂着肚子，绝望地在心里说：“楚歌，你不能倒下。宝宝，对不起，对不起。”

隐约间，车门被人打开，她似乎看到眼前有一片蓝色的格子，晴空万里的那种蓝。

她费力地抬起手，想要去触及，强撑许久的身体却不争气地向下软了去，被一双有力的手臂稳稳地抱住。

她的头靠在上下起伏的胸膛上，努力地想要看清救她的人，眼底却只有蓝色不停地晃动。

“你撑住。我送你去医院。”耳边的声音又急又惊，她的身体忽然悬空，有人抱着她，一路奔跑。

于继晨那天穿了蓝色的格子衬衫，一路狂奔，送她去了医院。

所以，于楚歌而言，即便与于继晨认识的时间不长，她还是把他当成了生死之交。

严熙推了楚歌一下，楚歌才从记忆中挣扎出来。

“既然都是熟人，我今天应该可以定做到手工音响吧？”严熙笑眯眯地说，举手投足间都透着妩媚。随便瞟谁一眼，都让人觉得她在冲你飞媚眼。

罗峰不知道什么时候跑到楚歌的身边，小声问楚歌：“师娘，这位美女有男朋友吗？”

楚歌转头看向罗峰，他眼中充满实诚的期待，让楚歌闻到了爱情的味道。她笑着摇了摇头，就见罗峰的眼中立刻燃起了小火苗。

于继晨看了看店里凌乱的环境，不好意思地说：“要不然出去找个地方坐吧？”

“别呀。虞美人，你还没回答我可不可以给我定做音响呢。我想定做一款适合睡前听舒缓音乐的音响设备。”严熙有些讨好地说。她知道于继晨这儿的音响不好定，网上都叫他大神，可见他的江湖地位。

“我这个月的设计已经订出去了。”于继晨还是面色无波地拒绝了。

“啊？怎么这样？这不合规矩啊！网上明明说你这个月还没有公开预约定做。”严熙表示抗议。

“内定的。”于继晨声音无波地说了句，转身走到柜子旁，从柜子里拿出一个礼品盒，走向楚歌，递了过去，“送给你。”

楚歌没有接，有些惊讶地问：“什么？”

“上次说送你的礼物，你打开看看。”于继晨弯起唇角，笑得极为温暖。

楚歌只能接过盒子，在严熙和罗峰的期待中掀开盒盖。

蓄了半盒子彩色丝条的盒子里，放着一个巴掌大的白色小音箱，很精致，很好看，但楚歌这时还没看出来有什么特别。

“你插卡或是连接蓝牙都可以用。”于继晨顿了顿，又说，“它的音色偏暖，人声细密圆润，能够让人放松心情。为了让你能够睡个好觉，我给它加了智能 AI 系统，能够融合噪音，播放水声、雷声、鸟鸣等 16 种白噪音，可以形成 64 种有助于睡眠的背景音乐，并且我给它做了防水，能够达到 IPX7 等级，哪怕在水中也可以播放。”

于继晨说起自己的专业，侃侃而谈，脸上满是自豪。

“360 度全向发音的？一定是这个月的手工定做款，是不是？”严熙立刻懂了，看着楚歌，暧昧地笑着。

楚歌觉得手里的音响有些烫手，却只能礼貌地笑笑，向于继晨道了谢。

“才知道你有这门手艺。我们有对匠人精神的扶持基金，如果你需要的话，倒是可以合作。”楚歌倒是真的挺惊讶的。

“好。”于继晨温和地笑笑。

“中午了，我请大家吃饭吧。”罗峰兴奋地张罗着，视线一直在严熙的身上。

楚歌倒是不奇怪，严熙就是那种走到哪里都光芒四射、吸引人眼球的女人。

四个人开了两辆车，向罗峰请客的饭店而去。

车上，严熙笑眯眯地问楚歌：“你和于继晨到底什么关系？”

楚歌没有犹豫地回道：“邻居。”

“哎呀！”严熙故意夸张地惊呼，“老天待你还真不薄，甩掉刘义洲那个中年男人，立刻送一小情人给你。”

楚歌被她夸张的语气逗笑，转而逗弄道：“看你说得垂涎欲滴，要不要我给你当红娘？”

“别。”严熙连忙摆手，“和闺蜜有关系的男人，姐绝不染指。”

楚歌看着严熙的侧脸，暖心地笑了。这就是严熙，她的闺蜜，大大咧咧的性情，极为讲义气。

四人去了火锅店，愉快地谈天说地，欢快的气氛让楚歌难得轻松。

饭桌上，罗峰就是个活宝，被严熙捉弄得总是闹笑话，逗得大家捧腹大笑。俩人性格天南地北，罗峰憨厚，严熙奔放，看似不搭的两个人，却在聊到社会公义的时候，一样地认真。俩人甚至临时起意，决定组建一个“阎罗”特战队，一起消灭陈海这种作恶多端的富二代。

罗峰是警察，之所以追着于继晨叫“师父”，全然是因为他也是手工音响发烧友，而于继晨恰好又是这方面的专家。从这点上也能看出罗峰是个品行特别好、特别尊师重道的男人。

楚歌看着性格不同的严熙和罗峰对正义同样坚持的模样，不禁想起了大学毕业那年，自己和刘义洲也是这样相信正义，怀揣梦想。十几年过去了，没有变的严熙又回到了她的身边，这让她更加燃起了斗志——她一定要拿回公司，拿回属于她的梦想。

饭还没吃完，于继晨接了个电话，就先离开了。走时，楚歌见他的脸色有些不自然，倒也没多想。

散局后，罗峰送两位女士回了严熙住的酒店，还一口承担下帮严熙找房子的重任。

当天晚上，楚歌带着微笑，在严熙的身边入睡。这是几个月来，她睡得最安稳的一夜。因为她不再是一个人孤军奋战。

她知道后边还有硬仗要打，她也知道，排山倒海般的阻碍很快会到来。

楚歌一直等着严熙的爆炸性新闻，却迟迟没见视频公开发布，倒是忽然传给了她。楚歌正不解时，严熙的电话忽然打了过来。

“严熙。”楚歌接起电话。

“楚歌，有人要抢视频，帮我保存。”严熙边说边急促地喘息，故意压低的声音里含着慌乱。

“严熙，你怎么了？”她的声音还未落下，电话另一边传来一阵杂乱的声音，以及男人凶神恶煞的声音。

“那个臭娘们儿就在附近，都给老子去找。她今儿若是不交出视频，就弄死她。”

楚歌不假思索地起身向门口冲去，急切地问："严熙，你在哪？出了什么事？"

"严熙，你说话啊！"楚歌对着电话里急切地嘶喊。她拿着电话的手都在发抖。电话另一端除了杂乱的脚步声，再也没有了严熙的回应。

楚歌不敢挂断电话，只能一边听着电话，一边向电梯口冲去。她心急火燎地可算等来了电梯，刚要踏进去，手腕忽然被拉住。而电梯里的人，看着电梯门口的一幕，都为之一惊。

她恼怒地转身瞪去，说她这会儿双眸喷火一点都不夸张。她恨不得插上一双翅膀去找严熙，有人胆敢在这个时候拦她的路，她不红眼才怪。只是，入眼的人却让她一怔，是刘义洲。她身后的电梯门缓缓地关起，带着一众还在震惊中的观众离开。

"楚歌，发生什么事了？"刘义洲沉声问。

"不用你管。"楚歌想要甩开他的手，却是徒劳。

刘义洲死死地握住她的手腕，语气不容置疑："严熙出事了，是不是？"

楚歌整个人为之一震，难以置信地看着刘义洲，"你怎么知道的？"

如果说她之前的视线足以喷火，这会儿就是恨不得将刘义洲撕裂。

"事情跟我没关系。"刘义洲叹了声气，握着她手腕的大掌用了些力气，"如果想救严熙，就先跟我去办公室。"

刘义洲不容分说，拉着她就走。

楚歌看了一眼已经通话中断的手机，这会儿自己就算出了公司，也不知道去哪里救严熙，看来只能在刘义洲这里试试了。

她任由他拉着，一路走过长长的廊道，毫不避讳路过的员工的窥探，进了他的办公室。

一进门，楚歌就迫不及待地问：“你怎么知道严熙出事了？”

“今天上午我见过陈国涛。”刘义洲语气沉重。

“所以呢？”楚歌冷静且疏离地问。

很显然，陈国涛和刘义洲都已经知道了严熙有视频。而要抓严熙的人，应该是陈国涛的人。可是，陈国涛怎么会这么快就找到严熙？按说，陈国涛是不敢动作那么大地挨家报社去找人的，让媒体知道了会更加大做文章。陈国涛是怎么做到这么快就锁定了严熙呢？

刘义洲眸光深沉地看了她一眼，在沙发边坐下，才说：“如果严熙交出视频，我会保证她没事。”

“不可能。你也不是今天才认识严熙。陈国涛越是逼她，她越是不可能同意交出视频。”楚歌坐立不安，人在刘义洲的办公室里，心已经飞去找严熙了。

“你也了解陈国涛的脾气，如果严熙不交出视频，他肯定不会善罢甘休。”刘义洲冷静自若，仿佛在谈一宗买卖。

“光天化日之下，还没王法了？”楚歌怒不可遏，“你去告诉陈国涛，如果他把严熙逼急了，只会让她立刻公布视频。现在网络这么发达，视频一公布，他们陈家随时身败名裂。”

“那你呢？你不是想在公司站稳脚跟吗？你不是想和我争

吗？”刘义洲紧紧地盯着她，“陈国涛也是公司的股东，你不希望得到他的支持吗？”

楚歌脸上的怒意僵住，她失望地看着刘义洲。

“刘义洲，你以为我为什么想拿回启航？”楚歌蓦地抬臂，指向窗口，“启航艰难得只剩下我们俩那年，我说，我相信有信念的人一定可以渡过所有难关，不会被任何困难彻底打倒。可是，你爬起来了，却忘记了你曾经站在这里的初心。”

刘义洲的表情僵住，心虚地挪开看着她的视线。

“你以为我是为了赢你，才不顾一切回到这里的，对不对？”楚歌轻蔑地一笑，“你太看轻我了。”

楚歌退后两步，拿出手机。

“只要我立刻发布陈海吸毒的视频，陈国涛就不在乎严熙手里的视频了。”楚歌说着按开微博，双手颤抖着打算发布严熙的视频。

“你疯了？你用你自己的微博和手机发出去，陈国涛立刻就会查到是你做的。”刘义洲恼怒道。

“知道又怎么样？”楚歌激动地反驳，“我不过是发布一个事实。他还能杀了我？”

“楚歌，不要冲动。你不是想跟我争启航吗？”刘义洲压低声音，劝道。

“你想说什么？”

“你想想看，陈国涛肯定不敢闹出人命，他们找严熙，只是为了她手里的视频。”刘义洲试探着逼近楚歌。

楚歌微迟疑，刘义洲蓦地上前，抢下楚歌的手机。

“刘义洲，你干什么？把手机还给我！”楚歌反应过来，激动地大喊。

“如果你把陈海的视频发布出去，陈国涛永远都不可能支持你。”刘义洲提醒道。

楚歌丝毫没有迟疑，向刘义洲伸出手：“刘义洲，把手机还给我。要不然我会恨你一辈子。”

刘义洲不理她，迅速按开她的手机。他还记得她的手机密码。

楚歌见他动自己的手机，激动地上前想要抢回手机。可是，无论是身高，还是体力，她都不敌刘义洲。

刘义洲操作熟练地迅速删除楚歌手机里的视频，才把手机还给情绪激动的楚歌。

楚歌接过手机，不死心地立刻查看微信，视频没了，她和严熙的全部聊天记录都没有了。

“刘义洲，如果严熙出事，我不会原谅你的。”楚歌双眼含恨，声音颤抖。

楚歌不想再多言，这个时候，救严熙最重要。她拉开门快步出了刘义洲的办公室，回到了自己的办公室，她现在不知道严熙在哪，所以她不能乱，严熙还等着她去救。她拨通了罗峰的电话，他是警察，他一定有办法找到严熙。

罗峰很快查到严熙手机信号出现的位置，离楚歌的公司很近。

楚歌已经心急如焚，挂断电话，就出了办公室。

另一间办公室里的刘义洲正坐在办公桌后吞云吐雾，他的双眼透过烟雾，正紧紧地盯着电脑屏幕，屏幕上赫然显示的就是楚歌办公室的实时监控画面。他深沉的眸光一滞，看到楚歌站起身向办公室外冲去。他旋即掐灭了烟，也走出办公室。

忘了来时路

刘义洲开车从车库出来的时候，楚歌正好上了一辆出租车。他的车紧紧地跟着出租车，表情无比沉重。

楚歌坐在出租车的后排座，焦虑不安。她很快到了罗峰给的地址，街头车水马龙，人声鼎沸，她不只是没有搜寻到严熙的身影，就连看似凶神恶煞的团伙也没有看到。

她强制自己冷静下来，从罗峰查到严熙的地址，到她赶来，已经过去了二十分钟。严熙不可能一直待在原地。

这时，楚歌的手机提示音响起。是严熙，她发来一个实时定位。

实时定位离她不远，她按着定位穿过一条马路，进了对面的商场。

楚歌跟着也在移动中的严熙转了几个弯，她和严熙的位置在地图上终于显示出交叠了。楚歌抬头看向面前的招牌，是一家咖啡店。严熙在咖啡店里。

楚歌一喜，刚要走进咖啡店，却被身后横冲直撞的男人撞了一下。随即，三个面色不善的男人越过了她。

“进咖啡店找找那个臭娘们儿。”其中一个男人说。

楚歌脸上的喜悦散去，她只是略微思考一下，就举起手机，大喊道：“陈海的视频在我这儿。”

她的心脏猛烈地跳动着，说不怕是假的。如果这三个男人真的是在找严熙，听到她的声音，就一定会转而对付她。她一个女人怎么会是他们的对手？可是，她不出声，看着他们进入咖啡厅，受害的就是严熙。

三个男人蓦地顿住脚步，迅速转头看向楚歌。

楚歌从他们凶恶的表情中看出，他们就是来抢视频的。她反应迅速，转身就向商场门口的方向跑去，她记得那里有保安。可是，她的位置离商场门口还有些距离。三个人高马大的男人无论是步子大小，还是奔跑的速度都比她更占优势。她才转了一个弯，就被三个男人围住了。

“把视频交出来。”领头的男人已经丧失了耐心，话落直接就冲上去抢楚歌手里的手机。

楚歌的胳膊被按住，手腕被扣住，顷刻间已经被两个男人控制住，另一个男人则上来抢楚歌的手机。楚歌为了帮严熙拖延时间，低头就对着抢手机的男人的胳膊咬去。男人被咬得“啊”地叫了一声，抬手一巴掌就要落在楚歌的脸上。楚歌吓得闭上眼，巴掌却没有落在她脸上。她睁开眼时，那双企图作恶的手已经被另一只手握住。

“刘义洲，你怎么来了？”楚歌惊讶地问。

刘义洲与她对视一眼，看向挥巴掌的男人。

“今天谁要是敢动她，我他妈弄死他。”

楚歌咽了咽吐沫，有些惊讶。在她的记忆里，刘义洲说话是从来不带脏字的。他这会儿一张黑沉的脸，是他怒极的反应。

“多管闲事。”男人甩开刘义洲的手，抬拳对着刘义洲打去。

刘义洲这种常年坐办公室的人，哪里是这种流氓的对手，来往几下，脸上就已经挂了彩。

“别打他，我没有视频。”楚歌看着被打倒在地的刘义洲，满眼泪水。她曾以为她再也不会为了刘义洲而心疼落泪。这一刻，她多希望他还是那副讨厌的嘴脸，高高在上地只在乎自己的利益，而不是像这会儿一样狼狈。

楚歌的手机这会儿已经落在按住她的男人手里。楚歌看向男人，哽咽着说：“别打了。我现在就帮你解锁手机。我手里真的没有视频，我只是想救我的朋友。”

楚歌颤抖着手，解锁手机。男人点开楚歌的相册，确认没有视频。

“视频在我这儿。”严熙的声音忽然响起。

楚歌一惊，循声看去。严熙和穿了警服的罗峰，以及他的同事一起向这边跑来。

“干什么？警察！”罗峰厉声喝道。

三个男人一看有警察，不敢恋战，撒腿就跑。罗峰和同事立刻追了上去。

楚歌一获得自由，想也没想，就跑到了刘义洲的身边。

“刘义洲，你没事吧？”楚歌面露急色。

刘义洲用拇指抹掉唇角的血迹，与楚歌对视一眼，看向也走了过来的严熙。

“以后这种事别扯上楚歌。”刘义洲不客气地说。

“对不起。”严熙抱歉地说。她没想到楚歌会在附近，才传了实时位置给她，本意是希望她能帮她报警。等到她进了咖啡厅，躲起来，才发现楚歌的位置和她的重叠了。她冲出来找楚歌，遇见了罗峰。他们赶来时，看到的一幕就是楚歌被两个男人按住，刘义洲被另一个男人打得挂了彩。

刘义洲转首凝视着楚歌，低哑的声音里含了些怒意：“为什么总是这么傻？总是让人这么不放心？”

楚歌刚想开口，他已经收回视线，向商场门口走去。

“不去追？”严熙问。

楚歌摇了摇头，没有说话。

罗峰和同事很快把三个男人抓了，只是二人的嘴巴特别硬，就说是私人纠纷，坚决不承认和陈家有关系。陈家是有头有脸的人物，他们自然不可能随便被抓来问话。

严熙把手里的视频交给了罗峰，罗峰对比确认了是陈海后，通知了事发地的片区警察多注意陈海最近的活动。如果单凭视频去抓人，只怕陈海根本不会承认自己在吸毒，反而会打草惊蛇。

楚歌和严熙都在警局做完了笔录。罗峰原本今天不上班，处理完事情，索性就直接送严熙回家了。严熙受了些轻伤，情绪倒是稳定。她之前在国外做记者时，曾被人拿枪指着过，今儿这点风浪，用她的话来说，简直是小菜一碟。她说这些话时，眼角眉梢全是风情，那是在经历过风浪之后的不惧。

这会儿，罗峰是严熙的忠实倾听者。

数小时前，来商场救他们的罗峰是沉稳刚毅的保护者。

看着眼前的严熙和罗峰，楚歌已经预见了他们之间美好的未来。

楚歌不知怎么的，就想起了刘义洲……

楚歌回公司时，刘义洲还没回来。她猜他应该去处理伤口了，毕竟花脸进公司不太好。她熟练地在手机上按下他的手机号，手指在绿键上迟疑了一下，却没有按下去，顺手把手机放回桌子上。

她的脑中全是刘义洲受伤时的画面，刘义洲这人向来护短，他可以为了生活受点委屈，但是谁要是欺负他身边的人，他一定不会手软。

她想了想，拿起座机，拨通内线。

“娇娇，帮我查一下陈海喜欢去的场所，以及他的情人。”

“是。”陆娇娇果断地应声。

几个小时后，陆娇娇进了她的办公室。

“楚小姐，已经查到了。陈海经常出入一家叫沉沦的酒吧和本市的雅庭五星酒店，他的情人很多，其中一个来往甚密的女人叫露露。”陆娇娇干练地说着。

“能找到露露的联系方式吗？”楚歌急忙问，如果她能说服这个露露去检举陈海，不但大仇得报，严熙手上的视频也就不重要了。

“可以。不过，您现在可能联系不上她了。”

“为什么？”

“一个小时前，警方接到露露的报警电话，说她和朋友在一起吸毒。警察赶过去时，当场抓获了露露和陈海。”陆娇娇有条不紊地说道。

“什么？”楚歌一惊，露露出卖陈海是为了什么？是巧合？还是有人和她想到一起去了？

她不禁想起了刘义洲，会是他吗？

“楚小姐，董事长回来了。”陆娇娇顿了顿，继续说，“董事长的脸挂了彩。”

“嗯。”楚歌从喉咙里滚出一个音，再没有其他反应。

陆娇娇将一份文件放在楚歌的桌子上，笑眯眯地说：“楚小姐，这份文件需要董事长签字。求您帮我拿去签一下，我还有别的事情要处理。”

楚歌失笑，陆娇娇这是在给她找台阶呀。

“好，我知道了。”

她拿着文件过去时，刘义洲正站在窗边接电话。脸上的伤显然处理过了，但看着还是很明显。电话里的人不知道在跟他说什么，他的脸色格外沉重。见她进门，他挂断电话，走到沙发边，示意她坐。

“是你说服露露检举陈海的？”楚歌直奔主题。

“你觉得那样一个女人，谁能说服她？”刘义洲不答反问。

没错，即便再有感染力的语言，也不会让露露笨到出卖她的金主，除非有利可图。

“你给了她多少钱？”

“你记住，我们什么都没有做过。陈家出事是因为他们陈家做错了事。”刘义洲平静而沉稳地说。

“谢谢你。”楚歌有些别扭地说，“愿意帮严熙。”

“你知道，我不是为了帮严熙。”刘义洲认真地盯视着她。

楚歌被他炙热的眼神盯得有些不自在，错开视线，岔开话题：“你的伤怎么样了？没事吧？”

“楚歌，放弃公司吧。你太重感情，启航现在的情况不适合你。”刘义洲凝视着她，双眼中饱含着复杂的情绪，“我们再争下去，启航的将来会怎么样，真的很难说。”

楚歌看向刘义洲，这是他们讨论这个话题时第一次没有争吵。

“太太团是我带入局的，我不可能现在撒手不管。只要冯威的事情顺利解决，太太团的出资顺利清还，我退出启航的事情，我们可以商量。”

如果说，人在利益面前，总有糊涂选错的时候，她愿意相信刘义洲一次。就像是刘义洲说的，现在的启航禁不起大风大浪。

楚歌放下文件，说：“董事长，这是需要你签字的文件。”

刘义洲点了点头，看着她起身离开。

她答应放弃，他并没有任何喜悦，只有即将离别的哀伤。

他走到电脑旁坐下，调出她办公室的监控，看着她走进办公室 ，看着她坐在办公桌前发呆。他忍不住抬手抚摸她的脸颊，泪花湿了眼角。

下午，陈国涛来公司见刘义洲。他来的时候脸色难看，走的时候脸色倒是好看了些。这不免让公司的人再次肯定了刘义洲的能力。毕竟人家的儿子刚刚被抓，正是心情不好的时候。对于两人为什么在这个敏感时期见面，猜测的版本也诸多。

楚歌下楼时，一辆豪车在她的面前停下。司机先下了车，一路快步走到后排座，拉开车门，车内下来一位看上去有 60 多岁的男人，他这会儿阴沉着一张脸，仿佛是来讨债的。

楚歌认出是陈国涛，也知道他的火气从何而来。他怕是认定了她和她的好朋友严熙一起在整他的儿子。即便最后陈海不是因为她们被抓的，她们也会被列入敌人的阵营。

“刘太太，好久不见。”陈国涛主动伸出手，脸色却并未见点缓和。

“感谢陈总还记得我。”楚歌浅淡一笑，这话倒是实话，她在公司的时候和陈国涛就没见过几次，后来又离开了，像陈国涛这种日理万机的人还能记住她这个小女人，可不是很让人惊讶？不过她更相信，他只是在今天才会对她印象深刻。

“像刘太太这么能干的女人，我怎么会不记得？”陈国涛略一勾唇，笑意未达眼底。

“陈总还有事吧？我就不多耽搁您了。”楚歌不想跟他逞口舌之快，她相信他也没兴趣。

陈国涛点了点头，说：“你找了个好丈夫。”

楚歌的心里咯噔一下，面上却始终保持着惯有的微笑。

她觉得他的话讽刺的同时，却又似乎意有所指。

目送陈国涛上车离开后，她才打车离开。大约半个小时的光景，她到了严熙住的酒店。

她敲了敲门，很快，门被拉开。她看着开门的人一怔，居然是于继晨。显然，他知道她要来，看到她时并不惊讶。

“严熙还好吗？”楚歌急切地问。

于继晨让出门口：“进来说吧。”

楚歌连忙进门，走进房间，才看到坐在沙发上的严熙。罗峰正在旁边端茶递水，严熙只要一个眼神飞过去，罗峰整个人就都软了。

“陈海已经被抓了。”楚歌说。

“真是恶有恶报。”严熙不满地嘟囔道，“我可不怕他们，他们今儿就算是拿刀架在我的脖子上，我也会坚持正义。倒是我们总编真奇怪，这么大的新闻，偏偏压着不发。”

“经过大风大浪的女人就是不一样。”楚歌摇了摇头，感叹道，“我现在真的相信你可以做女超人了。”

“可不是。”罗峰从旁接话，笑嘻嘻地问，“严熙，最近有个电影叫《超人总动员 2》，要不我们一起去看看？”

“不去。我不喜欢看动画片。”严熙果断地拒绝。

“去吧去吧。说不定看了会有代入感。”楚歌对罗峰眨了眨眼睛。罗峰立刻向她投来感激的眼神。

“代入感？什么代入感？”严熙不解。

“女超人嫁给了男超人，生了三个孩子。”罗峰赶紧解答。

“好呀！罗峰，你占我便宜。”严熙一边说一边拿起沙发上的靠枕，对着罗峰扔了过去。

“不是不是。”罗峰赶紧求饶，向楚歌投来求救的眼神。

楚歌无奈地失笑，她当然知道像罗峰这种实诚的男人，说这话时肯定没有占严熙便宜的意思。只是想表白，但嘴笨罢了。

“师娘，你快替我说说好话。”

“严熙，你就看在罗峰今儿救了我们大家的分上，别计较了。”楚歌劝道。

“好吧。看在你今儿救了我们的分上，不和你计较。”严熙说。

楚歌眨眨眼：“不过电影还是可以看看的。”

“你——”严熙不满地瞪了楚歌一眼。

罗峰开心地笑了，连忙致谢：“谢谢师娘。”

“罗峰，你还是叫我楚歌吧。”楚歌认真地提醒，她并不希望她和于继晨的关系被曲解。

罗峰愣了一下，看向于继晨。罗峰并不知道这其中的内情，甚至不知道楚歌还有个丈夫叫刘义洲。

于继晨看向楚歌，说：“我送你回去吧，你也担惊受怕一天了。”

楚歌迟疑了一下，才应了声“好”，便告别了严熙。她今天是真的累了，身心俱疲，仿佛打了一场硬仗。于继晨什么都没有问，仿佛对这事并不感兴趣，也不想八卦。

车厢里流淌着舒缓的音乐，楚歌紧张焦虑的情绪渐渐平复下来。她真的觉得于继晨可以靠音乐疗法创业救人了。

“于继晨，我不想争了。”楚歌忽然平静地开口。

“什么？”于继晨转首不解地看着楚歌。

“我不想跟刘义洲争启航了。如果他能把启航经营好，我的股份就卖给他吧。这样他才能掌握启航的控制权。”

启航就像是刘义洲和楚歌的孩子，没有一个父母希望把自己的孩子撕扯成两半，再一人一半。如果冯威的事情顺利解决，刘义洲还是从前的刘义洲，把启航交给他也好。

于继晨拧眉看着她，表情莫测。

楚歌不解地问：“你怎么了？”

于继晨的眼中有一丝慌乱闪过，收回视线，他的车已经奔着前边停下等红灯的车撞去。

楚歌双眼的瞳孔放大，惊恐地看着向前冲去的汽车。

于继晨用力踩下刹车，一阵刺耳的刹车声后，在险些撞上前车的时候，汽车紧急停了下来。

于继晨松了一口气，看向一旁的楚歌。楚歌这会儿却瑟瑟发抖，泪水弥漫了双眼。

“楚歌，你没事吧？”于继晨紧张地上下检查，“是不是伤到哪里了？”

楚歌的唇瓣颤抖着，眼前全是那天撞车后她选择流掉孩子的画面。

“楚歌，都会过去的。”于继晨抬手抚上她的脸颊，抹去她的泪水。

有些伤，你以为已经放下了。可是，后来才发现，一颗石子投进平静的湖面，都会激起很大的水花。

于继晨带楚歌去了海边，海浪声中，他放了很好听的音乐给她听。乐声中，她激动的情绪渐渐平复。

楚歌不免对于继晨的工种感兴趣起来，问了很多外行的问题，他都耐心地一一解答。这让楚歌真真实实地看到了他对这项工作的热情。

“于继晨，你想没想过通过你的专业帮助更多的人？”楚歌忽然问。

“没有。”于继晨轻飘飘地说，“我这种拿着烙铁焊焊接接的工作，也就是糊口图一乐。”

“你真的只是图一乐吗？”

于继晨被问得愣住，没有回答。

楚歌却替他回答了。“你不是。”楚歌肯定地说，“你很热爱你的工作。但在我问你时，你又刻意语气轻飘飘地表现出你的不在意。这说明，你在意的人对你的工作并不认可，你虽然固执地坚持了，但你并不自信。”

于继晨出神地看着楚歌，听她又说：“于继晨，很多梦想的起点都是不被看好的。但是没关系，只要我们自己坚信，也只有我们自己坚信，才会带着梦想走得更远。”

楚歌这句话是对于继晨说的，也是对自己说的。

回去时，疲惫的楚歌在舒缓的音乐声中，不知不觉地睡着了，连车子在她住的小区停下都浑然不知。

于继晨停稳车子，转头看着副驾驶座位上睡得安稳的女人，眸光流转是不经意泄露的情感，他的眸色深了深，缓缓俯身，薄唇贴向她白皙的脸颊……

楚歌的睫毛眨了眨，缓缓睁开眼时，正好对上他的双眼。

她一惊，旋即向一侧躲去，躲得太急，头嘭地磕在车门上，一瞬间昏涨的头脑清醒了。

他一拧眉，直起身，闪躲的眼神掩饰不住他内心的慌乱。

“于继晨，你干什么？”楚歌沉着脸，怒视着他。

“呵呵……”于继晨自嘲地笑了笑，他也想知道自己在干什么。刚刚那一瞬间，他情不自禁地被吸引，根本没想过自己要干什么。但他就是身体力行地干了。

“到了，下车吧。”他艰涩地从嗓子里挤出一句，神情尴尬，不敢看她。

楚歌也觉得这时候无比尴尬，车厢内的空气稀薄得让人喘息困难。她旋即推开车门就要下车，却被还绑着的安全带硬拉了回来。她手忙脚乱地解开安全带，逃命似的下了车，一路飞奔到家。进了门，靠在门板上，她还在心慌地喘息。她不是懵懂不知事的小姑娘，于继晨刚刚的做法代表着什么，她懂。

看似普通的工作日，启航的董事长办公室里却气氛凝重，徐征将一份国内的鉴定报告推到刘义洲的面前。

“义洲，美国的鉴定证明是假的。”徐征的声音很轻，是灰心时的绝望，“百易的新型建材研究虽然离成功很近，但还没有达到投入生产的要求，一定拿不到审批，不能投放生产。”

刘义洲看着桌子上的鉴定证书，半晌没有出声。

“我试着联系过那个美国人，已经联系不上了。”

刘义洲蓦地抬头看向徐征，说：“怎么可能？我们明明调查过，他的身份都是真实的。”

“没错，他确实是美国 MQ 建材公司的代表，只是他在与我们接触时，就已经递了辞呈给公司。一个月前，他已经正式离职。”

“所以，他三个月前提交给我们的鉴定证明也是他伪造的？”

“没错。”徐征恨得直咬牙，“义洲，这是一场处心积虑的骗局。从冯威来我们公司跳楼到美国建材商出现，这一系列的事情只怕都是精心安排的。”

刘义洲拿起桌子上的鉴定证明，手缓缓攥紧，将鉴定证明攥成了团。

“义洲，报警吧。”徐征劝道。

“不行！”刘义洲立刻阻止，“如果我们报警的话，启航会面临很严重的债务风波。等我找冯威谈谈。”

“好。”徐征点点头，试探着问，“要不要告诉楚歌？”

“不要告诉她。如果太太团知道这件事情，楚歌会身败名裂的。”刘义洲扶额，靠在沙发上，只觉得满身的疲惫。

第二天，刘义洲亲自去了百易见冯威。看到第二次注资的百易依旧一副颓败的景象，甚至连研发团队也已经全部离职。冯威一个人还在研发实验室里坚持，整个人已经神经兮兮，那是濒临崩溃前的最后挣扎。而这次会面，促使刘义洲做了一个足以影响后边所有事的决定。

楚歌原以为他们与陈国涛之间的瓜葛会暂时止步于视频事件，怎知在每周一次的高层会议上，刘义洲提出了一个让楚歌震惊的议案——启航决定为陈国涛的百花园项目募集资金。

脸色沉重的楚歌始终没有出声，只是仔细聆听。直到所有人都已经说完了，刘义洲告诉各部门一定要高度重视这个案子时，楚歌才出声：“我不同意公司帮长河地产募集资金。”

会议室的人本来都已经自动忽略了她的存在，这会儿她忽然出声不说，还语出惊人，着实吓人一跳。

“这个案子给我们公司带来的利润将会是可观的，你现在提议放弃，理由是什么？”刘义洲的眉心紧皱，深邃的眸子里却有着一丝紧张。

“我们公司从成立的最初，定下的目标就是扶持有理想的创业者。”楚歌紧紧地盯着刘义洲，“不是去投什么房地产项目，帮他们一起把房价炒起来。”

刘义洲深吸一口气，说：“楚歌，公司想要长远发展，必须看重利益。”

楚歌不禁失望，刘义洲这会儿的表情和反应似乎已经完全忘记了他们第一次站在没装修的办公室里，他拉着她的手说过的话。那天，她问他会不会觉得十八楼不吉利。他说，如果十八楼是地狱，那么下边的每一层都是。我们拼尽全力地爬上来，为的不是毁灭，而是我们站在这里的时候，没有忘记初心。

楚歌不禁觉得自己真傻，她竟然相信他之前违规挪用款项只是一时糊涂。他真的变了，不只是背叛了他们的情感，也背叛了初心。

楚歌收起思绪，掷地有声地道："长河地产在两年前险些破产，最后却因为某高官的扶持死而复生。耗费这么大的财力去扶持一家濒临破产的房地产私企，是为什么？现在查贪官查得很厉害，如果长河出事，我们公司很难启动退出机制。"

楚歌的声音才落下，坐在刘义洲下手边的乔远就不屑地嗤了一声，有些讽刺地说："楚小姐，你是不是也太杞人忧天了？如果按你的担忧来推断，我们现在就不能和任何一家公司合作了。指不定哪家公司就被查了！"

楚歌懒得理乔远，她看向刘义洲："长河不管在危机前，还是危机后，都未尝试融资的合作方式。那是因为他从政府拿地可以用银行贷款，建筑成本可以用卖房的款项支付。所有的利益都被他尽收囊中，他自然不愿意被人分走一杯羹。但是他现在把这杯羹拿出来了，董事长真的觉得这杯羹里装的一定是利益吗？"

楚歌锐利的眼神咄咄逼人，继续说："作为公司的大股东，我不希望我手里的资产贬值。希望董事长不要一意孤行。"

刘义洲迎视着楚歌锐利的视线，眸沉似海，仿佛很认真地想了一会儿，才点点头。

“你的提议我会仔细想想。”刘义洲看向在座表情都有些诧异的高管们，“还有事吗？没事就散会吧。”

表情各异的高管们这才从看戏的心态中回过神，起身纷纷离开。这一场表面上平静，内里却很有内容的会议，让诸位火眼金睛的高管看明白了一件事情，就是董事长对老婆还是有感情的。

楚歌站起身，刚要离开，刘义洲忽然开口叫住她：“楚歌，你等等。”

楚歌顿住脚步，看向他。

刘义洲起身，将会议室的门关上。

“楚歌，只要你尽快放弃公司的股份，这样不管我做什么决定，你都不会蒙受损失。”

“刘义洲，我是想过放弃启航的股份。因为我把启航当成我们的孩子，我不想因为我们的分开而撕开启航，让启航面临危机。可是，刘义洲，既然启航是我的孩子，我就不会眼看着别人利用启航作恶。”楚歌盯视着刘义洲，满眼的坚决，“如果你不肯放弃为长河地产募集资金，我就不会放弃启航。”话落，楚歌转身抬步。

刘义洲扣住楚歌的手腕，表情有些焦急：“楚歌，别闹。”

“刘义洲，我没在和你闹。”

“楚歌，别逼我。我一定要拿到公司。”刘义洲扣紧她的手腕，“别让大家都不好受。”

楚歌的手腕隐隐作痛，她失望地反问："你威胁我？"

启航最初创立时，股份三分。她和刘义洲共同持有75%，蒋伯诚持有15%，杨守生持有10%。后来公司需要发展，接受了陈国涛的对赌入股，股份稀释成四份，楚歌夫妻共同持有63.75%，蒋伯诚持有12.75%，杨守生持有8.5%，陈国涛持有15%。如果运营业绩达不到对赌要求，限期内不能在新三板上市成功，陈国涛持有的15%股份将增持到30%。到时候的局势就会变成楚歌夫妻持有52.5%，蒋伯诚持有10.5%，杨守生持有7%。所以楚歌理解刘义洲为什么不肯跟她平分公司的股份。只要他们共同拥有的股份不分散出去，他还是公司的大股东，别人想撼动他的位置就很难。

纵使楚歌理解"人不为己，天诛地灭"这句话，更相信人在极端的利益面前，什么都做得出来，可是，即便到了这一刻，她仍旧不希望刘义洲会是这样的人。

刘义洲没有接话，表情更沉了些。

"董事长如果没有事了，我就先走了。"楚歌也不等他回答，用力抽出手，抬步向门口走去，蓦地拉开门，门口俯身在门上的谷倩玲吓了一跳，表情尴尬。

楚歌冷冷地扫了她一眼，直接越过她离开了。

刘义洲拧眉看向谷倩玲，不耐烦地问："有事？"

"我听说楚歌在会议室给你难堪了。"谷倩玲走到他的身边，心疼地看着他，"不放心就过来看看。"

刘义洲没有接话，表情冷淡地看着她，像是在等她接下来的话，又像是在等着看她能耍什么花样。

“我知道她因为恨我，才故意难为你。如果我离开，能让她解恨的话，我可以走。”谷倩玲的声音低低的，透着委屈。

刘义洲不耐烦地起身抬步，在与谷倩玲擦身而过时，他微顿脚步说：“别把自己看得太重要，她不会恨你的。”

谷倩玲一怔，还不待多做反应，说话伤人的男人已经出了会议室。

刘义洲这话绝对不是看不起谷倩玲才说的，而是他真的了解楚歌。以楚歌的脾气，她只会恨出轨的他。

这边两人剑拔弩张，那边楚歌已经应严熙之邀，提前下班了。今天严熙已经搬离酒店，住进新租的房子里。

出租车缓缓地在严熙住的小区停了下来——长河地产开发的百花园，严熙住进了这个小区，只怕以后有热闹看了。

百花园目前已经开发了一期和二期，还有大部分拍下的土地并未进行开发。但楼市的低迷，加之百花园一期和二期的信用问题如隐藏的炸弹一般，只怕之后的开发不会顺利。

楚歌上楼时，严熙正坐在那儿优雅地擦着指甲，来开门的人是罗峰，身上正系着围裙，显然正在做家务。

楚歌一怔，正在想自己的到来是不是有些不合时宜时，罗峰看着她的身后，狐疑地问：“我师父呢？没和师娘一起来吗？……哦，不对。”罗峰抱歉地笑笑：“应该是楚歌。”

楚歌尴尬地回道：“我们没有约在一起。”

坐在客厅里擦指甲油的严熙看了一眼两人的方向，说：“行了，既然你师父不来了，你也先回去吧。”

罗峰有点恋恋不舍，但还是脱下围裙，嘱咐道：“汤在锅里呢，再有半个小时就可以喝了，你记得喝。”

“谢了。”严熙冲着他抛了个媚眼，风情万种。不只是电得罗峰浑身发麻，就是楚歌都同时被电中。看着罗峰不情不愿离开的身影，楚歌抹了把额头，关上门，才对仍旧在那认真擦指甲油的严熙说：“看来我来得不是时候啊。”

“别闹。我和罗峰只是朋友。我要是看上他了，这会儿就出去和他开房了。”严熙没有抬头，语气听似调侃，却透着认真。

严熙不同于楚歌对感情的内敛，她什么时候都是大胆奔放的。她能游刃有余地周旋于男人之间，却不滥情。

楚歌走到沙发边坐下，疲惫地叹了口气，说：“我们公司要和长河地产合作开发百花园项目了。”

严熙握着指甲刷的手一颤，火红的指甲油就划出了指甲的范围，染红了她白皙的手指。她却顾不上这些，抬头惊讶地看着楚歌，难以置信地问：“真的？”

长河地产的事情在行业内早就已经不是秘密，如果说可以骗骗不知道的买房者还是有可能的，但对于跟长河地产多有来往的刘义洲，怎么骗得了？

面对严熙的惊讶，楚歌只是重重地叹了一声，并没有回答。因为她也不知道要怎么说这件事情，或是怎么去分析刘义洲的心思。

“刘义洲不像是头脑一热就做事的人啊。”严熙狐疑地说，“除非他另有所图。”

“是吗？”楚歌的表情沉重。

严熙打量着她，表情格外地认真：“楚歌，你有没有想过，刘义洲只是在给自己找战友，为自己准备退路。即便是离婚官司后，你拿走你们共同持有的一半股份，他仍旧能立于不败之地。”

“我想过。”楚歌叹了口气，“可是我不希望刘义洲真的为了这个目的。”

“楚歌，从你决定回公司开始，就已经很清楚，刘义洲已经不是当年的刘义洲了。如果他还保持着初心，你不一定会跟他争公司的控制权。”

“严熙，人在逆境中渐渐迷失很容易，等到发现的时候，已经没了回头路。”楚歌伤感地说。

“你担心刘义洲？想为他铺设回头路？”严熙调侃着问。

楚歌一怔，下意识地说：“我是担心公司。”

严熙无奈地叹口气，真诚地说：“放心吧。你即便是担心刘义洲，我也不会笑话你的。到底同床共枕那么多年，即便现在要离婚了，也不至于希望他死。你也别跟着瞎担心了，还是见招拆招，毕竟先预设立场，最后多半都是白折腾。”

楚歌点点头，嘴上没说什么，却仍旧忧心忡忡。不管她怎么担心，或是怎么不看好百花园的项目，尽职调查和融资方案还是一起高速地进行着。楚歌知道，这代表刘义洲势在必行，而且很着急实行这个计划。

回忆里的幸福是扎心利器

楚歌把一叠关于长河地产的调查报告放在刘义洲的桌子上，这是她忙了好几天的成果。她想跟他心平气和地谈谈。她希望这些真实的调查可以让刘义洲放弃百花园项目。

“董事长，长河地产真的出了问题。除了他们的住宅建筑存在诸多的质量问题外，他们在多地建的上亿广场原本承诺购买后返租，可现在他们大部分的商场已经违约，不肯返租。已经有很多购买者将他们告上了法庭。长河地产的信誉已经崩盘，坚持不了多久的。银行已经不肯贷款给长河了。”

“各地的官司影响不到长河总公司。”刘义洲轻飘飘地说。

“我知道，他们为每一处工程都注册了新公司。这样分公司有再多债务缠身，总公司都不需要负责。牺牲一个分公司的总经理登上“老赖”名单，几十亿元的钱款就不必给了。但是，刘义洲，你不觉得以这样无耻坑害购房者的方式来规避自己的风险丧失了基本的职业道德吗？他是在消耗他自己的诚信，早晚有一天会被市场淘汰。为什么你要搭上启航的信誉？”

刘义洲叹了口气，站起身，拿起大衣：“还没吃午饭吧？”

楚歌看了一下手表，已经是下午两点了。陆娇娇帮她订了午饭，她一直忙到现在还没吃。

“正好我也没吃呢。一起吃个午饭吧。”刘义洲边说边向门口走去。

楚歌只能跟上，她总觉得哪里不对劲。她狐疑地看着刘义洲的背影，他怎么知道她没吃午饭？

刘义洲也没问楚歌想吃什么，就直接开车带她去了华庭。再次看到这个门脸，楚歌有那么一刻晃神。刘义洲为什么要带她来这个于他们而言意义非凡的地方？

两人刚到门口，迎宾立刻为他们拉开了门，马上客套且热络地招呼：“刘先生、刘太太好。”

楚歌愣了一下，好久没有人这么叫他们了。

十三年前，她和刘义洲第一次踏进华庭的时候，华庭只不过是一家夫妻店，店面小得只有三张桌子。

而“华庭”这个听似华丽的店名，不是因为后来的壮大，只是因为老板娘的名字里有个“华”字，老板的名字里有个“庭”字。

后来，他们慢慢地与老板和老板娘混熟了，便知道了许多关于他们的故事，知道了他们的爱情一路走来有多少艰辛。

那时候，她与刘义洲二十一岁，老板娘三十五岁带着一个孩子，老板二十八岁刚从外企主动离职，硬要来陪着老板娘打理这里，热烈地追求着这个比他大了七岁的女人，那时候华庭还叫“春华”汤铺。

混熟后，楚歌问他待在这样的地方不觉得屈就吗。

就像是她项目组之前那些实习生，他们觉得寒窗苦读那么多年，被阔太太指使来指使去，屈才了一样。

他回：“能每天喝到她做的汤，是我赚了。”

他说话时骄傲的眼神和语气，这么多年过去了，楚歌依然记得。那是至深的爱。

两人在一起一年后，春华汤铺在老板秦庭的管理和老板娘沈春华的好手艺下，生意日益红火，店面也扩大了，并正式更名为“华庭”，她和刘义洲还去参加了他们的婚礼。

那天的天空很蓝，刘义洲在她的耳边许下了一个很美的誓言，他说：“我一定会让你成为这世上最幸福的女人。”

后来，他做到了，她曾经真的觉得她是这世界上最幸福的女人。只是这份幸福如今回忆起来，都成了扎心的利器。

曾经美味的热汤，如今送入口中，因为心情变了，味道也变了。

她低头喝汤，沉浸在自己的思绪中。汤碗里热气升腾，染湿了她的睫毛。她的眼底一片水雾。她深吸一口气，眨眨眼，把眼中的水雾眨去。

刘义洲出神地看着她，眸光中透着不舍。

“我吃饱了。”楚歌推开没喝几口的汤碗。

“怎么吃这么少？”刘义洲皱眉，“你最近瘦了很多。”

楚歌有些微的晃神，她向来挑食，从前总要刘义洲看着，才能营养均衡。她从前吃得少时，他也是像此刻这样皱眉。

“我们说正事吧。”楚歌刻意回避他们之间的过往。

刘义洲的眼中有落寞滑过，却也只是一瞬，又被他掩饰起来。

“楚歌，你想要什么补偿，我都可以给你。但是，我不会放弃启航，不会停止百花园的项目。”刘义洲的声音不高，却很坚决，“你阻止不了我，我也不会允许你阻止我。”

楚歌不免心惊，她了解刘义洲，他现在的反应等于在告诉她，他会不惜一切代价拿到启航。

既然这样，刘义洲，我们只能战场见了。

他们一起回公司时，引起了公司的八卦群不小的骚动。这两口子的风向还真是一天一变，没人看得明白。甚至有人已经下了定论，俩人是各玩各的，谁也不管谁。

楚歌还是那个楚歌，对于外边的所有八卦都不好奇。她觉得她不能活在别人的嘴里。既然劝说已经阻止不了刘义洲，她只能拿到启航的控制权。

这个时候，要想阻止刘义洲、撼动刘义洲的位置，只有她和几个股东联合。陈国涛是不可能反对自家的项目了，剩下的就是蒋伯诚和杨守生。楚歌立刻让陆娇娇去联系他们俩。蒋伯诚和太太在国外，见面的时间要后延。杨守生干脆就避而不见。

楚歌明白这事急不了，刘义洲作为启航的掌舵人，为启航立下了汗马功劳，可以说他就是启航的招牌。杨守生没道理不支持刘义洲反而去支持她。倒是蒋伯诚那儿可以一试。

楚歌在太太团的帮助下，积极参加政商两界的活动，都是为了巩固她在启航的地位。只有她的离开，才可以撼动启航的发展。她和刘义洲之间，只能是二选一。要不然就像是杨守生不肯见她一样，根本不需要选。

对外，她和刘义洲还没有离婚，时常被编排到一起也就在所难免。这样一来，谷倩玲的位置变得岌岌可危。公司的赌局已经从没人看好楚歌变成了大家都在等正宫逆袭。

观众看着精彩纷呈，只有局中人知道，一路走来付出的是什么。

忙碌的日子，时间过得总是那么快，也能让人忘记所有的悲伤。

这天，快下班的时候，楚歌的手机急促地响了起来。她看屏幕上跳跃着“老妈”两个字，飞快地接起。

对面的楚妈妈还没开口说话，哭声就已经传了过来。

楚歌一听，急了：“妈，您怎么了？”

楚妈妈哭泣着，哽咽得说不上话来。就在楚歌焦急的关口，楚妈妈的手机被抢走，电话里传来了楚歌堂弟的声音。

“姐，你得罪什么人了？”楚天宇的声音里裹着明显的愤怒。

楚歌的心里咯噔了一下，旋即问：“到底发生什么事了？”

“大伯被人给打了，对方威胁大伯看好他的女儿，别争不属于自己的东西，拿了钱好好去逍遥，否则下次就烧了老楚家全家。”楚天宇气得直喘粗气，“这群浑蛋，别让我抓到他们，否则弄死他们。”

楚歌拿着手机的手下意识地握紧，脑中闪过刘义洲为了拿到启航，几次说过的狠话，更加焦急地问：“我爸现在怎么样了？”

“挺严重的，肋骨断了两根。医生说大伯的年纪在那儿摆着，恢复起来肯定慢。不过姐你放心，我会在医院陪着大伯，那些浑蛋不敢再来。”楚天宇保证完，手机又被情绪缓和了些的楚妈妈接了过去。

“楚歌，你没事吧？”楚妈妈声音沙哑地问。

“妈，别担心我，我没事。”楚歌的声音颤抖，含着哭音，“我尽快回去看爸。”

“你爸这边你别担心，我会照顾好他的。倒是你，以后出门的时候，一定要和义洲一起，万一那些坏人去找你呢。”楚妈妈担忧地嘱咐。

楚歌的心里狠狠一疼，可嘴上还是说：“好。我一定会小心的。”

挂断母亲的电话，楚歌狠狠地抹了一把脸上的泪水，双眸恨意浮现。

楚歌冲进刘义洲的办公室时，双眼通红，显然刚哭过。

看到楚歌的反应，刘义洲一愣。

“楚歌，怎么了？”刘义洲试探着问，竟是觉得她的逼视让他有些喘息困难。

“刘义洲，你浑蛋！”楚歌的声音还未落下，抬手就给了他一巴掌。

刘义洲的脸上火辣辣的痛感，却不如她含恨的视线带给他的灼痛深刻。

“刘义洲，我之前还以为你只是不爱我了，但你在我心里，至少还算是个君子。”楚歌冷冷地笑道，“你威胁我，我相信你就一定会和我争到底。可是，我没想到你为了争夺公司会如此不择手段。”楚歌满眼泪水，她已经许久没在他的面前这么失态了。多少次商业聚会上碰面，他们甚至一起同行，她面对他时，都是平静淡然的。

刘义洲被她的反应吓到了，试探着问：“楚歌，到底发生什么事了？”

“刘义洲，你别装了！你为了逼我放弃启航，找人去打伤我爸，你够狠。”楚歌咬牙点头，“你做初一，我就敢做十五，你最好看好你爸妈，到时候他们万一有个什么损伤，可不要来找我。”

刘义洲拧眉看着她，沉默未语。

楚歌愤恨地瞪了他一眼，转身就要离开，脚步却因为视线触及门口，僵住了。刘母就站在门口，痛心地看着两人。

刘母与楚歌对视一眼，缓步走了过来，站到了刘义洲的身边。

楚歌眼中的恨意被抱歉取代，她这会儿就已经后悔说刚才那番气话了。即便刘义洲再不仁，她也不可能以同样卑鄙的做法报复，她只是因为生气，扔扔狠话而已。

“我自己的儿子我知道，他不可能找人打你爸的。”刘母肯定地说。

楚歌的唇瓣动了动，她想要开口，却不知道从何说起。看着站在刘义洲一边的刘母，楚歌的心一截一截凉了下去。她到底是刘义洲的母亲，而她现在却是与刘义洲对立的一方。

她咽下所有想说的话，转身离开。

刘义洲目送她落寞的身影离开后，才转头看向母亲。

“妈，您怎么来公司了？”刘义洲不解地问。

“我整天看不到自己的儿子，还不得来找找？”刘母叹了声，说，“你和楚歌离婚吧。”

刘义洲一怔，下意识地说：“妈，楚歌她只是在气头上，才会那么说话。您别怪她。”

刘母一拧眉，死死地盯着刘义洲。

刘义洲这才意识到，自己刚刚说了什么不该说的话。

“妈，谢谢您能理解我。”他补救道，“我会和楚歌尽快办理好离婚手续。”

“我只是不希望你和楚歌做不成夫妻，成了仇人。”刘母回想起刚才楚歌眼中的恨，还是心有余悸。

从刘义洲娶楚歌的那天开始，刘母就对这个儿媳妇心有忌惮。她认为楚歌就是那种性情温和，但骨子里带着狠劲的女人。所以，她对这个儿媳妇的好，不免跟她的小心翼翼有关。再加之楚歌嫁进刘家时，刘家还是一贫如洗，村里的小伙为了娶个媳妇，哪个不是砸锅卖铁地凑聘礼，买楼房？而楚歌却顶着父母不同意的压力，毅然决然地嫁给了刘义洲。两人结婚时，甚至连个像样的婚礼都没有。为着这些，她待这个儿媳妇比自己的儿子还好。

“嗯。”刘义洲淡淡地应了声，忽然有种一切即将结束时的落寞。

刘义洲本想送母亲离开，这时忽然有下属来找他。他只能让母亲一个人离开。

刘母出了刘义洲的办公室，想了想，拉住一位路过的员工问道：“徐征在哪个办公室？”

茶香缭绕，空气中飘散着淡淡的湿气，白色的水雾在徐征的面前缭绕着。他有些看不清对面那个朴素妇人的神情，或许更多的是读不懂她的心思。

“阿姨，您找我来……”徐征试探着开口。

“义洲到底发生了什么事？”刘母的口气和缓，却透着肯定，远比语气凌厉的质问来得有杀伤力，似已经肯定了一定有事。

徐征一愣，惊讶地问：“阿姨您怎么忽然问这个？”

刘母一点不含糊，说：“徐征，义洲他根本就还在乎楚歌，你如果不想看着义洲的家散了，就跟我说实话。”

“他和楚歌在一起那么多年，还有感情也正常。只是这俩人的脾气在那儿，阿姨您也应该看得出来，如果不是真过不下去了，也不会走到这一步。”徐征笑得有点干，说，“阿姨，义洲真的没事儿，您别担心。”

“看来是我瞎担心了。”刘母勉强扯了扯唇角，说，“阿姨不耽误你了，你去忙吧。”

徐征不禁松了一口气：“阿姨，我先走了，您如果有事随时找我。”

看到刘母点头，徐征赶紧起身离开。走出茶社时，他才敢重重地呼出一口气。

随即他摸出手机，调出一个号码拨了过去。

很快，电话被接起。

“徐征，什么事？”对面传来刘义洲的声音。

“义洲，阿姨刚刚约我出来，她问我，你是不是出事了。我暂时给掩过去了，就是不知道阿姨会不会信。”徐征将事情简单地说了一遍。

对面沉默了片刻后，再次传来刘义洲沉稳的声音：“好，我知道了。”

徐征不禁有些恼怒，这人怎么什么时候都可以如此冷静？他昂头望向天空，眼底一片的失落。或许等事情告一段落，他也是时候离开这里，去过一段新生活了。

楚歌没想到她一时气急说的话，一语中的。刘义洲的母亲出事了。

那天，谷倩玲休假，跑去探望刘母。她就像是一个面带微笑的服务生一样，笑眯眯地跟在出门买菜的刘母身后。刘母怎么说不好听的话，她也不走。

刘母在路边停下脚步，厌恶地看向谷倩玲：“我老太婆一天不死，你就休想嫁给我儿子。”

“我没想过要嫁给董事长。”谷倩玲微笑着说。

不知道怎么的，刘母竟觉得谷倩玲这话说得很真。

谷倩玲笑笑，温和地说：“我给您打车。”她说着，看向马路中间川流不息的车辆。

伸手不打笑脸人，刘母的心里怒火高涨，但谷倩玲这不温不火的反应也让她发泄不出来了。

刘母提防地盯着谷倩玲，她在心里猜测着，谷倩玲大概是想骗了钱就走的。

她出神的光景，丝毫没有注意到一辆摩托车带着劲风冲了过来。刘母瞬间傻在原地，看着摩托车离自己越来越近。距离她两步远的谷倩玲反应极快，旋即扑了过去，将刘母扑倒在地。摩托车险险地从两人的身边冲过。一直急速行驶的摩托车忽然停了下来。戴着头盔的男人发出闷闷的、狠狠的威胁声。

“死老太婆，让你儿子消停点，否则我弄死你。”

扔下狠话的男人，随即骑着摩托车扬长而去。

谷倩玲这才顾得上去查看被自己扑倒的刘母，只见刘母已经白了一张脸，神情痛苦，满额的汗水。

“阿姨，您怎么样了？伤到哪里了？”谷倩玲急切地问，旋即又激动地说，“阿姨，一定是楚歌找来的人，为了报复董事长。”

谷倩玲说话间，一直仔细打量着刘母的反应。

“刚才那个人有说楚歌的名字吗？”刘母忍着疼痛，反问道。

谷倩玲被堵得没话说，只能说："我给董事长打电话。"

她说着，拿出手机刚要拨号，就被手疾眼快的刘母给按下了。

"别给他打电话，你送我去医院。"刘母的声音因为疼痛，明显地带着颤抖。这个坚毅的妇人却把每个字都说得极为清楚。

谷倩玲愣了下，才反应过来，从地上爬起。

"好，我送您去。"

她扶起刘母，打了一辆车，直奔医院。

医院里，医生经过一番检查，得出结论：刘母的腿摔断了。年纪大的人因为骨骼老化的原因，不只是容易摔断，更不容易养好。

医生给安排好了病房，刘母才让谷倩玲通知刘义洲。

刘义洲得知消息后，火急火燎地就奔了过来。他进屋一看母亲受伤的腿，不禁红了眼，转眼看到谷倩玲也在，眼中闪过一丝嫌恶。刘母将儿子的所有反应尽收眼底。

刘义洲收回视线，再次看向母亲时，目光已经变得温和。

"怎么这么不小心？"刘义洲的语气责怪中透着心疼。

谷倩玲吸了吸鼻子，红了眼圈，仿佛她是受伤的人一样。

她哽咽着刚一开口说出"董事长"三个字，就被刘母把话给岔了过去。

"人老了，不中用，下台阶时摔了一跤。"刘母说得轻描淡写，转而又看向谷倩玲，"多亏谷小姐送我来医院。"

谷倩玲惊讶地看着刘母，旋即明白了，刘母是不想让人怀疑楚歌呀。

“谢谢你了，谷小姐。”刘母致谢的语气中含着真诚。她这会儿对眼前的姑娘再也怨恨不起来了。今儿她到底冒着生命危险救下了自己。

谷倩玲这才回神，连忙说：“阿姨，您别客气，我应该做的。”

“我儿子已经来了，就不耽误谷小姐的时间了。”刘母温和地说。

谷倩玲强撑起来的笑意尴尬地僵住，才又扯成了弧度，微笑着对母子俩说：“阿姨，董事长，我先走了。”

直到走出病房，谷倩玲强装的笑容才落了下去，眼中迸射出狠辣与不甘，复又抬步向走廊的尽头走去。

病房里，刘义洲走到母亲的床前坐下。

“我一会儿让助理找个月嫂来照顾您。”

“别，我可不习惯生人在我的眼前晃悠。”刘母连忙说。

刘义洲了解母亲的脾气，复又说：“我打电话让爸来照顾您吧。”

“别打。”刘母阻止道，“你爸的年岁大了，禁不起上火和折腾。你让楚歌来照顾我吧。”

“妈！”刘义洲为难地看着母亲，“您不是已经同意我们离婚了吗？”

“对啊。我现在也没说不让你们离婚啊！”刘母说得理所当然，“没事，妈不为难你，你不愿意打就算了。我出院就搬回楚歌那住，反正东西还在那边。”

刘义洲听得出母亲话中的坚持，不像是闹闹而已。再加上母亲找徐征的举动，他明白，母亲还是不想他和楚歌离婚，坚信他和楚歌之间的“误会”可以解开。老一辈人大多会把离婚看成天大的事情。

“妈，儿子让您丢人了。”刘义洲的眼圈泛红，却努力地深吸一口气，没让眼泪掉下来。

刘母抬起巴掌，对着儿子的肩头用力地拍打起来，眼泪掉得更凶，哽咽着说：“你这个傻孩子，妈是心疼你。”

刘义洲想要忍住的眼泪到底是涌出了眼眶：“我做错了，就应该受到惩罚。妈，我知道您想让我和楚歌复合，但我们真的不可能了。”

刘母点点头，说：“行啊，儿大不由娘，妈不管了。妈只问你一句，你坚持离婚是为了楚歌吗？”

刘义洲泪光晃动的双眸一滞，竟是沉默了。

楚歌当天就知道刘母受伤住院了，消息是从另一位当事人的口中得知的。

谷倩玲这会儿正轻蔑地看着她，挑衅地问：“撞伤妈的人，是你请来的吧？”

楚歌的心里一惊，表情却没有什么变化，始终冷冷地看着站在办公桌前的谷倩玲。

“说完了吗？说完了请出去。”楚歌说着，拿起桌子上的文件，低头看了起来。

“呵呵！”谷倩玲嗤笑出声，“楚歌，你还真狠啊，亏得妈对你那么好。”

谷倩玲双手抱胸，居高临下地看着坐在办公桌后的楚歌。

楚歌看着文件的神情一滞，一股怒火涌了上来。她蓦地拿起桌上的文件，对着谷倩玲扔了过去。文件重重地砸在谷倩玲的身上时，楚歌的怒吼随之响起：“滚出去！你以为你能爬上刘义洲的床，就能爬到我的头上吗？”

楚歌怒不可遏地盯视着被她的文件砸得傻了眼的谷倩玲，心中满是恨不得将眼前的女人拆骨剥皮的气。

一直不动她，不过是想让自己勇敢面对，想告诉刘义洲自己不在意。这么个破坏自己婚姻的小三成天在自己的眼前晃悠，要说不气那是假的。特别是她这会儿理直气壮地在这里质问自己，她有什么资格？

谷倩玲一双本来就大的眼睛，这会儿瞪得仿佛眼珠子就要掉出来了。她难以置信地看着楚歌，嘴上无力地嘲讽：“终于露出真面目了？”

楚歌轻嗤，瞥了她一眼，拿起桌上的电话，按下内线：“娇娇，你进来一下。”

谷倩玲尚未反应过来，陆娇娇已经快速出现在了办公室里。

“将谷小姐请出去。”楚歌丢下一句话，继续低头看文件。

“是，刘太太。”陆娇娇利落地应道。

楚歌一拧眉，平日里陆娇娇都是叫她楚小姐，今儿居然一反常态叫了她刘太太。下一瞬，她明白过来，陆娇娇这是说给谷倩玲听的。楚歌的心里一痛，她竟然要靠这种方式来和老公的情人比高下吗？

即便心里失落，但楚歌仍然感谢陆娇娇，她这么做，表示她真的愿意站在自己这边，即便得罪未来的“老板娘”谷倩玲也在所不惜。

陆娇娇冷着一张脸，看着谷倩玲：“谷小姐，请吧。”

谷倩玲恶狠狠地瞪着她，大有威胁之意。

“谷小姐，你再不动，我只能找保安来请你动了。那样你的脸上也不好看。”陆娇娇的声音冷而轻蔑。

谷倩玲已经恼怒到了极点，但理智告诉她，再纠缠下去，只怕会以丢人收场。她不屑地冷哼一声，傲娇地一昂头，虚张声势地保住自己最后的面子，抬步离开。

楚歌听到脚步声，头也没抬地吩咐道：“以后不许谷小姐再进我的办公室。”

“知道了。”陆娇娇应道。

谷倩玲的脚步一顿，恨得咬咬牙，快步离开，像极了败退逃离。

陆娇娇即将离开办公室的时候，被楚歌叫住了：“娇娇，你等一下。”

陆娇娇看着谷倩玲离开办公室有一段距离后，才走回楚歌的办公桌前。

“娇娇，刚才谢谢你。但我还是喜欢你叫我楚小姐。”楚歌的话顿了顿，又说，“我也希望有一天你可以叫我董事长。”

陆娇娇一愣，众所周知，刘义洲才是公司的董事长。她也只是一愣，便笑着说：“是，董事长。”

安静的医院走廊末端，站着两个身形高大的男人。

刘义洲重重地将手砸在栏杆上，随即又意识到自己失态了，懊恼地收住动作。

“你相信是楚歌做的吗？”徐征问。

“我当然不相信。”刘义洲肯定地说。

“现在已经上升到两家老人了，我们的动作要快。”徐征忧虑地说道，“楚歌订了明天回老家的机票。”

“明天就安排签约。”刘义洲的眼神透着狠劲，“去帮我查查，到底是谁做的。”

“好。”徐征点了点头，应下。

楚歌去看刘母的时候，刘义洲已经离开。

“你还能来看妈，妈真高兴。”刘母躺在病床上，欣慰地笑着，随后问道，“你爸的伤没事吧？”

“还好。就是年纪大了，恢复得慢。”楚歌的脸色暗淡下来，想起年迈的父亲因为自己受到这样的牵连，满心的愧疚。

“相信妈，不会是义洲做的，是有人想离间你们夫妻。”刘母握住她的手，见她垂首在听，才又继续道，“义洲外边有人，妈不护着他，这是咱们整个刘家都对不起你。可是妈不信他对你没感情到非要赶尽杀绝的地步。你想想看，从你们闹离婚开始，他有一次真正伤害过你没？”

刘母说的话，楚歌也想过。刘母受伤，证据也指向她，如果这么说来，很可能就是有人想要离间她和刘义洲。

“妈，不重要了。”楚歌温和一笑，“我和刘义洲之间的问题并不是因为别人的离间。”

她曾陪他走过最艰难的时期，她总觉得只要感情还在，夫妻之前的任何困难都可以克服。如果感情不在了，荣华富贵皆枉然。

刘母重重叹了一声，眼中多了对楚歌的失望。

第二天，楚歌经历了几个小时的奔波，在老家的机场平安落地。她刚一开机，手机就急促地响了起来——是陆娇娇的来电。

“娇娇。”楚歌接起手机。

“楚小姐，董事长决定和长河地产合作房地产项目了。”陆娇娇急切地说。

“什么？”楚歌一惊，她才离开，刘义洲就迫不及待地行动了？

“董事长在今早已经和长河地产正式签约，并对外公布了消息。”陆娇娇的语气低沉，“我也是今早到公司才知道这件事情的，打您手机一直关机。”

“好。我知道了。”楚歌挂断电话，久久没能回过神来，陷入思考中。如果这是早就计划好的事情，公司不可能一点风声都没有。显然这是临时决定，仓促签约。

众所周知，百花园是陈国涛多年的心血，曾经倾注了他一生的梦想——只做高档住宅，管家式服务，让人们享受生活。而本市的百花园项目却是毁了陈国涛梦想的起点。早前地方新闻就报道过项目的各种不达标和其他问题。两年前这个项目差点发展不下去，如果不是政府出面，给这个庞大的项目利好的消息，想必百花园地块早就已经成了烂尾楼。即便强撑到今天，业主的频频投诉也是络绎不绝。大概也是因为房地产项目的寒冬到来，陈国涛才转投启航。

楚歌不懂，刘义洲也算是爱惜羽翼的人，他执意投资百花园项目，到底是为了钱放弃了底线，还是另有原因？

楚歌回老家探望了父亲，父亲在母亲的细心照料下，已经逐渐好转。家人看到刘义洲没出现，都表示体谅他工作忙，没有半句责怪，反倒是嘱咐楚歌一定要照顾好刘义洲，早点要个孩子。楚歌听得心酸，不想将实情告诉父母，避免他们受二次打击。她知道，她离婚的事情迟早瞒不住，但至少不是在纠缠不清的时候告诉他们。好在她和父母并不生活在同一座城市，暂且还可以打打掩护。她想等到她和刘义洲的事情尘埃落定后，再告诉父母。

临走之前不放心，她又对堂弟一番嘱咐，并找了在当地公安部门工作的同学，请求其帮忙调查父亲受伤的事情。

公安局当时就调出了打人的视频，几个打人的小混混也都已经落网。他们承认是有个叫三哥的人给了他们钱，让他们吓唬吓唬楚歌的家人。这个三哥是通过网络信息找到他们的，又通过一个新手机号和他们完成了交易。警察后来拨打过这个电话，已经打不通了。目前还没找到是谁使用了这个手机号码，只能初步锁定号码来自湖南长沙。

楚歌返回承载着她许多梦想的城市时，已经是晚上九点多。一个人走出机场，看着熙熙攘攘的陌生人群，她有的只是孤单。忽然，一抹身影落入她的眼帘。他穿着一件米白色的大衣，在灯光的照耀下，黑发泛着光泽，这会儿正认真地注视着她。

她愣了下，心底有股暖流滑过。她下意识地停下了脚步，才走过去。

“你怎么来了？”

“我问了严熙，知道你这个时间回来，特意来接你。”于继晨淡淡地解释，说着向外走去，“走吧，我的车在停车场。”

楚歌迟疑了一下，才跟了上去。至此，两人直到上车都没有再说一句话。

有些人认识了一辈子大概都不会有默契，有些人却一见如故。

直到车子驶出机场一段距离，于继晨才开口问道：“叔叔还好吗？”

“年纪大了，现在随便一点伤病都伤元气。”楚歌担忧地说。

“既然这么担心，有没有想过离婚后变卖启航的股份，去陪他们？”于继晨似随口一问。

楚歌愣了愣，她从来没有想过这个问题。她曾经想过把启航交给刘义洲，可刘义洲一再地让她失望，她再次决定拿到启航时，就没想过要放弃。就像她说的，启航就像是她的孩子，她怎么舍得把孩子轻易地就卖给别人？

这一刻，她忽然觉得，于继晨这个问题，她应该仔细考虑一下。即便她决定留在启航，父母的年岁渐长，也需要她的陪伴。

“我是该好好考虑考虑这个问题了。”楚歌轻声回道。

于继晨打量她的视线明显地从紧张变成松了一口气，又关切地问道：“叔叔的事，你们当地的警察怎么说？”

“警察说，目前只能确定买凶的人在湖南长沙。”楚歌仔细地在记忆里搜寻过自己认识的湖南人，除了大学时的一些同学外，根本没有人是湖南的。过了当时的气头，楚歌也觉得这事不可能是刘义洲做的了。事情都发生得太巧合。她的父亲受伤被威胁后，刘母也被威胁了。显然是有人想让他们夫妻失和，闹得不可开交。

于继晨握着方向盘的手一紧，楚歌旋即发现端倪，问道：“怎么了？”

“没事。”于继晨轻飘飘地回道。

楚歌注视着于继晨的侧脸，陷入思考中。

第二天，楚歌早早就进了公司，没想到陆娇娇比她来得还早。楚歌看到她的时候一怔，问：“你怎么这么早？”

“我知道楚小姐今儿要进公司，就早些过来了。”陆娇娇浅淡一笑，并不献媚。

楚歌也不与她多客套，明白人之间办事总是简单容易的。

“知道昨天的合作细节吗？”楚歌一边快步走进办公室，一边问。

陆娇娇跟上楚歌的脚步，有条不紊地说：“长河地产打算开发低端的经济住房，我们公司参投的就是长河三期的经济住房。”

楚歌走到办公桌后坐下，接过陆娇娇递过来的说明情况的文件，说：“看来长河地产是想尽快脱手这块地了。”

高端住宅针对的毕竟只是经济条件相对好的人群，而经济住宅可以针对任何一个人。

楚歌一边翻看文件，一边听陆娇娇继续说：“凭借长河地产多年的高端品牌形象，这个三期经济住房没准还能火爆一阵子。但前提是一期和二期的安全隐患不要再频频爆出，让本地市民对这个品牌失去信心。只是，即便是最好的结果，利润空间也不大。”

陆娇娇把手机递给楚歌，上边有一则新闻。

楚歌大致看了看新闻，言之凿凿地在说市政府会南迁。

“今早不知道是谁放出了市政府南迁的消息，很多报道在跟进这件事情。”

“刘义洲这么急着签约，是因为市政府南迁吗？”楚歌暗暗在心里猜测着。

“如果市政府真的南迁，百花园项目的利润空间还是很大的。”陆娇娇分析道。

“如果消息只是以讹传讹呢？”楚歌反问。她揉了揉发疼的头，让陆娇娇先出去。

最近一个关口一个关口的事情出现得都太巧合，她越来越看不清刘义洲想做什么了。

每个人心里都有一道伤

陆娇娇出去后，楚歌翻看了一下她送来的资料。大篇大篇的关于业主反映和投诉的情况，有很多一期的业主反映说，他们购买的是期房，交房后，房子跟样板间里的装修品质差了很多，无论是装修材料的品牌还是工艺。当时卖他们房子的售楼员都滔滔不绝地介绍着何等的豪华装修，如今都三缄其口，说一切按合约来。大家这会儿翻看合约，才发现合约上大部分装修材料的品牌都写着知名品牌。这个知名品牌太广义，苹果叫知名品牌，联想也叫知名品牌，但是价格相差甚远。如果质量不差，各位房主们大概不会如此情绪激动。再退一步说，如果只是商品质量的问题，房主们的情绪也许还不会那么激动。但问题是，不但品牌差了，质量差了，施工也是差到了一定程度。只是，一番投诉下来，对长河地产都丝毫没有撼动作用。业主们想闹，又怕彻底闹臭了这个品牌，以后自己的房子再也卖不出去了，所以一直不轻不重地交涉，长河则根本不当回事。要不然就是拖着业主，也只有这样，他们才能顺利开发完整个地块，全身而退。

快下班的时候，楚歌接到了罗峰打来的电话，张罗着庆贺严熙搬新家，大家聚聚。

她走出公司时，于继晨的车已经等在门口了。

看到她出门，他自然地拉开车门，说："上车吧。"

楚歌早就已经习惯了这样的于继晨，有自己的主意，对于自己的不请自来从来不脸红，也不解释。这让楚歌有种他们早就约好了的错觉。

她刚要上车，一个不速之客从她的身后追了上来。

谷倩玲看着车旁的于继晨，语气轻蔑，眼中却含着嫉妒。

"刘太太和新男朋友出去开心呀？"

楚歌看着她一拧眉，不想理无聊的她，正要上车，就听谷倩玲说："你们去哪啊？路过百花园吗？能不能带我这个电灯泡一程？我要去义洲送我的新房子看看家具置办得怎么样了。"

谷倩玲得意地一挑眉："义洲也真是贴心，我本来说我可以自己置办家具的，他非说怕我累到，让各大品牌一家一家拿着图册让我挑选。"

楚歌的动作僵住，转头愤怒地看向谷倩玲。百花园，又是百花园。虽然这个品牌的房子现在存在很多问题，但是一期、二期的房价还是远贵于周边的。

"楚小姐又想让律师收回我的房子吗？"谷倩玲故意挺直腰

板，“没关系，等你们离婚了，义洲的早晚都是我的。”

楚歌刚要开口，于继晨抢先一步。

“不好意思，我不习惯车上太亮。”于继晨冷冷地出声，抚住楚歌的后背，推她上了车。他扫了谷倩玲一眼，才快步走到驾驶座一边，驱车离开。

于继晨看了看副驾驶座位上沉默的楚歌，温声问：“你没事吧？”

楚歌回神，笑了笑，回说：“没事。我又不是今天才知道谷倩玲的存在。她非要到我的面前耀武扬威，说白了，对于她来说，我还是个威胁。”

于继晨凝视她一眼，转头看向前边的马路时，他忽然开口说：“拒绝调解，尽快离婚吧。”

楚歌一怔，一时间不知道该怎么接话。于她而言，这是她和刘义洲之间的事情，于继晨的过问让她有些不自在。

于继晨久久等不到她的回答，问道：“你舍不得了？”

楚歌默然，良久没有说一句话。她考虑的不是舍得不舍得，而是于继晨的心思。开弓没有回头箭，更何况背弃婚姻的人不是她，她有什么舍不得的？

汽车缓缓地在严熙家楼下停住，两个人都没动，于继晨看着楚歌，他还在等她的答案。

“于继晨，到底为什么？”她已经过了相信一见钟情的年纪。

“如果我说，我爱上你了，你信吗？”于继晨的眼中满是期待。

“我觉得你不会。”楚歌轻轻一笑，推门下了车。

于继晨默不作声地看着楚歌下车，车门关上时，他的眼神暗了暗。

两人到严熙家时，罗峰在下厨，严熙在旁边指挥，把罗峰使唤得满地乱转，却乐在其中。

晚饭时候，楚歌直夸罗峰的手艺好，与严熙频频互动，却故意漠视于继晨。

于继晨也全程沉默，埋头吃饭。

罗峰察觉到两人的关系不对，频频制造气氛，却无济于事。

一顿饭在罗峰的强行尬笑中可算是吃完了，楚歌连忙起身，自告奋勇地要洗碗。严熙看她的反应不对，也跟进了厨房。

“你和你家小情人怎么了？”严熙瞥了眼厨房外边，笑眯眯地问。

“别我家我家的。他和我没关系。”楚歌少有地对严熙严肃。

严熙闻言，扑哧笑了：“看你反应这么大，他和你表白了？”

“严熙，我和于继晨不可能。”楚歌更认真了几分。

“为什么？你和刘义洲马上就离婚了，和其他男人就都有无限可能。”严熙打量着楚歌，“楚歌，别难为自己。”

“即便我和刘义洲离婚了，我和于继晨也不可能。”楚歌的语气格外认真，眼神深远，她转头看向严熙，“我要做的事情太多，短期内不想再谈感情。”

严熙见她的情绪真的不对，也不再闹，认真地问：“因为和长河合作的事？”

“嗯。”楚歌停下洗碗的动作，“我和刘义洲的婚姻已经蒙上污点了。我不想启航也脏了。”

“你倒是个有良心的企业家。”严熙妩媚一笑，“要是每个人都像你这么有良心，我们记者就都要失业了。”

严熙靠在橱柜上，拿出手机：“给你看点东西。”

“什么？”楚歌凑了过去，看向手机界面，是一个关于百花园维权的群。里边一共有三十多人，每个人都有些愤怒地说着自家房子的问题。

“我才谎称业主一天，就召集了这么多业主，一周内召集一两百人，我看没问题。”严熙将手机扔在料理台上，恼怒地说，“很多人都是倾尽家当来买这儿的房子的，为的本该是一个舒适的家，最后呢？被这套房子气得全身是病。开发商的良心何在？”

楚歌一时间沉默了，就听严熙又说：“刘义洲更是绝，为百花园三期融资。到时候一出问题，两头的老百姓被坑了，资本家都毫发无损。刘义洲他非要往这个泥坑里跳，就别怪我了。”严熙一双媚眼里满是坚决：“还有陈国涛这个奸商，养了个败家儿子折腾自己家就算了，还来折腾别人家。这种没良心的商人，就该让他无路可走。”

严熙说得咬牙切齿，楚歌刚要接话，却看到于继晨正沉着一张脸站在厨房外。楚歌因他有些不对劲的脸色一怔。严熙察觉到后也转身看去。于继晨这时的脸色却已经恢复正常。

严熙将唇贴在楚歌的耳边，压低声音说：“不会是听到你说和他不可能了吧？”

楚歌轻拧眉，没有回答严熙的话。

于继晨温声说：“我打算先回去了，楚歌你走吗？”

楚歌想了想，点了点头。

罗峰见两人要走，非要留下再帮严熙收拾收拾，其实是想享受二人世界，趁机对美人下手。楚歌和于继晨也识相地不揭穿他，一起出了门。

严熙家住在十六层，两人按了电梯，一前一后地走了进去。

两人都没有开口，电梯里的气氛有些凝结。这时，电梯已经到了六层。叮的一声，电梯门缓缓开启。门前站着一个穿着过于艳丽，却又显得很土气的中年妇女。她的全身上下随处可见金黄的首饰，手里拎着一个大垃圾袋。见电梯开了，她将垃圾袋随手就扔到电梯里，差点砸在楚歌的身上，还好于继晨眼疾手快，把楚歌拉到了一旁，才免于被垃圾袋砸中。

楚歌和于继晨都愣了一下，才反应过来，这位阿姨是在扔垃圾。

就在电梯门即将关起的时候，楚歌下意识地伸手拦开电梯门，走出去，说道：“阿姨，垃圾不能扔在电梯里。”

楚歌倒是没有什么恶意，完全以为这位阿姨第一次住这种电梯房，不知道电梯里不能扔垃圾，也算是好心地提醒一下，免得下次被别人看到对她也不好。

听到她的声音，刚要伸手去拉自家门的中年妇女停下脚步，转身看向她的眼神充满了怒意，不乐意地说：“就那么一坨东西，你带下去好了。成心让我跸哒式样（长沙方言，指出丑）。”

她的话楚歌没有完全听懂，但从她的表情中，楚歌读到了满满的恶意。

被她这样充满恶意地一攻击，楚歌一时间有些反应不过来。

大概是屋里的人听到了外边的声音，虚掩的门这时被推开，一个年轻的女人从里边走了出来。

楚歌看到出门的人居然是谷倩玲，不禁鄙夷一笑，还真是母女同德啊。

一看到楚歌和于继晨，谷倩玲下意识地将她妈护在身后，瞪着楚歌。

“楚歌，我还真以为你不在乎呢，居然跟我跟到这里来了。”谷倩玲得意地讽刺道。

“还真是母女俩一个德行。”楚歌嘲讽一句，转身就要走。

谷母一听这话不乐意了，从谷倩玲的身后蹿出，冲上来扯住楚歌的衣服。

“小贱人你骂谁呢？”

楚歌哪里见过这种撒泼的事，一时间愣住了。

“放手！”于继晨握住谷母的手腕，手上一用力，疼得谷母一咧嘴。谷母却还是面目可憎地叫嚣道：“一会儿我女婿就来了，他可是大公司的老板，看我不让他弄死你们。”

楚歌的心狠狠地被剜了一下，她还没离婚，刘义洲就已经成了别人的女婿了。

“放开她，于继晨。”楚歌不想再和谷家母女纠缠，跟她们说再多，也没道理可言。

一得到自由，谷母再次要起威风来。

“怕了吧？”谷母虽然说着普通话，却口音浓重，一听就不是本地人。

楚歌轻蔑一笑，想转身离开，她和一个泼妇没什么可说的。

谷母见她这个反应，当即又不干了。

“小贱人，你是看不起我，还是看不起我女婿？看我不撕烂你这张看不起人的脸。”谷母一边撒泼地大喊，一边抬手要去抓楚歌的脸。

这时，电梯门再次叮地开启，西装革履、脸色阴沉的刘义洲从电梯里走了出来。一见门前这情况，他的脚步一顿，一拧眉，脸色已经黑成了锅底。

而谷母就要落在楚歌脸上的手，已经被于继晨拦住。谷母这下更不干了，就开始撕打于继晨。

谷倩玲这时看到了刘义洲，连忙上前拉架。

“妈，别打了。”谷倩玲的脸色尴尬，赶紧娇弱地喊道。

谷母哪里管她的喊声，一顿抓挠，就把于继晨的胳膊抓出了血。

楚歌又惊又怒，上去一起拉谷母，却被谷母用力一甩，甩得摔倒在地。视线恰好落在谷倩玲的脸上，她正心疼地看向于继晨受伤的胳膊，想要上前，又顿住了脚步。

刘义洲本就阴沉的脸色直接成了炭色，几个阔步冲过去扶住楚歌。

同一时间，于继晨看到楚歌摔倒，一怒之下一把推开谷母，刚想去扶楚歌，却已经被刘义洲抢了先。

楚歌转头一看是刘义洲，表情一怔后，旋即嫌恶地甩开他，自己挣扎着起身。她有今天的狼狈是拜谁所赐?

楚歌直接漠视在场的其他人，看向于继晨。

“你没事吧？”

“没事。”于继晨扶起她，“我们走。”

楚歌看了一眼扶在自己胳膊上的大掌，迟疑了一下，还是没有推开，就着他搀扶的力道，一起向电梯口走去。

刘义洲的脸色一黯，却还是克制住了想要追上去的冲动，只是紧攥的双拳出卖了他的情绪。

这会儿已经站稳的谷母终于看到了刘义洲，当即拢了拢乱了的头发，笑逐颜开。

“快来，进屋坐。”谷母笑眯眯的样子极假。

刘义洲冷冷地扫了一眼谷母，在吓得谷母一哆嗦后，转而对谷倩玲说：“我们谈谈。”

谷倩玲的表情尴尬，艰涩地吐出一个字：“好。”

刘义洲转身就向电梯口走去，丝毫没有搭理谷母的意思。

谷母讨了个没趣，撇撇嘴，瞪了刘义洲的背影一眼。

谷倩玲嫌弃地看了一眼母亲，不情愿地跟上了刘义洲。

电梯很快到了，刘义洲走了进去，看了一眼还留在电梯里的垃圾，眼神越发嫌恶。

谷倩玲认得，那是自己家的垃圾袋，神情尴尬且自卑。

两人一同到了地下停车场，刘义洲的视线在停车场里扫了一圈，最后有些落寞地收回，看向谷倩玲。

“呵呵！”谷倩玲嘲弄地笑道，“她早就和她的情人走了，董事长何必还要再看。”

“这不是你应该管的。”刘义洲的口气冷漠，没有感情，只像对一个厌恶的下属说话，“你只需要记住自己的身份就好。”

“我什么身份？被董事长利用的身份吗？”谷倩玲忽然来了脾气，向来在他的面前逆来顺受的她，忽然情绪失控了。

“被我利用？”刘义洲极为不屑，“我们应该是相互利用吧？”

谷倩玲的脸色一哂，被堵得一句话都说不出。

“别再打扰楚歌了，你也好，你母亲也罢，让我知道你们谁再影响到楚歌，就算陈国涛的账我也不买。”刘义洲的视线下落，看着地面上的水迹，以及棚顶因为水珠凝结而锈迹斑斑的痕迹，眼神又暗了暗。

因为建筑水平不达标，百花园像这种质量问题层出不穷，买房的人苦不堪言。他本该痛恨这种行为，但他却选择了助纣为虐。

谷倩玲忽然鄙夷地笑了，说：“董事长现在也可以不买陈国涛的账。”

刘义洲的视线冷冷地扫向她，就听她又说：“说到底，董事长和陈国涛是一种人，你们不过是因为利益而聚在一起，何必还要装情圣呢？”

谷倩玲的面目有些狰狞，以往那张柔弱的面皮这会儿已经被她彻底撕掉。既然她在他的面前怎么装都得不到呵护，那何必还要再装。

刘义洲的眼中燃起熊熊的怒火，向着谷倩玲跨近一步。

“别以为你是陈国涛的私生女，我就奈何不了你。”

他这会儿心里充满了怒火，却不知是因为不喜欢谷倩玲的比对，还是在厌恶她口中的自己。

谷倩玲被他憎恨的吼声吼得心里一惊，一直紧绷的神经忽然就松了下来。

好，真好，大家终于连最后的伪装面皮都撕破了。

“董事长，您现在恼怒了？不觉得晚了吗？什么事情都是您自己选的，别人可没拿刀架在您的脖子上。”谷倩玲无所谓地一笑，“您大可放心，等我拿到了我想要的好处，我绝对不会再纠缠您。不只是您对我没感情，我对您也没有。”

谷倩玲转身欲走，一脚踩进地面的水洼里，嫌弃地一皱眉。

“您和姓陈的老奸商还真是一路货色，开发这种危楼祸害人。”谷倩玲不屑地嘲讽一句，不耐烦地快步离开。

刘义洲听着她的脚步声彻底消失，拨通了徐征的电话。

“徐征，我让你办的事怎么样了？”

电话另一端响起徐征的回话：“我已经把东西都放进银行保险箱了。”

“好。我如果出事，一切就麻烦你了。”刘义洲的眼神又沉了沉，似已经做了什么重要的决定。

“都是兄弟，说这些干什么。倒是你，先别想得那么悲壮，不是还没到最后吗？”徐征的语气并不轻松，“你在哪儿？咱们出来喝一杯吧？”

"行。正好我也有些事情想让你帮我调查。老地方见。"刘义洲挂断电话，向自己的座驾走去。

另一边，谷倩玲一进家门，正在那胡吃海塞的谷母就冲了上来。

"怎么样？你和大老板女婿没事吧？"谷母握住谷倩玲的胳膊，紧张地问。

谷倩玲看着谷母油乎乎的手，嫌恶地一皱眉，用力抽出胳膊。

"擦干净你手上的油再碰我。"谷倩玲恼怒地说。

她知道，母亲并不关心她的感情生活，只关心财神爷的去留。

谷母撇撇嘴，不乐意地嘟囔道："死丫头，我白十月怀胎生你了。刚有点能耐，就给亲妈脸色看。"

"你生了我？"谷倩玲气得胸膛起伏，脱口道。

谷母愣了愣，警惕地盯着谷倩玲，有些心虚地说："不是我生的你是谁生的？你这丫头说什么胡话？"

谷倩玲似乎也意识到什么，压了压涌上来的火气，咬牙气愤地说："就算是你生了我，这样的出身，也只有耻辱。"

"呀！你个臭丫头。"谷母抓起桌上的饭碗对着谷倩玲的头扣了过去，碗里还有没吃完的鸡腿，直接掉在谷倩玲的头上，顺着她白皙的脸庞划过，留下一道油污。

"啊——"谷倩玲抓狂地发出一连串的尖叫，怒视着谷母，抬起颤抖的手，指着她，怒道，"走！现在就离开我家！"

“臭丫头，还说老娘让你耻辱。当初你跟男人私奔，不知道丢了老娘多大的人。”谷母叉腰怒骂。

谷倩玲气得浑身发抖，眼泪就在眼圈中打转。

“当时如果不是你要把我卖给一个糟老头子，换钱给弟弟娶媳妇，我会跑吗？”谷倩玲含在眼中的泪水滚落下来，“你知不知道我差点死在外边？”

“不识好歹的赔钱货，把你嫁给有钱人家，有什么不好的？老娘就应该白养你个赔钱货？”谷母丝毫不觉得自己有一点错误，理直气壮地说。

“钱！好！不就是为了钱吗？”谷倩玲快步走到客厅，拿起茶几上的钱包，抽出里边一摞一百元的现钞对着谷母砸去，“你不是要钱吗？这些都给你，够不够？”

火红的人民币从天而降，又缓缓落下，露出谷倩玲痛苦而愤怒的脸庞。

谷母看了一眼散落一地的人民币，不以为意地说：“这点钱就打发我了？你至少也要把这个房子让出来，给你弟娶媳妇用。当初如果不是你，你弟怎么可能打光棍到现在？”

谷倩玲重重地点点头：“好，给你们。你还想要什么？一次说清楚，咱们以后就彻底断绝关系。”

谷母听到前半句，刚露出笑容，一听后半句又不乐意了。

“你想断就断啦？我可听说，你还找你弟给你办事呢。臭丫头，想断绝关系，我告诉你，没门！”谷母叉着腰，一梗脖，“现在不只是你弟的事情你得管，你弟以后生孩子了，养也是你的事情。”

谷倩玲冷冷一笑：“你想让我管我就管？小心我把你的宝贝儿子送进监狱，让他吃一辈子的牢饭。”

“你敢！那可是你的亲弟弟。”谷母气得眼珠子都要掉出来了，但还是隐隐透着恐惧，被谷倩玲捕捉到了。

谷倩玲温和一笑，眼中却透着鄙夷：“你看我敢不敢。”

她抹了一把脸，脸上油乎乎的感觉让她烦躁，她刚要转身去洗手间清理，身后的谷母又爆发了。“别以为我不知道你在城里干的好事。”谷母的嗓门拔尖，“已经有人去村里调查你了，要不是我给你瞒着，你现在还能富贵着？”

谷倩玲一惊，转头难以置信且愤怒地看向谷母。

谷母对于女儿的处境丝毫不在意，继续威胁道：“你弟弟要是过不上好日子，你也休想一个人富贵。”

回去的路上，楚歌始终沉默着。她太过愤怒，只有封住出气的口子，才不会爆发。

她从小到大，家人都教育她要活得优雅，不能随意动怒。为自身，也是为了不迁怒于别人。父母都是老实善良的知识分子，始终觉得人生第一准则就是与人为善。

可是，她这会儿极度愤怒，有一种冲动，再也不想遵循什么规矩了。她想要骂人砸东西，想做一切能发泄自己心里这股气的事情。

行驶中的车停了下来，楚歌这才注意到周围的环境，车窗外是一望无际的大海，在深夜中海浪正哗哗作响。一浪打过一浪，遵循着它的轨迹，不受一切干扰。

于继晨没给她反应的机会，推开车门下了车，来到副驾驶一侧，拉开车门，俯身把她的安全带解开，就把她拉下了车，快步向海边走去。他的脚步太快，不情愿的楚歌被他拉得踉跄，险些摔倒。好在沙滩软软的，给人安全感，让人不至于害怕摔得鼻青脸肿。

直到他们的鞋踏上了海浪，于继晨才停下脚步，松开她的手。

他神色沉沉地看着远方，胸膛剧烈地起伏，对着夜空大喊："楚歌，你不是一个人，你不用那么坚强。"

他的声音在安静的夜里格外地清朗，砸在人的心头，却闷闷地疼。楚歌的鼻子酸了酸，眼泪就落了下来，她一直不认为自己是不坚强的人，这会儿却软弱得渴望有一个肩膀可以依靠。

他转身看着月光下她眼中晶莹的泪光，眼底闪过一丝疼惜，一把将她抱入怀中。没有华丽的语言，没有柔情蜜意，他只是紧紧地抱着她，任她放肆地哭泣。海浪在他们的脚下拍打，海水没过他们的脚踝。

楚歌觉得很委屈、很屈辱，谷母今夜所做的一切，都仿佛在用一记一记的耳光告诉她，她的婚姻有多脏。她很想像他们一样面目狰狞，但她天生不够放肆。她只会隐忍地哭够了，再坚强地站起来。

楚歌退出于继晨的怀抱，擦干眼泪，转身看向大海时，神情已经恢复平静。她的疗伤速度不快，但她不会让自己一直沉浸在痛苦中。

于继晨打量一眼她被泪水冲洗得清冷的侧脸，也转身看向大海。

沉默良久后，他忽然开口，哑声说："我妈曾在这样一个夜里，带着我一起走向大海的深处。"

楚歌一怔，转头看向他，他的神情平静得有些像机器，仿佛不会因为任何事情而喜与悲。

"那年，我只有八岁，我以为妈妈带我来海边玩，很开心。"于继晨在楚歌的错愕中，继续声音无波地叙述，"可是，妈妈拉起正在玩沙子的我，对我说，我们没路走了，你爸爸不要我们了，我们只能用这种方式让你爸爸记住我们。"

楚歌的心被狠狠地剜了一下，疼得深吸一口气。她抬起手，想要拍拍他的手臂安慰他，却又落了回来。

她刚刚落下的手，被他忽然伸过来的大掌握住。她下意识地挣了挣，他的手上用了力气，不让她逃脱。

"我那时候还不懂妈妈的话是什么意思，只知道她拉着我直向大海的深处走去。"他平静的声音再次响起，楚歌却感觉到了他的手掌微微地颤抖，她下意识停止了挣脱的动作，回手握住他颤抖的手。

"海水漫过我的口鼻，我在剧烈挣扎的时候，隐隐听到妈妈说对不起，她说她是为我好。"于继晨的手掌越发剧烈地颤抖，"我经常在想，如果我那时候就死了，未尝不是一件好事。可是我的命大，我还是活下来了。我妈却因此住进了疗养院。”

她听得心惊。一个八岁的孩子，母亲进了疗养院。他的日子可以想象。

“那你……”楚歌有些不忍心地问。

“不重要，都过去了。”于继晨转身看着她，笑问，“听到我的悲惨过去，是不是觉得自己也没那么惨了？”

“于继晨……”楚歌张了张口，迟疑一下，说，“别人对我们做什么，我们是不能选择的。但我们要怎么去活我们的人生，是由我们自己做主的。”

于继晨定定地看着楚歌，平静的眸光微微闪动，是不确定的闪动。

楚歌抽出被他握住的手，看向波涛汹涌的海面。他们都像是活在海里的人，不知道哪一道浪打来，就会彻底将他们打入海底。但是，并不是这样的生活锁定了他们，是他们放不下，才走不出来。

这一天，两人在海边站了很久才离开，外在的相惜，却无法住进对方的内心，知道对方的所想。

两人回到所住小区，已经是后半夜的事情。楚歌看着家里亮着的灯，不禁心头一梗，有些不知该如何面对。

于继晨看了她一眼，没有多问。

单元门口，微暗的灯光洒在两人的身上。楚歌的心中有事，忘记了看路，一下踩空进门的台阶，险些摔倒。好在于继晨眼疾手快，抬手拉住了她。她心有余悸地转头看向他，发现他的手臂上全是血道子。

“你的手臂怎么了？”楚歌下意识地问了一句，旋即反应过来，“是谷倩玲她妈抓的？”

楚歌握住他的手臂，眼中尽是抱歉，全然不知单元门里，一身酒气的刘义洲正死死地盯着亲密接触的两人……

“没事。我一男人被抓几下算什么？不知道的还以为我出去风流快活了，也只有羡慕的份。”于继晨无所谓地笑笑，抽回胳膊。

楚歌被他逗笑，果真凡事角度不同，感受也就不同了。

她无奈地摇了摇头，偏移的眼角余光处似乎有一道熟悉的人影，她下意识转头看去，只看到空空的楼道里空无一人。

她愣了下，只当是自己的幻觉。

“走吧。还是要擦点药，免得留下疤。你未来老婆问你时，你没法解释。”楚歌说着推开单元门。

于继晨凝视她的背影一眼，才跟了上去。

两人一起回了于继晨的家，楚歌找出医药箱，给他上药。

直到给他擦好每一处伤口，她始终没说过一句话。

“觉得对不起我？”于继晨笑看着收拾医药箱的她问。

楚歌的动作顿了下，认真地说：“以后我们还是保持距离吧。”

于继晨怔愣一下，仿佛没听到她的话，也没接收到她的信号，忽然冒出来一句：“我饿了。”

楚歌一皱眉，这人的频道怎么老是错乱。她抬头看了一眼时钟，已经凌晨两点多了。

“现在吃东西会积食的。”楚歌将医药箱放回原处，“你还是早点睡，睡醒了吃早餐吧。”

“我饿着睡不着。”于继晨可怜兮兮地说。

楚歌无奈地笑了，这个男人是在跟她卖萌吗？

于继晨小她八岁，如果说三岁一个代沟的话，他们之间已经快三个代沟了。只是，这个男人表现出的成熟让她差点忘记了两人之间的年纪差距。直到这会儿，他冲着她卖萌，她才想起两人之间的差距。以现今社会的审美，他是二十多岁的小伙子，还可以被叫作小鲜肉。她已经是三十多岁的女人了。

她忽然想起过往，她也是这样向刘义洲卖萌的。每当她卖萌时，刘义洲即便再忙，也会放下手里的工作去给她煮面。她喜欢站在厨房的门口，看着他煮面时依旧认真的表情。

只是，时间残酷，这已经是十年前的回忆了。

“好。你等着吧。”楚歌说着走进厨房，用锅接好水，放在灶台上。她看着锅里升起的水蒸气，双眼被水雾蒙住。

一段关系里，先抽身离开的人觉得是恰逢其时。而被动接受结果的人，却需要大把大把的时间去平复伤口。

于继晨站在厨房门口，看着她的背影，深邃的双眼中有复杂的情绪在滚动。

等到于继晨心满意足地吃完面，楚歌离开时，已经是凌晨三点多了。

她打开自家的门，客厅里还亮着昏暗的小灯，楚歌迟疑了一下，走出门廊，就看到刘母坐在客厅的沙发上。

刘母的肩上披着一件衣服，脸色有些不好地看着她。

“妈……”楚歌尴尬地唤了一声。

“你是从对门回来的？”刘母问话的语气冷冷的。

楚歌平静地点了点头，没有解释。

刘母又深深地凝视她一眼，重重地叹了一声，转身向卧室走去。

楚歌知道刘母在想什么，她还是默认了她的猜测。对她失望了，就再也不会想方设法地让她和刘义洲和好了。

第二天一早，她起床时，刘母已经收拾好东西，见她踩着拖鞋出来，脸色有些暗淡地说：“我给你做了早饭，吃完再去上班。我一会儿就走。你和义洲的事，我不会再管了。”

楚歌看了一眼她还没有痊愈的腿，不放心地说：“我送您吧。”

“不用了。义洲已经到楼下了。”刘母又是一叹，眼中有不舍，却还是拎着包头也不回地走了。

楚歌的心里有些疼，她一直将刘母当成自己的亲妈看，可到底不是。她和刘义洲的关系到头了，这份关系也就结束了。她记得严熙曾说过，这个家里，就你一个人是跟他们没血缘关系的，有那一张纸你们是一家人，没那一张纸感情再好也要分道扬镳。

楚歌走到窗边，看向楼下。刘义洲靠在车边，正抬头看着她的方向。这样远的距离，他们看不清彼此的表情，也感受不到彼此所想。

刘义洲收回视线，向单元门口走去，扶过刚刚出门的母亲，一路搀扶着一瘸一拐的母亲上了车。他上车前，又抬头看了一眼家的方向，好像在做最后的告别，才上车绝尘而去。

楚歌费力地拉起唇角，想笑得潇洒，却只觉苦涩。

结束了，一切都结束了。

隔壁的于继晨同样看着楼下刘义洲绝尘而去的车，眼神渐渐变深，聚集成一个不见底的旋涡，似乎在酝酿着可怕的风暴。

楚歌爆冷完胜小三

楚歌打开于继晨送的音响，这些日子她已经习惯了听着他送的音乐，来安抚自己内心的不平静。

她在餐桌边坐下。她要好好地吃饭，要认真地生活。任何不能过去的事情，在时间的长河中，终究有一天会过去。只有跟自己的身体过不去，留下的伤害才是永远都磨灭不了的。

吃过早饭，她用手机软件约了一辆车。下楼时，车已经等在那里。

司机很健谈，一路上和楚歌聊天，讲起家乡湖南时，一脸的自豪。

楚歌总觉得他的口音有些耳熟，猛地，她想起了谷母。谷母浓重的口音和这个司机的口音一模一样。

谷倩玲是湖南人！

楚歌的脑中不禁闪现那天在会议室里，刘义洲对她说狠话，她开门离开的时候，谷倩玲就在门外。她当时那个惊讶的表情，显然是在偷听。只是楚歌当时并没有往心里去，现在所有事情都联系在一起，楚歌不得不怀疑谷倩玲。她也可能是最希望他们夫妻不和的人。

楚歌立刻给在家乡派出所工作的同学打了电话，把怀疑对象告诉了他。那边立刻联系湖南长沙那边的派出所配合调查。

第三天，楚歌看到谷母冲进了公司，抓着谷倩玲的头发，对着她的脑袋一巴掌一巴掌地打下去，跟得了失心疯似的。任凭公司的人怎么拉着，谷母还是不肯放过谷倩玲。后来出动了保安，谷母才算是被拉开了。随后，谷母却坐在地上哭得撕心裂肺，仿佛她才是那个受害者。而站在不远处的谷倩玲，衣衫凌乱，脸也被抓花了，狼狈得恨不得找个地缝钻进去。

人事部的经理这时走了过来，将一个信封交到谷倩玲的手上。

“谷小姐，你被开除了。”

谷倩玲难以置信地看着人事部的经理，质问道：“凭什么？”

人事部经理尴尬地清了清嗓子，说：“扰乱公司秩序。”

刚刚还站在谷倩玲身边安慰她的同事，呼啦一下，集体向后退了一步。

后来，公司传开了，是楚歌给人事部打的电话，下的命令开除谷倩玲。

这下所有人都明白了，楚歌是在这儿等着谷倩玲呢，想让她无比狼狈地离开，也尝尝狼狈的滋味。但是转念一想，这无疑是正宫的一次胜利。刘义洲才是公司的掌事人，如果他不让人动谷倩玲，谁动得了她？

这边还没散场，罗峰带队，走进启航。

“谁是谷倩玲？”罗峰问。

所有人闻声看去，一时间没反应过来，警察怎么来了？

谷母最先反应过来，跑到罗峰的身边，愤恨地说：“警察，快把这个贱人抓起来，就是她指使我儿子买凶打人的。”

罗峰走到谷倩玲的身边，说：“谷小姐，麻烦你跟我们走一趟，你涉嫌与一起买凶伤人案有关。”

谷倩玲的身体不稳地晃了晃，她艰难地抬步。

“呸！”谷母对着谷倩玲吐了一口唾沫，“活该！”

谷倩玲转头狠狠地瞪向谷母，眼中的恨意吓得谷母缩了一下。

闹剧随之结束，谷倩玲这个人就好像从来都没有出现过一样，公司里没有人再提，刘义洲和楚歌见面时，也没有人说起这件事情。

不久后，伤害刘母的人也落网了。

谷倩玲在派出所里什么都交代了，是她通过湖南长沙的弟弟，帮她联系了两拨人，伤害恫吓楚歌的父亲和刘义洲的母亲。

楚歌坚持拒绝调解，要求派出所秉公办理。但是谷倩玲在被拘留了几日后，还是被放了出来。因为谷倩玲提供了当时和弟弟的微信记录，证实了她让弟弟买凶时特意说了，不要弄伤他们，主要就是吓唬吓唬，打两下意思意思就行。再加上楚爸爸和刘母已经伤愈，没办法追究谷倩玲的刑事责任，只能追讨民事赔偿。

谷倩玲虽然重获自由了，她的弟弟却没有那么幸运。他一进公安局，之前干的坏事就全都交代了，坑蒙拐骗偷，就没有他不干的。谷母上蹿下跳，替儿子喊冤，警察却明白地告诉她，这时候再闹也没用，没有个十年八年，她儿子是出不来了。

谷母一口气没上来，直接倒在了公安局门口，被紧急送去了医院。刚一苏醒，她就跑去了火车站，打算去找谷倩玲的麻烦。

谷母来得不巧，谷倩玲没在，他们之前住的房子正敞着门，搬家公司的人正把她和谷倩玲的东西一件一件地往楼梯间扔。

谷母向来泼辣惯了，又跟搬家公司的人闹腾。人家一开始让着她，可后来被她抓伤了，于是急于摆脱她，不慎把她给推下了楼梯。

谷母住进医院，茶饭不思，天天闹腾着让谷倩玲来见她。可谷倩玲始终没有出现。或许于谷母而言，谷倩玲是唯一能救儿子的人。

谷倩玲不出现，谷母又跑去了启航，楼下的大门还没进去，就被保安推了出来。谷母打算一哭二闹三上吊，保安只能报警，谷母最后被抓进了公安局蹲了好几天。

谷母彻底绝望了，如落败的公鸡一般回了家乡。而谷倩玲去哪了，没人知道。她在百花园的房子是楚歌的律师宋子涵出的律师信给徐征，徐征得到了刘义洲的点头，收回来的。

公司里小三和正房的赌局以压楚歌的胜利，爆冷结束。

只有楚歌明白，哪有什么胜利？她和刘义洲之间的战争才刚刚开始。

楚歌知道，她在启航的日子，每一天都马虎不得。她想要拨乱反正，不是容易的事。

上午十点的重要高层会议，过了十五分钟，刘义洲还没过来。刘义洲的助理快步走进会议室，在刘义洲的座位旁边又安排了一个位置，随即又一声不响地离开了。这下子会议室里炸开了锅。如果不是来什么大人物，怎么会安排这样一个位置？各位高层左右询问，竟然没有一个人知道要来的人是谁。

直到十点二十，刘义洲才气宇轩昂地走进办公室。楚歌拧眉看着这个向来守时，今儿却迟到的男人。他的衣冠整齐，头发仍旧梳理得一丝不苟，眼角眉梢间却透着疲惫。他与她对视一眼，眉宇微皱，眼中写着她看不懂的情绪。她正思量着这人今儿哪里不对劲时，紧跟在他的身后，一个干练的女人走进了众人的视野。

那女人一身白色的西装套裙，直直的黑发披散在身后，眼角眉梢都透着一股子凌厉。她不是公司的人，不是公司的任何一位合作伙伴，大家对于这个陌生女人的到来都很惊讶。而这其中，最惊讶的人是楚歌。她惊讶的原因却与所有人截然不同。

她难以置信地看着这个女人，唇瓣动了动，吐出两个字："莹莹……"

"好久不见，楚歌。"陈莹的脸上挤出一抹笑，却是皮笑肉不笑地透着疏离。

"好久不见。"楚歌的回话有些尴尬。

“没想到我们会在这种情形下见面。”陈莹主动伸出手示好。

楚歌尴尬地咽了咽口水，总觉得陈莹的眼皮上挑，带着一股子挑衅。她迟疑着抬手与陈莹握了一下手，强迫自己在陈莹的超强气场下，不至于低下头做个逃兵。

陈莹的唇角又扬了扬，笑得格外公式化，眼中过于精明的神情任谁都看得出她与楚歌是面和心不和。

“希望我们这次可以公平竞争。”陈莹说话间，目光还瞟了瞟刘义洲。

刘义洲的脸色比刚进门时，还沉了些。

“陈小姐，请坐吧。”刘义洲绅士地说。

陈莹只好结束与楚歌的“叙旧”，在临时为她安排的位置上坐下。

直到所有人都落了座，刘义洲才开口介绍道：“这位是陈莹小姐，未来陈小姐会在我们公司任职，负责长河地产项目的融资。”

楚歌从来没想到，她有一天不只是要面对这样的局面，还要和陈莹共事，或许说打对台会更适合。

“以后就劳烦各位同仁多多关照了。”陈莹温和而不失威严地对在场的每一位公司高层微笑，直到视线看向楚歌时，她才停下游走的视线。她微微眯眸，唇畔的笑更浓烈了些，眼中却迸射出挑衅的光芒。

楚歌微微心惊，这么多年过去了，陈莹还是没有对当年的事情释怀。

当年她因为帮陈莹送情书，让刘义洲误以为是她在表白，最终成就了她和刘义洲的姻缘，弄得她们反目。陈莹大学还没念完，就出国留学了。她还记得陈莹离校的那一天，曾对她说过：“楚歌，我一定会回来。那个时候，本该属于我的一切，我都会拿回来。”

那时候青涩的陈莹眼中透着狠和恨，全然不像现在这般沉稳。但不变的是，她从来都未掩饰她对楚歌的怨恨。

楚歌并不怕如复仇者归来一般的陈莹，但她心里的歉疚让她不愿意正面与陈莹冲突。退一万步说，她们之间曾经的争端刘义洲，如今已经不再属于她们任何一个人，她们还有什么好争夺的？

可是，她知道，陈莹并不这么想。现在谷倩玲不在了，她出现在启航的时间，恰到好处。

在陈莹进公司的当天，楚歌从陆娇娇的口中得知，陈莹居然是陈国涛的女儿。他们念大学时，陈国涛就已经很富有，只是那时的他们对于校园外的事情并不了解。想必陈莹也是有意隐瞒自己的家世。人家都知道陈莹的家里很有钱，具体她爸爸是哪一位，是做什么的，并没有人知道。

后来，启航和陈国涛合作时，楚歌只知道陈国涛还有个女儿在国外读书，并没有想到世间的缘分会如此奇妙——陈国涛的女儿就是那个发誓要夺回一切的陈莹。

她忽然在想，刘义洲是什么时候知道的？陈莹和他的重逢又是怎样的？

陈莹的出现让她再次陷入大学时的回忆。那段干净的时光，承载了她一生中最美好的回忆。纵使如今物是人非，承诺变了，她也从未怀疑过刘义洲是真的爱过她。只是，那时穿着一件白衬衫冲着她微笑的少年，如今已经变成了不苟言笑的深沉男人。

楚歌这个时候不得不相信，刘义洲真的如严熙说的一样在找同盟。他紧锣密鼓地参与百花园项目，又让陈国涛的女儿来负责融资，想与之结盟的举动太明显了。

桌上的电话这时响了起来，楚歌收回思绪，接起电话。

“楚歌，一起吃个工作午餐吧。”陈莹的声音响起。

楚歌看了一眼手表，才发现已经中午了。

“不了。我吃过了。”楚歌下意识地排斥和陈莹搅和在一起。

“不是不想见我吧？”陈莹语气肯定，带了些讽刺的味道。

“莹莹，我相信你也不想见到我。既然如此，何必非要见面针锋相对呢？”楚歌语气平静地反问。

“你这可是冤枉我了。这些年我一直想着和你重逢时的场面。这不是才第一天进公司就主动约你吃饭了？”陈莹在电话中爽朗地笑了笑，又继续说，“还是说你心虚，不愿意见我？”

陈莹的话显然在将楚歌的军，如果她不去，就代表她小气，公开与陈莹为敌。楚歌并不怕陈莹什么，但职场上的大忌就是当面剑拔弩张。

“好，一会儿见。”楚歌的本意是，大家既然相互不待见，就少相见，公是公，私是私。显然陈莹并不这么认为。

楚歌简单地整理了一下，出了办公室。她到与陈莹约好的餐厅时，陈莹已经到了。陈莹看着门口的楚歌，优雅地微微一笑。而陈莹的对面，背对着楚歌的方向还坐着一个西装革履的男人。只看背影，楚歌就认出那个男人是刘义洲。

楚歌在心里冷冷一笑，陈莹约她来的目的就是刘义洲吗？

她不急不慢地走过去，在四边桌的其中一边坐下，左侧是陈莹，右侧是刘义洲。

刘义洲看到她来了，一皱眉，也不知道是不是不欢迎她。

陈莹仿若没接收到他的不满，拿起桌上的红酒，给楚歌倒上，表情自然地举杯，说："来，为我们的重逢干杯。"

楚歌微微一笑，端起酒杯，全程没有看过刘义洲一眼。

刘义洲的眉心始终皱着，端起酒杯，一饮而尽。

楚歌只是优雅地喝了一口，便放下酒杯。她不是来和谁比拼豪爽的，她只想做个看戏的人。

陈莹看了一眼刘义洲空了的酒杯，又温柔地笑着看向他黑了的脸。

"义洲还是这么帅，还记得上学那会儿，我和楚歌还一起喜欢过你。只可惜我不如楚歌的手腕高，最终败北逃到美国去了。"陈莹的脸上始终挂着笑容，仿佛在回忆什么美好的事情。

刘义洲却听得脸色越来越黑，仿佛随时都会掀桌子的架势。

楚歌倒还好，来之前她就猜到陈莹不是善意地邀约，必然会说些难听的话让她难堪。楚歌并不在乎，在经历了刘义洲那么伤那么痛的背叛后，难听的语言对她又能有多大的杀伤力？

如果这些风凉话可以让陈莹心里舒服些，有报复的快感，她也不用再为当年的事情愧疚了。

“偷来的东西，到底是握不安稳的。”陈莹笑得更开心了些，“如果当年的情形再重演一次，义洲，你会选谁？”

刘义洲迎上陈莹的视线，缓缓开口，铿锵有力地说：“如果我没记错的话，陈总邀约时，说的是工作餐，叙旧的话还是改天再约吧。我找楚歌还有些事要谈，就不奉陪了。”

刘义洲站起身，看向还坐在座位上的楚歌。

楚歌愣了愣，看了一眼陈莹一瞬间难看的脸色，站起身。刘义洲这才阔步向外走去，楚歌随后跟了上去。

陈莹眼神狠戾地盯着一前一后出了餐厅的两人，红指甲狠狠地扣着杯身，用力过大，指甲啪地折断，扯到皮肉，她疼得抽了一口凉气，收回手，眼中的恨意更浓了。

她今天邀约刘义洲时，刘义洲一开始是拒绝的，直到她说楚歌也会去，他才同意。他来这一趟，就是为了保护楚歌，给她难堪吗？

他不是出轨了吗？他们不是要离婚了吗？为什么她还是不如楚歌？

餐厅门外的街道上，楚歌看着刘义洲挺拔的高大背影，对他的反应并不意外。刘义洲就是那种极度不喜欢别人在他的面前阴阳怪气话里有话的人。如果是商场上的交锋，他还有兴趣你来我往，但如果是这种私生活拿来被人说事，他是极为厌恶的。但她以为，他至少会对陈莹客气些，毕竟陈莹的背后牵扯到了他想要的利益集团。

正午的阳光耀眼，她忽然觉得有些看不清他的背影。

陈莹不只是在语言上向楚歌示威，工作上也是雷厉风行，很快就组建起自己的团队。她的职位暂定为那个项目组的总监。但其实和楚歌差不多，就是管着一个项目，公司里别的事情她也管不到。

这下子公司又热闹了，小三刚出局，又来一个女人，虎视眈眈。

楚歌办公室的门被敲响，徐征走了进来，在她的对面坐下。

楚歌抬头看向他，静默地等待他开口。

“楚歌，我受董事长委托，来和你谈离婚的事情。董事长希望最好不要上法庭就能和平解决。”徐征的语气沉重，说话时小心翼翼地打量着她的表情，“楚歌，你应该可以看出董事长这次的决心。出于朋友，我希望你可以考虑一下和解。”

“出于朋友，你就不该劝我。”楚歌语气坚定。

“对不起，楚歌。”徐征抱歉地说。

“你没有对不起我的地方，你只是尽自己的职责。”楚歌深吸一口气，笑得有些苦涩，随后又半开玩笑地说，“徐征，这次我给你找了一个很强劲的对手，你不一定会赢。”

“我知道。宋子涵，律师界有名的女判官。她想让谁赢，从来没输过。上次在收百花园的房子时，我跟她交过手。”徐征认可地点点头，注视着楚歌，艰难地说，“但是这一次不一样，我方已经收集到证据，证明你是婚姻的过错方。”

楚歌难以置信地瞪大眼睛，她再次低估了刘义洲的底线。她记得严熙曾说过，永远别用自己的想法去猜测别人，你不是他，你永远定位不准对方的底线。她以为，即便刘义洲现在对她的爱不在了，即便他不再是曾经那个穿着白衬衫的干净少年，他至少还有着他的道德底线。可是，她错了。他能选择和长河地产合作豆腐渣工程，也能为了金钱本末倒置地把她送上法庭。

良久，她才找回自己的声音。

“我问心无愧。他如果想上法庭，那就法庭见。”她的声音微微有些颤抖，拳头攥得紧紧的。如果她不是个理智的人，这会儿就必然迁怒于徐征了。

徐征看着她红了的眼圈，并没有为自己解释。他甚至希望她把怒气都撒在他的身上，而不是憋在自己的心里，一伤再伤。

“楚歌，你知道董事长从来不打没把握的仗。”徐征心疼地看了她一眼，还是将手里的文件夹递了过去，“这里是一部分准备上法庭用的证据，你看看吧。”

楚歌的手有些颤抖，打开文件夹，里边的一沓相片赫然映入她的眼帘，全都是她和于继晨在一起的照片，以借位的方法，把他们在一起的情景都拍得格外暧昧。

刘义洲这个男人是有多狠，才会在把她逼到悬崖边，在她艰难地求生时，又一脚把她踹了下去，非要她死得粉身碎骨，他才甘心。

她再也抑制不住内心的情绪，身体开始愤怒地颤抖，她从来没有像这一刻这般屈辱过，更没有一刻这么恨过。昔日的情分在这会儿就仿佛是个笑话。不，她才是天大的笑话。刘义洲让她成了自己都鄙视的傻瓜。

徐征离开后，她站在十八层楼的窗边，看着高楼下缩小的人群许久。她知道，如果她没有勇气从这里跳下去，就必须咬紧牙关，扳回一局。

离婚的官司，法院都会先给双方调解的时间，实在无法调解，才会开庭。楚歌知道，不管她想做什么，都只能利用这段最佳的时间。

徐征离开楚歌的办公室，去见了刘义洲。

“她的情绪很激动。”徐征说。

刘义洲看着电脑屏幕的监控画面，说：“我知道。”

徐征重重叹了口气，翻开文件夹，拿出楚歌和于继晨的亲密照片。

“这一看就是借位，是谁这么缺德，处心积虑地拍这种照片寄给你？”

刘义洲看向照片，双眼喷火，说：“不管是谁，他希望的结果都是我和楚歌离婚。这也是我想要的结果。”

徐征想要开口劝劝，唇瓣动了动，终是什么都没有说。因为他比谁都清楚，于刘义洲而言，这个婚是离定了。

街头的小酒吧中，严熙听完刘义洲逼楚歌离婚的事情后，愤怒地一拍桌子，激动地大喊：“他还是不是男人？”她的嗓门太高，即便在乐声流淌的酒吧里，也还是瞬间吸引了一大拨好奇的人看过来。严熙这才意识到自己的情绪有些没控制住，压了压胸中的火气，小声嘟囔说："应该说他就不是个人。"

楚歌扯出一抹嘲讽的笑，冷静地说："和这种人斗才难。"

"你打退堂鼓了？"严熙不乐意地问。

"我会吗？"楚歌淡定地反问。

"这才是我认识的楚歌。"严熙与她相视而笑，她认识的楚歌会越受压迫越反弹。

严熙到底是了解楚歌的，楚歌之前还能和刘义洲和平相处，那是因为她觉得婚姻没了，只是感情到头了，但他们到底曾是最亲近的人，可以好聚好散。现在她发现自己错了。没了那张纸，利益面前，他们之间连相安无事的陌生人都做不了。他们只能做战场上相互厮杀的敌人。

"既然刘义洲用损招，咱们也可以效仿一下。"严熙坏坏一笑。

"你不是打算拍他出轨的证据吧？"楚歌一语道破她的想法，"谷倩玲都不知道哪儿去了，你上哪儿拍去？"

"说不定被他金屋藏娇了。"严熙鄙夷地说。

"不会的。刘义洲向来孝顺，谷倩玲买凶伤了她的亲妈，他不可能再跟谷倩玲在一起了。"楚歌肯定地说。

"现在多的是为了小妖精不要亲妈的。你也别高估了他。"严熙已经把伤害闺蜜的男人当成了敌对势力。

"就算我证明了他和谷倩玲通奸，也洗不去他泼在我身上的污水。我现在要做的就是好好工作，以防止他证明我没有经营能力，要求以同等财产置换。”楚歌冷静地分析，“论人脉，他比我强太多。就算是拿到他们通奸的证据，我也没有多大的胜算。”

严熙不甘地说着气话：“不如你在离婚前直接把他送进监狱得了，这样他就没办法和你争了。”

楚歌愣了下，将情绪压下，故作调侃地说：“好啊好啊，你有证据吗？”

“如果我能找到呢？”严熙的身体向前倾了倾，问道，“你会不会铡刀怒铡陈世美？”

“你当我是包青天啊？”楚歌自嘲一句，端起酒杯轻啜一口。

“可我认识的楚歌也不是秦香莲啊。”严熙搂住她的肩膀，给她依靠。

楚歌与她相视而笑，没错，她不是秦香莲，即便失去婚姻，她依然可以一个人活得精彩。

“对了。”严熙放下酒杯，神神秘秘地说，“我在这次调查中发现了一件有趣的事情。”

“什么事？”楚歌知道，能让严熙这种见多识广的人觉得有趣的事情并不多。

“陈国涛应该有私生子。”严熙八卦地说。

“真的？确定吗？”楚歌惊讶地问。

“不是很确定，但无风不起浪。我相信这里边还是有点事的。前阵子陈海不是出事了？听说陈国涛有意培养自己的私生子。谁知道这时候陈莹忽然回国了，说可以帮陈国涛管理公司的事情。不仅如此，陈海也不再出来混了。”严熙讲起这桩八卦，尤为兴奋，“看来陈家豪门要上演争产大战了。”

“哪里听来的消息？”楚歌将信将疑。

“陈海那帮狐朋狗友说，陈海告诉他们，怕自己的财产没了，要足不出户地孝敬他老子。不过像他这种人，装也装不了几天。”严熙一脸鄙夷，显然不看好这个富二代，“要是陈家真来个争产大战，没准这会儿是我攻破长河地产的最佳时机。”

楚歌深思着严熙的话，这样说来，陈莹以特派专员的身份进入启航，身上还肩负着斗赢外室的重任。据她所知，陈国涛是很重男轻女的。陈海之前即便很不争气，陈国涛也一直明里暗里地把陈海推向政商两界，希望陈海可以崭露头角。对陈莹，陈国涛却很少提及。只可惜，陈海是扶不起的阿斗。

楚歌拿起酒杯喝了一口，严熙说得没错，这或许也是让启航抽身的机会。

“你说刘义洲会不会是陈国涛的私生子？”严熙忽然脑洞大开地问。

楚歌口中的酒还没咽下去，被她的话惊得呛进嗓子，剧烈地咳嗽起来。

“咳咳咳——”

严熙连忙抽了张纸巾递给她，还不忘八卦地问：“难道被我猜对了？”

楚歌缓和了好一会儿，才回道：“猜对你个头。放一百二十个心吧，刘义洲百分百是他爹他妈亲生的。”

“你给他们验过 DNA 了吗？”严熙白她一眼，“就算是验过了，结果也不一定就是真的。现在的事情可难说了。我倒是觉得刘义洲那奸商的性格和陈国涛挺像的。”

“好，我说不过你。”楚歌无奈地摇了摇头，“你赶快去调查，调查出什么来了，记得告诉我。”

“没问题。”严熙眨眨眼，一甩卷发，妩媚动人。

“答应得这么轻松。”楚歌无奈地摇了摇头，认真地提醒她，“陈国涛并不是什么善男信女，你要注意安全。”

“你放心吧，我有保镖。”严熙甜蜜地说。

“罗峰？”楚歌会心一笑，“你很信任他呀。”

严熙没听懂楚歌的意有所指，随口回道：“人民警察呀，不信任他信任谁？”

楚歌并没有点破，有的时候一个人信任另一个人，并不因为他的职业和武力值，而是单纯地发自内心地信任。只要有他在，心里就会觉得安稳。她也曾这样信任过刘义洲。

“聊什么呢？这么开心？”于继晨的声音忽然插了进来。

楚歌一怔，于继晨和罗峰已经走到桌边坐下。

严熙尴尬地笑笑，小声对楚歌说：“我以为只是小聚，就告诉了罗峰。我没想到你今天心情不好……”

楚歌猜到她在尴尬什么，她和于继晨的事情刚被刘义洲大做文章，这么敏感的时候又约在一起，显然有点自己打自己的嘴巴。

她给严熙一个安心的眼神，岔开话题，转而回答于继晨刚刚的问题：“我们在八卦陈国涛的私生子。”

于继晨的神情微滞，罗峰已经兴奋起来："谁要是陈国涛的私生子，可真是发达了。"

"我准备写一篇陈门争产大案的报道，你们觉得怎么样？"严熙沾沾自喜地说。

楚歌憋着笑，煞有介事地点点头，说："你可以直接写成小说。"

"建议不错。"严熙顺着她的话继续扯道，"赚了版税好请你们喝酒。"

于继晨始终沉默未语，大家也不觉得奇怪。平日里，于继晨就对这些八卦没兴趣。

几个人在酒吧喝到半夜，才各自散去。

罗峰去送严熙，于继晨和楚歌正好一路。

车开出去一些距离后，一直没说话的于继晨忽然开口："我连累你了。"

楚歌一怔，于继晨解释说："你去洗手间的时候，严熙告诉我了。刘义洲偷拍了我们的照片，大做文章。"

楚歌叹了声，没有接话。于她而言，这种耻辱的事情，知道的人越少越好。

于继晨没有看到她的反应，手打方向盘，转了个弯，再次沉声开口："我会帮你的。"

楚歌又是一愣，有些没懂他的意思，他怎么帮她？但还是轻声说："谢谢。我可以应付。"

于继晨没有再多说，只是安静地开着车。他看着前路的目光是那么笃定、从容，仿佛是想要拯救她的超人。

那天夜里，楚歌一夜没睡，她思考了很多事情，也回忆了很多往事。只是，天亮了，人们能做的，只有向前走。而前路是坎坷还是平坦，我们都无法预知。

上午的阳光明媚，倾泻了一室，楚歌正在办公室里处理文件，响起了敲门声，陆娇娇脸色难看地走了进来。

楚歌放下手里的文件，看向她。

陆娇娇快步走到办公桌前，沉重地说："楚小姐，冯威自杀了。"

"什么？"楚歌大惊，"他怎么会突然自杀？"

"我也不知道。"

"你怎么知道消息的？"楚歌抓住重点地问——消息的来源很重要。

"微博上。"陆娇娇说，"公关部负责在网络上维护公司形象的员工发现微博上有一篇帖子在声讨我们公司。是冯威的女儿发的，她说她爸爸是被我们公司逼死的。"

"为什么要声讨我们公司？"楚歌实在想不明白这件事情，如果说第一次跳楼是要挟刘义洲挽救他的公司百易，那么如今启航已经二次注资了，即便百易还是生存不下去，迫使他的情绪低落，最终跳楼，为什么他的女儿会把矛头指向几次三番救他们的人？

"目前还不清楚具体原因。看帖子的内容，冯威的女儿也说不清楚。”陆娇娇回道。

“事情闹得大吗？”

“微博应该刚刚发出不久，还没产生太大的反响，没有媒体跟报。公关部现在只通知了您和董事长，他们正在待命中，等上边的决定。”陆娇娇简要地回道。

自从谷倩玲狼狈地离开公司后，楚歌在公司的地位就直线上升了。

陆娇娇见楚歌脸色难看地沉默着，忍不住问道：“楚小姐，我们要插手这件事情吗？”

楚歌冷静下来，回道：“暂时不用。”她倒是想看看刘义洲会怎么处理这件事情，她现在贸然出手，反而会落人口实。像这种不光彩的事情，刘义洲绝对不会开会讨论，只会直接给公关部下达命令。

“好的，楚小姐。”陆娇娇应声欲离开办公室。

“娇娇，帮我去了解一下冯家现在的情况，看看他们有什么地方需要帮助。”楚歌沉重地说。

陆娇娇离开办公室后，楚歌上了微博，开始关注这件事。第二天，微博不但没有删除，反而激怒了冯威的女儿。冯月月声称有人对她威逼利诱，但于她而言，什么都没有父亲重要。即便父亲已经死了，她也要还父亲真相，不能让他死不瞑目。而经过一天一夜的发酵，帖子的转发量已经过千。

楚歌收回思绪，问站在桌前的陆娇娇：“董事长现在是什么意思？”

“听公关部那边说，董事长的意思是不惜一切代价让冯威的女儿不再发声。”陆娇娇回道。

楚歌揉了揉发疼的头，冯威死了，启航两次注资的公司面临巨大的困难。特别是第二笔注资所得股份的转卖，是因为太太团对楚歌的信任，才能促成。

随着事情逐渐闹大，太太团里已经有人坐不住了，打电话问楚歌是怎么回事。楚歌只能说事情还在调查中，希望大家给她点时间，她一定会给大家一个交代。但楚歌很清楚，这个交代不是那么容易给的。冯月月把事情闹得人尽皆知，只怕会加速公司的死亡。启航注入的资金一旦打水漂，这对启航的声誉和资金情况都是巨大的冲击。

“你先出去吧。”楚歌说。

“我们还是不管这件事情吗？”陆娇娇有些狐疑地问。

她总觉得楚歌跟一开始进公司时有些不同了，若换了以前，她早就冲过去找刘义洲理论这件事了。现在，她更多的是冷眼旁观。

“不用管。”楚歌并不想多做解释。她现在能做的就是等待。不到彻底乱套时，就贸然出手，谁都不乐意，觉得你是来抢功的。只有当他们谁都搞不定时，你再出现，才会被称为救世主，才有机会挽救越走越偏的启航。

陆娇娇刚一出门，楚歌的手机就响了起来，是堂弟楚天宇打来的。

楚歌接起，还不等她关心一下家里，楚天宇就已经抢先愤怒地说：“姐，姐夫公司出事了，你知道不？”

楚歌一时间不知道他这么没头没尾地在说什么，便问：“什么事？”

“冯威跳楼的事。”楚天宇有些气急败坏，“现在微博上已经闹开了。我就想知道，这事姐夫怎么想的？”

“这件事情我知道。”楚歌知道堂弟反常的表现，必定事出有因，试探着问，“你是不是认识冯威？”

“他女儿是我的大学同学。”楚天宇的语气终于平静下来，他肯定地说，“月月是不会说谎的。”

楚歌的头更疼了，她揉了揉额头，说：“天宇，我明白你现在的心情，也明白月月的心情。你给我些时间。”

“姐，给你添麻烦了。我知道你不管公司的事情很久了。”楚天宇发泄后，终于意识到自己的不理智。

楚歌的家里还一直以为她在备孕，没有进公司。

“没事，跟姐还客气什么。”楚歌说。

“姐，我明天会去看月月。”楚天宇说。

楚歌的心里咯噔了一下，楚天宇如果参与进来，只怕事情会更加复杂。但她知道，她不能阻止弟弟。不能因为他们的难堪，就切断弟弟与朋友的友谊。

“要不要来家里住？”楚歌问。

“不了，我怕见了姐夫尴尬。”楚天宇有些不满地回道。

楚天宇不来她这里也好，她还不想让父母知道她和刘义洲的事情。特别是如果有一天上了法庭，对于刘义洲给的羞辱，只怕一向循规蹈矩、老实本分的父母会接受不了，大受刺激。

“如果可以的话，我想跟你一起去见见月月。”楚歌试探地说，“我想帮帮月月。”

原本事不关己，她想静观其变，现在楚天宇参与了，她不得不处理了。而且，她也想帮帮月月，想了解事情的真相到底是什么。

楚天宇微迟疑。楚歌又说：“你们都刚毕业，自己能做什么？”

楚天宇到底是信任楚歌这个姐姐的，应道：“好。”

楚歌挂断电话，起身出了办公室，向刘义洲的办公室走去。

灵魂的分道扬镳

董事长办公室里，刘义洲和陈莹坐在沙发上，刘义洲的脸色阴沉而难看。陈莹小心地打量着他的脸，问："你打算怎么办？"

刘义洲没有搭话，拿起茶几上的烟，自顾自地点燃。

"要不要我去和我爸说，让他帮帮你？"陈莹轻柔的声音里，透着几分邀功的味道。

"怎么帮？"刘义洲转头冷冷地看向陈莹。他的样子太吓人，惊得陈莹咽了下口水，连忙说："我会去求我爸帮启航渡过危机的。"

"我知道了。"刘义洲收回视线，回得不咸不淡，声音无波，只有紧皱的眉心出卖了他这会儿的心烦。

陈莹起身，走到他的身边坐下，抬手去抚他的眉心。

"我知道你心烦。"陈莹怨恨地说，"这个冯威，自己死还不行，还非要牵连上我们。”

刘义洲一皱眉，握住陈莹的手腕。陈莹一怔，不甘地较劲，俯身吻了上去。

楚歌恰巧推门走了进来，以她的角度，恰好看到陈莹趴在刘义洲的身上，她的右手手腕被他握在手中，像极了恋人之间接吻时的暧昧。

听到开门声，陈莹直起身，却没有任何羞愧之色，而是不悦地扫向门口，仿佛在指责来人的不识相。待看清门口的身影是楚歌时，她愣了一下，随即挑衅一笑，耀武扬威的样子仿佛在说，我就玩你老公怎么了？

刘义洲一拧眉，眼中闪过一丝不易让人察觉的慌乱。

楚歌是真的生气了，都什么时候了，他还在办公室里乱搞男女关系？是觉得太太团当了接盘侠，即便百易倒了，启航也会没事吗？

她冷冷一笑，嘲讽道：“董事长，我们还没离婚呢，请您自重，别弄得公司跟妓院似的。”

陈莹的脸色一沉，刚刚的得意全然不在。她恼羞成怒地质问：“楚歌，你骂谁呢？”

看到她生气，楚歌就放心了，温和一笑，说：“你可以再大点声，让全公司的人都知道你在办公室里勾引别人的老公。”

如果说初见时，楚歌对陈莹还有些抱歉，那么这些日子陈莹的所作所为，已经让楚歌觉得不必对她客气了。

“那也是你没能耐看住自己的男人。”陈莹咬牙说。

楚歌始终面带微笑，说："嗯，谢谢你的提醒。以后你有老公的时候，记得拿条链子拴上。"

刘义洲尴尬地清了清嗓子，说："陈总，你先出去。"

"我！"陈莹没出来这口气，不想走。

刘义洲沉了脸色，陈莹也算是识时务，不想在刘义洲不痛快的时候和他发生冲突，只能离开。

楚歌看着她愤怒的背影，一点都不觉得自己胜利了，反而觉得是耻辱。而耻辱的根源，就来自眼前的男人。

"楚歌，刚才陈莹她……"刘义洲似乎想解释，却被楚歌打断。

"董事长，我们谈公事吧。"楚歌直奔主题，并不想和他多说其他的，"我来是想跟你说，冯威的事情，交给我处理。"

刘义洲一拧眉，当即拒绝："不行，这件事情太复杂，你不要插手。"

"刘义洲，我应该怎么理解你的行为？"楚歌鄙夷一笑，"想保护我？"

刘义洲眉心的褶皱堆出了一座小山，没有解释，径自道："冯威的事情我会交由公关部去处理，你就不用管了。"

"我不管？那你告诉我，百易的新型建材审批得怎么样了？"楚歌盯视着沉默的刘义洲，"美国那边的鉴定证明是假的，对不对？"

如果说，美国那边的鉴定证明没问题，国内只要拿到审批就能投入生产了。现在百易的创始人冯威选择了以死来结束这一切，就足以证明他看到的不是希望。

“没错，那份鉴定证明是假的。”刘义洲深吸一口气，瞒不住了，也不用瞒了。

“为什么会这样？”楚歌只觉得无力，她迫使自己冷静下来，问，“有人要对付公司，对不对？”

刘义洲一怔，下意识地回避楚歌的眼神。

“你想多了。恰巧那个美国人是个骗子吧。”

楚歌深深地凝视了刘义洲一会儿，重重地点了点头。

“好，就当我想多了。”楚歌努力地克制着自己的愤怒，“刘义洲，事情交给我处理吧。如果再交给公关部处理，会再出人命的。”

这会儿她想得更多的不是公司的名誉，而是不希望再有人因此出事。钱没了可以再赚，面子没了可以再找，但如果一条人命因为你没了，你的罪孽一生都洗不清。

刘义洲打量她一眼，才问：“你有更好的办法解决这件事情？”

“天宁和冯月月是同学。他明天会飞过来，我会和他一起去见见月月。”楚歌并不打算隐瞒。

“好。你去看看。”刘义洲点点头，“但是别逞强。如果冯月月那边胡搅蛮缠，你就退出来，交给公关部处理。”

“为什么你会觉得冯月月胡搅蛮缠？”楚歌失望至极，“她爸爸的命没了，如果不是走投无路，我相信她不会在还没走出痛苦的时候，就在网络上闹事。如果她是为了钱，就会跟你派去的人协商了。说到底，是有人欠了她爸的命，她是来讨命的。”

刘义洲的脸色越发难堪，没有接她的话。

“刘义洲，别再做亏心事了。”楚歌的语气不免激动，“想想来时路，今天的局面真的是你想要的吗？你的信仰呢？”

“来时路……”刘义洲自嘲地笑了笑，说，“我们都回不去了。”

“你不在了，但我会一直走下去。”楚歌的语气坚定，就如她转身离开时脚下的步子一样坚决。

“我只能给你三天的时间。如果三天内你解决不了，公关部会重新接手。”刘义洲对着她的背影，语气冷沉地说。

楚歌没有转身，只是顿了一下脚步，应了声“好”，继续向门口走去。

刘义洲看着她离开的背影，他知道，她的话已经无关乎情爱。他们不只是在婚姻上分道扬镳了，在信仰上，她也已经唾弃了他。

随着办公室的门嘭的一声关起，沉浸在哀伤中的刘义洲被惊醒。他转身，迎上直射进办公室里的阳光，将疲惫的面容埋进大掌中。

第二天，楚歌去了机场接楚天宇，带着他一起驱车去了冯月月家。一路上，楚天宇不停地嘱咐楚歌，去了不要说刺激月月的话。看着楚天宇关心的劲儿，楚歌不难看出楚天宇是喜欢冯月月的。学生时代的爱恋总是那么简单而单纯。你有事，我便愿意奋不顾身。那时候，楚歌觉得自己是活得勇敢的。现在她却觉得那样单纯的勇敢其实是根本没有活在现实中。等到有一天惊醒，你会发现现实有多么残酷。

她只是静静地听着楚天宇说大学时的冯月月，并不打扰他的梦，也不想跟他说现实的残酷。这梦短暂而美丽，能沉浸其中多好。

离开机场，驱车一个小时，两人终于到了冯月月的家。

相比起楚天宇的风华正茂，一脸疲惫的冯月月仿佛已经是饱经沧桑的女人。她看到楚天宇的一瞬间，红了眼圈，只是哽咽地说了声“谢谢”，就再也说不出其他话了。

家里只有冯月月和她的母亲在，冯母躺在卧室里，并没有出来。

冯月月说，父亲过世后，母亲就把自己尘封在自己的世界中，不肯走出，不吃不喝的，人瘦了一圈。她说母亲恨父亲，什么坎儿过不去？非要以死来惩罚她们母女。

楚歌听得心跟着揪起，冯母说得对，你的风吹草动能伤害到的，只有在乎你的人。

楚天宇的愤怒被燃起，生气地扫了一眼楚歌，仿佛在说，你们公司就是害得人家家破人亡的罪魁祸首。楚歌不免有些尴尬，好在楚天宇没有冲动地直接指着她的鼻子开骂，转而看向冯月月，满眼心疼与愧疚，好像做错了事情的人是他。

“月月，我可以帮你做点什么吗？”楚天宇小心翼翼地问。

“不用了。你能来，我已经很高兴了。”冯月月勉强撑起一抹笑。感激是真心的，父亲出事后，很多人同情她，却也把她当成了瘟神，生怕她开口求他们，连累到他们。

“你就别跟我客气了。就算是我的能力有限，我姐也会帮你的。”楚天宇急切地说，生怕在冯月月最艰难的时候，他没能出上力。

“月月，我任职于启航，是启航的股东，百易的事情暂时交由我处理了。”楚歌觉得谈话之前，有必要让冯月月知道她是谁，这样才公平。

冯月月原本还算平静的表情，在听到楚歌的自我介绍后，忽然变得狰狞起来。她愤恨地瞪向楚天宇，眼中全是指责和恨意。

楚天宇难以置信地看向楚歌，又歉疚地看向冯月月。

“月月，你听我解释，我带我姐来看你，真的只是想帮你。我真的不知道她是代表启航来的。”楚天宇有些慌乱地解释。

“你姐是什么人，你会不知道？”冯月月气得浑身直哆嗦，“启航的人除了会威胁我和我妈，还会做什么？见威逼利诱没用了，又想打感情牌？楚天宇，我告诉你，我不认识你这样的朋友。”

楚天宇听她这么一说，更加慌了，只能向楚歌发难：“姐，你怎么可以骗我？”

楚歌给他一个安抚的眼神，才缓缓开口说：“月月，我离开启航一年多了，最近才回到启航任职。天宇确实不知道我的身份。”

冯月月别过脸，并不想听楚歌的解释。

“我理解你现在的心情。虽然我知道任何歉意都不足以缓解你现在的心情，但我还是想替启航先向你致个歉。另外，我今天是以天宇姐姐的身份来看望你的，告诉你我的身份只是不希望以后你们之间有什么误会。天宇很关心你，你出事的第一时间，他就打电话来质问我，又不远千里地飞来看你。你可以不谅解启航，但你要相信天宇对你的感情。他对你是不是真的好，我相信你比任何人都了解。”

冯月月听了她的话，情绪渐渐平复下来，但显然还是不愿意和她这位启航人对话。

“我知道，你现在很艰难，你对这个世界也很失望。但你相信我，这世上没有过不去的坎。”楚歌复又劝道，“如果你相信我，我希望你把你的心事告诉我。即便我不能帮你，你也不会损失什么。如果我能帮你，你却不说，你错失的就是一次让你父亲瞑目的机会。”

“你会帮我？”冯月月只觉得这是一个笑话，“我要找人给我爸偿命，你能帮我？”

楚歌是启航的人，她会帮着自己这个外人？冯月月不信。

“你在微博上讨说法，不也只是抱着试试看的想法？你不试试，怎么知道我不会帮你？如果我想骗你，就会以天宇姐姐的身份套你的话了，又何必告诉你我的真实身份？”楚歌顿了顿，认真地看着她，“我不过是想与你坦诚相待。”

楚天宇急切地看着冯月月，帮腔说：“月月，你相信我姐，她真的是好人。”

冯月月思量良久，才下定决心似的说："我相信天宇。"

楚歌看得出眼前的姑娘不是软弱的人，一旦下了决心，会坚韧无比。

楚歌点点头，说："谢谢你愿意信任我。"

"月月，你和我姐说说你心里的委屈吧。你放心，就算是我姐不能帮你，我也一定会站在你这边和启航对抗到底。"楚天宇正义而坚决。这也是他这种没有被现实所捆绑的人，才会有的反应。

"谢谢。"冯月月感激地看着他，又红了眼圈。楚天宇雪中送炭，她又怎么会不动容？

这一天，楚歌从冯月月这里知道了启航所谓的大公司做事的手法。为了让冯月月同意删除那篇声讨的帖子，各种威逼利诱，甚至警告冯月月，如果不答应删除不利于启航的言论，就告她诽谤。因为警方已经判定冯威是自杀，她拿不出任何证据证明冯威的死与启航有关系，那么，她现在所说的话就等同于造谣。她找警方，说她父亲死前的种种疑点。可是，由于缺乏证据，警方不予调查。冯月月是在近乎绝望的情况下，才想通过微博为父亲讨回公道。这种闹事的方法，大概也是人走上绝路时的无奈之举。但是，搞不好最后会为自己惹上官司。一旦启航告冯月月，冯母为了保护女儿，只怕再也不会坚持要真相了。死了的人到底是死了，没有活着的女儿重要。因此，楚歌也就不难理解，为什么刘义洲只给她三天时间，如果三天后不能让冯月月妥协，怕是介入的不只是公关部，还有法务部。刘义洲从来不打没有把握的仗，他会这么做，就说明他有把握让对方怕了他，不敢再闹。

“月月，我下边问的一些问题会让你难受，但你一定要清晰地回答我。”楚歌的表情严肃，这是一件不能马虎对待的事情，“你怎么确定你的父亲不是单纯的自杀，而是被人逼死的？”

“我父亲自杀前的一个小时还给我打过电话，说晚上要给我过生日。就算是他真的想自杀，也会等到给我过完生日。为什么会急于这半天？”冯月月泪流满面，如果不能帮父亲讨回公道，她真的会对这个世界绝望。

她的眼神让楚歌觉得揪心，她很害怕自己成为推波助澜的人，把这个世界变得绝望而灰暗。

“启航先后两次投资你父亲的公司。特别是第二次，你父亲的公司已经危在旦夕，启航的投资好比雪中送炭。为什么你会认为逼死你父亲的是启航？”

这是楚歌最为不解的地方，为什么冯月月会那么肯定冯威的死与启航有关系？

启航是债主，怎么会逼死冯威？

如今冯威死了，闹得满城风雨，不但启航的投资会打水漂，还会因为二次投资一家问题公司这么没眼光的事情而备受质疑。这是一件对启航、对刘义洲都有百害而无一利的事情。以她了解的刘义洲，是绝对不会允许这样的结果出现的。所以，即便她和刘义洲的关系变成今天这样，她也不相信刘义洲会逼死冯威。

“呵呵！”冯月月冷笑，“全都是阴谋。二次投资的钱没用在百易身上一分，叫什么雪中送炭？启航就是想不给一分钱，还想利用对赌协议，拿走我爸的研发成果。”

楚歌难以置信地看着冯月月，她所丢出的事实真相，是楚歌所没想到的。

冯月月拿出一个 U 盘，递给楚歌：“这是我爸电脑里全部的文件，我还打印了我爸银行卡的全部流水。”冯月月说着，翻出一大本银行打印出的账单流水。楚歌接过，翻看起来。

“上边那些我不认识的名字，我画上了红圈。我试着问我妈，她反应很大，让我别再管这些事情了。”冯月月的神情有些黯然，“我想我妈应该认识那些人，但我知道她担心我，我不敢让她知道我在做什么。”

“我知道。”楚歌点点头，将东西收好。

“早知道会是这样的结局，我情愿我爸还只是个普通人，没遇见什么贵人，没发家。”冯月月红了眼圈，声音颤抖。

楚歌拍拍她的手，给她一抹安慰的微笑，说：“把事情交给我吧。我来处理，你好好照顾你妈妈。”

“谢谢你，姐。”冯月月把全部的希望都寄托在了楚歌的身上。

走出冯月月家时，天有些阴，灰沉沉的让人觉得压抑，是暴风雨来临之前的压抑。楚歌忽然想起了严熙的话——要不把刘义洲送进监狱吧。

冯月月的痛以及对这世界的绝望，让她真的有种冲动，想亲手将作恶的人送上惩罚的祭台，让他接受应有的惩罚……

刘义洲，你真的作恶了吗？

楚歌想还冯月月一个真相，可是她毕竟不是警察。她想跟刘义洲谈谈，但转念一想，刘义洲想要压下的真相是绝对不会告诉她的。两人之间已经没有了信任，说再多也会存着猜忌。最后，她约了徐征出来。她总觉得他是最接近真相的人。

两人在咖啡厅里见了面，徐征的第一反应是认为她同意和解离婚了。

“楚歌，你答应了？”徐征试探着问。

楚歌没有回话，淡定地喝了一口咖啡，反问：“你就这么希望我们离婚？”

徐征被问得尴尬地咳了一下，清了清嗓子，才说：“我只是尽律师的职责。”

“嗯。你的确是个挺尽责的律师。”楚歌点点头，对这一点毋庸置疑，“那友情呢？你对我也好，对刘义洲也好，还有朋友之情吗？”

“楚歌，如果不是把你们俩都当成好朋友，我就会避嫌地不接这个案子。我之所以不怕你误会，还继续接这个案子，更多的原因是我不想你们受到更大的伤害。”徐征叹息，“我比谁都不希望你们走到这一步。”

楚歌低头沉默了好一会儿，她相信徐征的话。如果这件事情换成别的律师处理，她只怕自己会被逼进死角。

“徐征，我今天找你来，不是想说离婚的事情，是有别的事情问你。”楚歌抬头看向他，神情异常地认真，“刘义洲到底发生了什么事？”

徐征一怔，问：“为什么这么问？”

“我知道了，美国的鉴定证明是假的。”

“这件事情，我和义洲也没有想到会被美国佬算计。”徐征提起这事儿，还是很愤怒。

“美国人不会无缘无故算计启航的。难道你们没有追究过原因吗？”

徐征下意识地回避与楚歌对视，搅了搅咖啡杯，说：“没有。”

楚歌从他的反应中明白了，他也不想告诉她真相。

“难道刘义洲就只是为了钱，才做那么多亏心事？”

“在商言商。”徐征解释得有些无力，显然并不具有说服力。

“逼死冯威也只是在商言商？”楚歌嗤之以鼻。

徐征一听她问这事，连忙压低声音说：“楚歌，这件事情跟义洲没关系。”

“没关系？启航为什么会二次注资冯威的公司？启航到底知不知道二次注资的钱都流向哪里了？”楚歌问了一连串的问题。

徐征对楚歌的这些问题始料未及，脱口说：“楚歌，你怎么知道的？”

“你们果真什么都知道。”楚歌重重地点了点头，眼中浮现失望，“你们是想通过冯威的百易转移公司资产吗？所以怕事情败露，才逼死了冯威？”

“不是的，楚歌。”徐征压低急切的声音，“事情并不像你想的那样。我跟你保证，义洲没有转移公司资产。冯威的死，以及二次投资的款项被转移，都和义洲没关系。”

“那跟谁有关系？”楚歌旋即追问。

徐征一怔，才发现自己失言了。

“楚歌，义洲不希望你插手这些事情，肯定是为你好。你就别管了。”徐征无奈地说。

“为我好？但他自己情愿和魔鬼跳舞？”楚歌说不上自己心里这会儿是什么滋味。她鄙视刘义洲的做法，却又想拉他一把。再恨，到底还是有感情的。

“他置身其中，也是没有办法。”徐征微微一叹，“我们都帮不了他，这是他自己的选择。”

“这一系列的事情都和陈家有关系，是不是？”楚歌几乎笃定地问。

徐征有些心虚地看了看表，说：“我还有点事情，先走了。”

也不等楚歌答话，他径自起身离开，显然不想多言。而他的反应，也更加坐实了楚歌的猜测。

楚歌自己一个人又在咖啡厅坐了很久，她本来以为只是两个原本相爱的人分道扬镳，成为商场竞争对手这样简单的事情，可冯威的事情所牵扯出的一系列事情，才让她发现，她错了——事情远比她想的复杂。

楚歌身心俱疲，唯一的避风港就是严熙那里了。

严熙看出楚歌今天心情不好，又听她说了最近发生的事，犹豫再三，还是拿出了手机："楚歌，给你看点东西。"

严熙点开相册，送到楚歌的面前。

照片是在一家会所拍的，圆桌边围坐着三个人：刘义洲、陈莹，以及一个陌生男人。

"这个男人是谁？"楚歌问。

严熙不答反问："你应该知道冯威这个人吧？"

"百易的老板啊。我最近不就是在为他的事情心烦吗？"楚歌叹了口气，"你就别和我卖关子了，照片里的男人到底是谁？"

"冯威的原配件生产工厂，就在这个人管辖的村镇。"

"你是觉得这个官员和冯威有关？"楚歌并不惊讶，官商勾结自古就有，只是她一时间想不明白这个官员和刘义洲的关系。按说工厂是冯威的，有勾结也是和冯威之间。

"目前还在怀疑阶段。一个村民因为村里的环境污染，找过不少当地的媒体，包括我们社里。"严熙收起手机，叹了声。

楚歌一惊，她翻阅过百易的尽职调查，是乔远主导的。报告上把百易塑造成了光荣的民族企业，更是着重夸大了百易的研究成果。难道尽职调查有问题？

"你打算曝光这件事吗？"楚歌问。

"暂时还不行，证据不足的情况下莽撞做事，只会害了那些村民。"严熙少有地叹了又叹，"我回来后，很多理想和抱负都不能施展。"

"很失望吗？"楚歌问。

"没有。"严熙摇头，"形势越是严峻，越是需要我们这些新闻工作者。而且我相信正义终将战胜邪恶。”

“你还是这么有抱负。来，敬你一杯。”楚歌举起酒杯，与严熙碰杯，一饮而下。严熙为她准备的烈酒顺着嗓子流下，仿佛一条火线烧过，就像是她们曾经燃烧的青春一般。

沮丧了一天的心情豁然开朗，严熙说得对，形势越是严峻，就越是不该放弃。放弃不单单是输给了某一个人，更是输了自己的人生。

楚歌叫了一辆车，去了冯威的工厂，工厂在一个村镇上，周边没有几处居民楼，大多还是低矮的民舍，乡村气息十足。除了冯威停了的工厂，还有其他工厂在建。可以看出，随着城市的不断外扩，大片大片的农业用地即将工业化。很多时候，楚歌很不理解城市的急于外扩是为了什么。

楚歌进了村子，在村头的小商店里买了瓶水，顺口就跟门前乘凉闲聊的村民闲谈了起来。

“那边的工厂是干什么的？怎么停工了？”楚歌故作八卦地问。

几个正在闲聊的村民看向她，刚刚还慈眉善目的花衣裳大妈，恶狠狠地回道：“停了好，再生产下去，还不祸害死我们啊。”

另一个大妈接话：“他死了也算是报应。”

楚歌闻言有些心惊，得多恨一个人，才会说出这样的话。

“算了算了，人都死了，我们就别说他了。”一个比较温和的大妈劝道。

楚歌拧好瓶盖，刚抬步要离开，就听较为温和的大妈问一开始说话的花衣裳大妈："你家包地少的亩数和受损的庄稼给你退钱没？"

"退什么钱？去了几次镇里，都说没时间核实，不肯来人。明摆着存心包庇。"一提起这茬，花衣裳大妈越发愤怒，"被占的地都不说了，就是被那家工厂污染的庄稼也快死光了。我儿媳妇为这事天天和我儿子吵架。"

"那可是上千亩地啊。你家的钱都是带利息借的吧？要是一直不给你说法，利息钱都够你一呛。"

乘凉的大妈们七嘴八舌，对花衣裳大妈家充满了同情。

"要是月底再不给说法，我就去镇政府喝药。"花衣裳大妈气得胸膛起伏，含怒的眼睛红了一圈，可见她的愤怒是来自她的委屈。

坐在那乘凉的其他人纷纷都劝她，钱没了，只要人在就没事……只是，任何劝解的话都是那样的无力。在偿还高额利息借贷的时候，只有花衣裳大妈一家自己来承受。

楚歌不禁觉得悲伤，花衣裳大妈的话铭刻在了她的心里——如果没有办法，她就去镇政府喝药。她相信，任何人都不会愿意拿自己的生命开玩笑。可是，手无寸铁、毫无权力的他们，只有生命。他们只能拿别人眼中并不重要的生命相搏，以引起他人的关注。

楚歌又去了冯威工厂周边查看，果真，临近工厂的土地上的庄稼大部分已经枯萎，离工厂越近，枯萎的情况越严重，庄稼的叶子上斑斑点点，似乎得了什么病。

对元器件工厂的排污，国家都有严格的要求。可是，真正执行的人却很少。

关闭的工厂，即将死去的庄稼，一片破败的情景让楚歌的心情格外沉重。这就是启航投资的冲击 IPO（首次公开募股）的公司吗？

她记得第一次投资时，冯威还没在这里建厂。可是，第二次投资的时候，尽职调查怎么会出了这么大的纰漏？还是说刘义洲早就知道这里的情形？

刘义洲，你到底要做什么？

楚歌刚一回到公司，就接到了楚天宇的电话，问她冯威的事情是不是有什么进展了。楚歌不知道要怎样告诉弟弟她今天的所见所闻。如果这件事情继续纠缠下去，冯月月要面对的结果恐怕会更残酷。从冯月月提及父亲时的敬仰，并不难看出在她的心里，她父亲的形象有多么高大。可是，现实是残酷的。她的父亲即便死得再冤，也改变不了他对那些村民造成伤害的事实。

大概冯威跑到启航跳楼时，也觉得自己是弱者，却从未检讨过他自己身上的原罪。

距离和刘义洲约定的日子，已经到了最后一天。当她正在思考该如何解决这件事情，又如何让刘义洲配合的时候，微博上再次闹了起来。这次闹腾的不是冯月月，而是一个号称要伸张正义的小号。

微博上言辞犀利地指责了冯月月父女的恶行，父亲为了钱，不做好排污就投入生产，害得农村的庄稼大面积死掉。下边还配有庄稼死掉的照片，以及农民痛苦的脸。而他自杀前，已经和妻子领证离婚，把房产和现金留给了她们母女，让她们成功地避开了债务。下面甚至还列举了两人离婚，以及分割家产的法务证明。

一个没注册多久的微博小号，发布只有几个小时，就已经被推上了热搜，显然是人为操作。能这么不惜人力、物力的人，必然是既得利益方。之前还同情冯月月孤儿寡母的“吃瓜群众”，这会儿已经一边倒地声讨她们母女欺骗大众感情，跟她死去的爹一样，想要讹钱。

楚歌的手机在桌子上呼呼地震动起来，是楚天宇的来电。她深吸一口气，接起电话。还没开口说话，天宇的怒气已经透过电话线传达过来。

“姐，你太过分了，你之前拖延住月月，为的就是编造证据，逼死她吗？”楚天宇无比地恼怒。

楚歌缓和了一下气息，平静地问：“她和你说，那些证据都是编造的吗？”

刚刚还恼羞成怒、噼里啪啦的楚天宇被她的话问得一哽，好一会儿才憋出话来：“姐，你这是什么意思？”

“如果这一切都是真的，我希望月月可以坦然面对。”楚歌无意于指责冯月月母女，只是所有人都需要面对现实。只有她们真能面对冯威之前的不堪，才能追寻到“真正的”真相。

她没有多和楚天宇解释，挂断电话，拨通了公关部经理刘雨的电话。

那边刘雨一接起电话，楚歌就不客气地问：“微博是公关部发出去的吗？”

刘雨在电话另一端一阵沉默，似乎在思考要如何回答她。

“你最好说实话，就算你不说，我也可以找人去查 IP 地址。”楚歌警告道。

“是乔总发出去的。”刘雨只好实话实说。

楚歌听出了弦外之音，问：“不是你们公关部的行为？”

“不是，我们也在调查是谁发布的。”刘雨小声回。

“好，我知道了。”楚歌挂断电话，抹了一把疲惫的脸。

如果不是公关部发布的，其他人发布这种信息是为了什么？如果单单只是为了抱不平，不会做得如此绝。

她根据冯月月提供的银行流水账单和电脑账册，初步锁定，冯威是向镇里的干部行贿了，而且不止一次。这就能解释为什么工厂排污有问题，违规占用耕地，也没人管了。

只是，这些证据只能证明冯威和镇政府的人有关系，并不能证明和启航有关系，而且以她对刘义洲之前的了解，在冯威发家的时候，刘义洲还是个没成年的孩子，必然不可能扯上这个人。既然两人没有关系，刘义洲二次注入的资金只是为了挽救冯威的公司，那么那笔钱到哪里去了？冯威这步棋，对刘义洲和启航的打击都很大。刘义洲不会杀鸡取卵，在自己的上升期，绝了自己的路。

楚歌又在名单上一番排查，有一个名字引起了她的注意——是乔远岳母的名字。她因为乔远在尽职调查时出现严重纰漏，故而怀疑他有受贿的可能。但这种受贿，没人会用自己的名字，而是用身边人的名字。所以，楚歌早就让陆娇娇找来一份乔远亲朋好友的名单。

乔远被叫进楚歌办公室的时候，还是那副不配合的样子。等到楚歌把名单递过去的时候，他才傻了眼。

“乔远，如果你不希望我现在报警的话，最好解释清楚。”

“楚小姐，你想让我解释什么？”乔远明显心虚。

“我们公司注入百易的第二笔钱去哪了？冯威为什么自杀？”楚歌直奔主题，至于乔远在尽职调查上的失职已经显而易见，不需要追问。如果她现在报警，乔远利用职务受贿的罪名一定会成立。

“我怎么知道？”乔远的眼神闪躲。

“你不知道？我现在就打电话报警。”楚歌说着拿起电话，“就算冯威自杀的事情，我证明不了和你有关系，但是我可以证明你接受冯威的贿赂，不诚信地伪造尽职调查结果。”

乔远一个激灵，连忙道：“别报警，楚小姐。我真不知道冯威为什么自杀，也不知道第二笔钱去哪儿了，但是我知道是谁想坑启航。”

“是谁？”楚歌急忙问道。

“楚小姐，是不是我说了，你就放过我，不再追究我的责任。”乔远已经慌了。楚歌手里的是实证，翻不出来别人，把他弄进去还是没问题的。

“只要你告诉我的事情有价值，我就不会再追究你的责任。”楚歌屏息盯视着乔远，这只幕后黑手，她找了很久了。

乔远在见了楚歌当天就离职了，总经理的位置空缺出来。高层会议上，刘义洲宣布由楚歌接任。陈莹恨得咬牙切齿，却只能接受这个结果。

楚歌的调查并没有止步，她又仔细理了理冯威的人际交往，试图从中找到与启航之间其他的联系。

发家？贵人？

楚歌一震，忽然想起冯月月的话，冯威发家是因为贵人？并不是因为他的自主研发能力？

她立刻拿起手机，拨通冯月月的电话。电话被接起，她立刻问：“月月，帮你爸爸发家的贵人是谁？”

电话另一端沉默了一瞬后，传来了声音。

“楚小姐，谢谢你为我们家老冯所做的一切。”冯母虚弱的声音缓缓响起，“但是我求你，以后不要再打扰月月了。”

“我知道了。”楚歌抱歉地说。

“为什么我们就是躲不开你们这些人？”冯母的情绪激动起来，泣不成声。

“对不起。”楚歌从她的声音里听到了绝望的悲戚，她能体会冯母这会儿的心情。

楚歌的声音刚落下，她就听到电话另一端传来了冯月月的声音。

“妈，您怎么了？”冯月月从洗手间里冲出来，头发还在滴水。

她抱住软在沙发上的母亲，鼻子泛酸，双眼湿润。

“月月，答应妈妈，别查了。你要是不想妈妈死，就别查了。”冯母声声哀求，死死地抓住女儿的双臂，要一个答案。

冯月月看了一眼掉在地上的手机，神色黯然而哀伤：“好，我答应您，不查了。”

这世上，你最无法拒绝的就是至亲的人声嘶力竭的请求。

电话另一端的楚歌早已挂断了电话，她知道，自己真的不能再去打扰冯月月了，那样会逼死冯母的。冯母已经失去了老公，现在一定是在胆战心惊地守护着她的孩子。

楚歌只能将事情交给陆娇娇去查，去找冯威当年的同事。但这样的调查直接拖延了时间和进度，她只能暂时搁置这条线。

两天后，冯月月的母亲同意了和解。至此，两方闹事的都在微博上销声匿迹了。而众多激愤的看客又有了新的焦点，也没有人有兴趣再关注这事的后续发展了。说白了，他们就是起哄凑热闹，推波助澜的。如果走到阳光下，需要正义时，大部分都退缩了。网上的那些卫道士，不过是觉得网上的口水没成本而已。

楚歌再听到冯月月的消息，是从楚天宇那里得知的。她卖掉了在本市的房子，最终选择了去她母亲的老家生活。她最后并没有怪楚天宇，因为她看懂了，在这个社会里，能遇见一个对自己好的人，着实不容易。至于楚歌，冯月月没有再提，楚天宇自然也不敢再提。

楚天宇走的时候，是在机场给楚歌打的电话。嘴上说着他没生楚歌的气，但楚歌知道，弟弟对自己是失望的。在他干净的世界里，是不会认同启航的做法的。或许，应该说，在他简单的世界里，伤害了他心爱的人，就算是作恶了。

楚歌只说了一句“一路平安”，并没有解释。她总不能告诉他，“这些事情都是刘义洲做的，而我和他马上就要离婚了，一切跟我无关”吧。还没到让家里人知道的时候。

送走了楚天宇，楚歌就接到了严熙的电话。

“严熙。”楚歌按下接听键，声音疲惫。

“楚歌，出事了。”严熙的情绪激动。

“出什么事了？”楚歌的心一下子揪了起来，下意识地以为严熙出事了，“你怎么了？”

“我没事。”严熙随口解释一句，继续说，“是百花园的业主出事了。”

楚歌一听“百花园”三个字，只觉得一个头两个大。她早就想到了，这个项目就不会让启航省心。

“有一户人家的棚顶掉落，砸伤了人。我刚刚见了伤者的家属，他们的情绪很激动，说要闹到底。”

“伤者怎么样了？”楚歌担心地问。

“挺严重的，到现在还昏迷不醒，没有度过危险期。”严熙嗤笑，“这下看刘义洲和陈国涛怎么收场。”

“严熙，谢谢你愿意告诉我。”楚歌深吸一口气，只觉得疲惫。

“你就别跟我客气了。这件事我是一定要报道的。现在百花园这么大的问题，骗的可是老百姓一生的心血，我肯定不能袖手旁观。只是，我很担心你。启航已经风雨飘摇，这件事再爆出来，最后搞不好会让启航倒在上市前。到时候再离婚，你恐怕就什么都拿不到了。我提前告诉你这件事情，就是希望你能提前做好打算。”严熙的声音越是到最后，越是低落。她也不想伤害好朋友的公司，但她有自己的职业操守，这是即便亲妈都不能改变的操守。

“既然决定了，就去做吧。我这边，你不用担心。”总要有人不放弃梦想，不放弃坚持，这世界才不会灰暗。

挂断和严熙的电话，楚歌站起身，走到窗边静立许久。严熙已经提前告知了她结果，她要是明智的话，就该这个时候拿了钱抽身，也算是对刘义洲这个负心汉的最好报复了。

可是，梦想呢？坚持呢？她真的可以做个逃兵，然后拿着钱在国外潇洒开心地看着启航倒下？

陈莹脸色铁青地冲进刘义洲的办公室，进门时，刘义洲正对着电脑在工作。

他看向陈莹，沉声说：“什么事情这么急？”

“百花园的项目出事了。”陈莹边说边快步走到刘义洲的办公桌前，“是楚歌的那个朋友，一直咬着百花园不放。”

"严熙？"刘义洲问。

"除了她，还能有谁？"陈莹恨得咬牙切齿。

"如果我没记错的话，大学时，你和严熙也是一个寝室的室友。"刘义洲好笑地说，"她不只是楚歌的朋友。"

"义洲，你还不明白吗？是楚歌为了报复你，才怂恿严熙咬着百花园不放。"陈莹气得胸膛起伏，"上次就是这个女人想坑我弟，如果不是你出面力保，我们陈家肯定不会放过她。"

"陈家肯给我面子，我很荣幸。"刘义洲冷淡地看着陈莹，"但是我想提醒你一点，并不是谁想坑陈海，而是他真的吸毒了。你有时间在这儿怪别人，不如教自己的弟弟学聪明点。"

陈莹气得一咬牙，刚想反驳，刘义洲又继续说道："这个世界是有法律的。陈家不想放过严熙，打算杀了她吗？我不过是给陈家一个台阶下。"

陈莹再也说不出一句反驳的话。因为刘义洲说得对，陈海是栽在自己的手上，与人无尤。可是她是陈海的亲人，她不愿意这么想，就只能把严熙当成罪魁祸首了。

"好，我们不说陈海的事情，说回百花园。如果她咬着这事不放，把事情闹大了，你会跟着一起倒霉的。冯威的事情还没有平息，这事再闹出来，启航会第一个倒下。你希望自己苦心经营的一切化为乌有吗？"陈莹改变策略，劝说道。

"你都说了，严熙是为了报复我，才那么做的。你认为我能做什么？"刘义洲并没有她那么紧张，"新闻自由，我们任何人都不能妨碍。与其想办法让所有媒体闭嘴，你不如回去和陈总商量一下，怎么善后。”

陈莹这会儿的脸色已经铁青，她没想到刘义洲会是这个反应。

“楚歌这么整你，你就一点都不恨她？”这才是陈莹今儿来的目的，她想让刘义洲明白，只有她才能和他站在同一战线。楚歌只会报复他，毁了他。但很显然，刘义洲并未表现出一点对楚歌的恨意，反而扮演起了正义超人。

“我不恨任何人，我只知道脚下的路都是自己走的。”刘义洲顿了顿，继续说，“我觉得我们两边的高层都该趁着这个机会自我检讨一下自己之前的做法。中国的老百姓都是善良的，我相信只要帮他们把房子修好，他们就不会再闹。他们会闹，不过是因为他们没有别的渠道解决这件事情。”

“我们能怎么做？学汽车一样召回？长河地产和启航都承受不起这个损失。说白了，他们现在闹，不过是因为房市不好，房价下跌。如果房市好了，他们赚了钱，还会在乎房屋的质量吗？”陈莹嗤之以鼻，言语轻视，“不过是唯利是图的小市民，谈什么善良？”

“不管他们的目的是炒房，还是居住，房屋质量有问题都是建筑商的责任。”刘义洲黑着脸，冷声道。

陈莹终于察觉出刘义洲对这事格外反感，软了声：“好了，别生气了。我知道，百花园的项目，长河有不可推卸的责任。可是事情已经这样了，我们除了想办法解决，也不能怎么样了，是不是？”

刘义洲的神色略微缓和，却依旧冷着脸，说：“现在唯一解决的途径就是尽快修好房子，求得房主的谅解。”

“不一定。”陈莹神秘一笑，身体向前倾去，伸手覆上刘义洲放在办公桌上的手，说，“我爸昨晚和市里的领导吃饭，政府搬迁的议案已经通过，很快会上报中央。如果政府能搬迁到我们百花园附近，我们的项目必然会暴涨，百花园就是属于我们的帝国。”

刘义洲没有动，拧眉看着得意扬扬的陈莹。

陈莹误以为他把她的话听进了心里去，动容了，不禁喜不自胜。

“现在陈海不争气，我爸把全部的希望都放在了我的身上。他已经答应我，只要我替他办好百花园的事，一定不会亏待我。如果我能接手长河地产，我们俩一定能一起打造一个商业帝国。”陈莹洁白的手指轻轻地抚过他的手，看着他的眼神异常勾人、饥渴。仿佛只要刘义洲一点头，她就会立刻扑上去。

“你确定陈总肯定会把长河地产交给你？”刘义洲抽了抽唇角，嘴唇现出一抹弧度，有点讽刺的味道。

陈莹的脸色一僵，问：“你这话什么意思？”

刘义洲与她对视一瞬，抽出被她抓住的手，岔开话题：“我们现在需要做什么？”

陈莹闻言，笑容更加灿烂起来，说：“我们只要先哄住那些房主，让他们别闹事，到时候房价一上涨，就算是你想召回他们的房子，他们也不会同意。说白了，他们就是贪心。还有那些自以为正义的记者，见缝插针，想要坑我们一笔，只要钱一到位，就都闭嘴了。你去问问严熙，她想要的是什么。我就不相信真有人会为了别人的利益连命都不要。”

刘义洲轻蔑一笑，说：“既然你这么肯定，你可以找严熙去谈谈。我也很乐于看到你能让她闭嘴的结果。”

陈莹没想到刘义洲会忽然变脸，缓和了好一会儿，才说：“如果这件事情交给我们处理，严熙万一有危险，你就别怪我们了。”

“如果你觉得只有这样才能解决问题，随意吧。”刘义洲无所谓地说，“不过，别怪我没提醒你，严熙手上持有的是美国绿卡。她在美国那边有很多朋友和同学都是知名的媒体人，如果她在国内出了事，再引起国际纠纷，恐怕倒霉的也是长河地产。”

陈莹气得涨红了一张脸，说：“长河倒霉，启航就会幸免于难？”

“启航倒了，我还有几十年可以再奋斗出一个启航。陈总年纪大了，我怕他承受不住长河地产倒下。”刘义洲说得云淡风轻，仿佛看开了一切。

陈莹被撑得哑口无言，只能散了散心里的气，站起身走到刘义洲的身后，抱住他的肩膀，白皙的脸贴着他墨黑的短发，柔声说：“义洲，你知道我对你的感情。从大学到现在，如果不是楚歌一直插在我们之间，我们又何必经历这么多磨难才重逢？这世上不会有人比我更爱你了。”

刘义洲的双眸深了深，阴冷地盯着前方，似在酝酿着什么风暴。而陈莹却全然不知地腻在他的肩头。

谁主沉浮？谁会胜出？

楚天宇走的那天，恰好是陈国涛的生日。邀请卡送到了楚歌的办公室里，但更像是示威卡。楚歌直接将卡片丢进了垃圾桶里，并没有去的打算。

她下班时，陈莹刚刚坐进刘义洲的车里，随即轿车扬长而去，留给她一道晃眼的车光。

她没有太大反应，沉默地坐上来接她的车离开，好似什么都再也扰乱不了她的心。只有她自己明白自己心里的滋味。她去了和于继晨上次去过的海边。她想吹吹海风，把自己吹清醒些。冯月月的事情逆转，让她看清楚了很多事情，这世上似乎本就没有她要的公平和正义。现实狠狠地打了她一个耳光，仿佛在告诉她，刘义洲才是对的。每个人的挣扎和愤慨不过是为了自己的利益。

她下了车，向沙滩走去，一对一对的情侣相拥着走过。她这才想起，大学时，她和刘义洲也曾跑来这里浪漫，结果没控制好时间，错过了公交车，最后只能打车回去。浪漫花的钱，再加上100多块打车费，让她和刘义洲一连吃了一个星期的馒头。但他们依旧觉得甜蜜而幸福。若是放到现在，刘义洲一定会让她清醒点，这是只有傻瓜才做的事情。只是，他忘记了，他们都曾傻瓜过。区别只在于，他已经变得精明算计，而她还傻傻地走不出。

她的身边放着于继晨送的便携式小音箱，这个音箱不知道陪她度过了多少个寂寞的夜晚。清幽的乐声时不时地被海浪声盖过，断断续续地像是被海浪带来的奇妙之音，在寂静的夜里格外动听。

远远地，暗夜中一道孤单的背影映入她的眼中。他的身边摆了一大堆的啤酒罐子，有喝完的，还有没打开的，是多日不见的于继晨。

于继晨听到乐声，转头寻找着，最终视线落在楚歌的方向。以他们的距离，他们看不到彼此的表情和面容，但还是认出了彼此。

陈国涛的生日宴格外豪华有派头，来了很多有头有脸的人物。陈国涛与重要的客人一一打过招呼之后，就把刘义洲叫进了书房。

陈国涛关切地问："你离婚的事情办得怎么样了？"

刘义洲的眼中几不可见地闪过一抹烦躁，但还是礼貌地回道："还在办。"

“我知道，楚歌在和你争启航的控制权。只可惜我们加在一起还不到 40% 的股份，想稳赢楚歌不可能。”陈国涛感叹一声，视线瞥向刘义洲，意有所指。

刘义洲勾唇淡笑，问道：“陈总有什么好建议？”

“如果我的股份是 30%，即便楚歌拿走一半的股份，启航也还是你的。”陈国涛一副慈祥的模样，仿佛他真的只是为了刘义洲着想。

刘义洲顷刻明白了陈国涛的意思，如果启航完不成对赌，不能上市，陈国涛在启航的股份就会由 15% 变成 30%。而这个时候，启航因为冯威的事情产生的连锁效应，负面新闻缠身，主动撤回递交给证监会的材料，暂时放弃上市，似乎也合情合理。

陈国涛满意地笑了，说：“我知道莹莹喜欢你。咱们以后就是一家人了。”

刘义洲微笑地点头，算是附和了陈国涛的话。这让陈国涛的心情格外地愉悦，似乎刘义洲的承诺比今晚任何一件生日礼物都更让他开怀。

楚歌和于继晨沉默地喝着酒，彼此之间只余下海浪声和乐声。不知过了多久，他们喝光了海滩上的酒，于继晨向后一仰，躺在沙滩上。

“要是能醉死在沙滩上该有多好。”于继晨的声音有些嘶哑，望着上方的星空，表情认真。

楚歌没有转头，看着前边孜孜不倦拍打海岸的浪涛。

“这不像你。”

“我应该是什么样的？”于继晨自嘲地笑笑，“夜深人静的时候，我经常问自己，我到底是什么样的人？”

楚歌扯了扯唇角，看似薄凉的笑意里，有着些许伤痛。

“我们都是内心脆弱的人。”

或许这句话更能代表她自己。内心脆弱，外表强悍，所以他们把自己困在伤痛中走不出来。虽然他们不哭不闹，但他们也始终没能离开那个旋涡。其实谁不知道，最好的疗伤方法是放下。

楚歌闭上眼，向后倒去，身体跌入软软的沙子中。她困倦地闭着眼，微凉的海风拂过她的面庞，吹干脸上那一片冰凉的水珠。她借着酒劲和困意，就着软软的沙滩，居然睡着了。一连失眠了数日，难得被酒精麻醉。

于继晨许久没有听到她的声音，转身看去，映入眼帘的便是她恬静的睡颜。他静静地看着她好一会儿，脱下自己的外套，盖在她的身上。

“对不起……楚歌……”他的声音很轻，轻得很快就被吹散在风中，仿佛从来都没有说过。

他在她的身边侧身躺下，静静地看着睡着的她，睁着眼，守了她整整一夜。

静夜沙滩的相依，那是他们心灵相贴的一夜。而他们不知道，在另一处他们共同居住的小区楼下，刘义洲正看着楼上漆黑的灯光，一根接一根地抽着烟。

太阳冉冉升起，楚歌缓缓睁开睡眼，正好对上于继晨睁得圆溜溜的大眼睛，吓了一跳，这才意识到天已经亮了。

“还挺能睡的。”于继晨鼻音很重地调侃一句，翻身坐起。

“你一夜没睡？”楚歌也从沙滩上爬了起来，掸了掸身上的沙子。

“我要是睡了，你还不得被海浪卷走，被海妖抓去当妖后啊？”于继晨揉了揉呼吸困难的鼻子，打了个喷嚏。

“你没事吧？”楚歌赶紧把手里的衣服递还给他，“快穿上吧。害你冻感冒，真不好意思。”

“不用跟我说对不起。以后我的饭，你都管了就行。”于继晨带着鼻音的耍赖声，在这个早晨听起来格外地甜。

楚歌无奈地笑了笑，将衣服塞给他，站起身，径自离开。

于继晨抱着衣服坐在原地，眼神有些落寞地看着她离开的背影。忽然，她停下脚步，转身看向他。

“于继晨，家楼下的粥铺见。一辈子的饭，我管不了，一顿还是可以的。”撂下话，楚歌也不等他回答，再次抬步向海边的车走去。

于继晨愣了下，才反应过来，飞快地从沙滩上爬起来去追楚歌。没关系，他可以慢慢来，把一顿饭变成一辈子的饭。

他们来时各自都开了车，走时也就都单独离开了。

一个小时后，两人回到了小区楼下，一同走进粥铺。两人飞快地点了餐，坐在窗边的位置上有说有笑。

两人有说有笑的情景恰好被开车等红灯的刘义洲看入眼中。

刘义洲呆愣地看着玻璃窗内，楚歌笑得甜美，与对面的于继晨相处融洽得仿佛是一对热恋中的人。

刘义洲顿觉大脑一片空白，他昨天在楼下等了一夜，而她却和另一个男人在一起，彻夜未归，早晨一起开心地吃着早餐，这说明了什么？他居然不敢往下再想。红灯变成了绿灯，他还在死死地盯着玻璃窗内的两人，直到后边的车都已经不耐烦地按起了喇叭，他才逃跑似的飞快地开车离去。

他等了楚歌一夜，刘母也等了他一夜。见他进门，坐在客厅打瞌睡的刘母连忙迎上去。她不放心儿子，从楚歌那儿离开后，就搬来了儿子这里。

“怎么一夜没回来？”刘母焦急地问。

刘义洲拉了拉领带，走到沙发边坐下。

刘母跟了过来，看着儿子一脸的疲惫，心沉了沉：“去找楚歌了？”

刘义洲压抑地沉默着，刘母却看出了儿子的回答。

“看到她和那个年轻的男人在一起了？”刘母重重地叹了一声，“放下楚歌吧。”

刘义洲转头看向母亲，哑声问：“妈，您也觉得我们不合适了？”

“不是妈觉得你们合适不合适就有用的。妈一直很喜欢楚歌，你是知道的，妈之前比谁都不希望你们离婚。”刘母一脸的忧愁，远比来时苍老了许多。原本，她有一个人人都羡慕的家庭，儿媳妇更是她的骄傲，那是别人口中百里挑一的好媳妇。儿子的出息，更不用说。可是，这一切忽然间都没了。她的面子不算什么，但当妈的心疼儿子。

“那您现在为什么希望我们离婚了？”刘义洲忽然执拗起来，好似在拼命寻找着什么答案，给自己一个说法。

“哎……”刘母重重地叹了一声，迟疑了片刻，才仿佛下了决心地说，“那天下半夜，楚歌是从对门回来的，我才从她那儿搬走。”

如果可以，刘母一辈子都不愿意和儿子提及这件事。对于她这种思想守旧的妇人来说，给男人戴绿帽子和男人出轨完全不是一种意义。男人出轨是值得被原谅的，原谅更体现了女人的宽宏大量。但女人给男人戴绿帽子，那是不可饶恕的。她虽然没责怪过楚歌一句，但她在心里，还是给这个儿媳妇判了死刑。

她被撞伤，她可以不信是楚歌做的。或者就算是楚歌一时生气做的，她也可以为了儿子的幸福原谅楚歌。但给他们刘家戴绿帽子，就是儿子还乐意，她也不会同意。

刘义洲只觉得大脑轰的一声，被炸得一片空白。早上看到楚歌和于继晨在餐厅里甜蜜的一幕，他不愿意往下想，母亲的话等于为他揭晓了答案。他还想在心里为楚歌找些理由，刘母显然不想他再犹豫了。

“儿子，一个女人半夜三更的总和一个男人在一起，是清白不了的。你就看清楚现实吧。我们刘家世世代代清清白白，如果到你这儿弄得不清不白，怎么对得起祖宗啊？就是回到村子里，妈都抬不起头做人。如果让你爸知道了，他非气死不可。你就离了吧。”刘母的语气格外严厉，她对这个儿媳妇还是怨怪的。她觉得楚歌不只是坏了一个女人该有的清白，还辜负了他们全家的信任。她曾经把这个儿媳妇当家里的上宾，怕冷了怕热了的，结果她就是这么回报她的？

刘义洲目光涣散地看着前方，沉默着没有回话。

刘母又是一声长叹，这些日子她的叹息比这一辈子的都多。

“你当放过你自己，也放过楚歌吧。你终归希望她幸福吧？”

刘义洲一怔，母亲的话犹如一根钉子钉进了他的心里。疼，特别地疼。但他终归希望她可以幸福。

良久后，他回了一声“好”，站起身向卧室走去。

他在卧室的床边坐下，床头还摆着他和楚歌的合照。他不舍地摸了摸她的笑脸，别过眼，将照片扣了过去。

他拿起手机，拨通徐征的电话。

徐征从睡梦中被吵醒，还有些迷糊地问："义洲，这么早？”

“帮我向法院申请，拒绝调解，尽快开庭。”刘义洲的表情木然，眼神失焦。

“什么？”徐征惊呼一声，从床上蹦了起来。大早上听到这样的消息，不亚于一声惊雷带来的效果。

原本他以为刘义洲拿那些证据给楚歌，只是为了吓退她，并不想在众人面前让她难堪。难道是他估计错了？

“义洲，你怎么会忽然拒绝调解？一旦上庭，你用那些假证据攻击楚歌，你知道对她来说伤害有多大吗？”徐征有些恼怒地提醒。

“假证据？”刘义洲嗤笑，“那些照片是PS（指后期修图）的吗？如果那些照片都是真的，就不是假证据了。”

徐征一怔，这才发现刘义洲的情绪不对。

“义洲，到底发生什么事情了？”徐征狐疑地问。

“你如果不想她难堪，就照我说的去办。”刘义洲冷声说。

“义洲，你这不是在为难我吗？”徐征郁闷且恼怒。

“你如果觉得为难，我就换别的律师去办。”刘义洲根本不想跟他商量。

“我说你这人，来真的啊？”徐征的声音还没落下，刘义洲已经挂断了电话。听到对面传来的嘟嘟的断线声，徐征才彻底地清醒过来。

刘义洲是真的打算和楚歌对簿公堂，不离婚不罢休了。

徐征揉了揉发疼的头，这算什么事啊？

上学时，他没比过刘义洲，追求不到楚歌。现在当了律师，倒是成了女神老公的代理律师。命运还真是会捉弄他。

他知道，一定发生了什么至关重要的事情，才会让一直不舍的刘义洲下了这样的决定。于是，他跟着成了炮灰。可是，再不爽，再痛苦，又能怎么样？刘义洲是瞧准了他不能不管这事，才敢威胁他的。案子在他的手上，楚歌受的伤害还能小点，如果到了别的律师手上，事情会发展成什么样子，谁也说不好。

徐征苦着脸起了床，收拾妥当，极其不情愿地去了公司。他觉得自己没脸见楚歌了。刘义洲那么牛，为什么他不自己去？

做律师做到他这么悲惨的，还真是少有。

徐征过去得比较早，楚歌也早早地进了办公室。

看着多日未见的徐征，楚歌浅淡一笑，平静地问：“他等不及了？”

徐征沉默着走到她的办公桌前坐下，就听她又问：“等不及做陈家的女婿了？”

昨天陈国涛才办了大寿，请了他去，今天他就迫不及待地来找她离婚了。

“对不起，楚歌。”徐征抱歉地说。

“你说什么对不起？”楚歌始终保持着微笑，友善的，属于朋友之间的微笑，“我知道你一直夹在中间很为难。要不是为了我，你不会坚持到现在。”

“我妈总说，交朋友要交明白人。”徐征苦笑，他曾一度担心她会责怪自己，现在想想，是自己小人之心了。

楚歌唇瓣的弧度又拉伸了些，说：“谢谢你，老同学。”

她嘴上说得轻松，心里却是五味杂陈，这滋味只有她自己清楚。

“有时候我经常在想，你要是不活得这么明白，哭哭闹闹的，或许会过得更痛快点。”徐征看着她的眼神透着心疼。在离婚官司这事上，他除了想要保护她，有时不免也有过私心。若是她真的与刘义洲彻底没关系了，他们之间是否会有可能？很快，他又不禁骂自己，这么做是不是有些对不起兄弟？

“难得糊涂，那样的境界不是谁都有的。”楚歌自嘲地笑了笑，说，“你放心吧。我会做好准备应诉的。”

“你真打算上法庭？以现在的证据，你一定会输的。”徐征不禁有些急了，这两口子的性格咋都这么拗呢？

“这世上没有百分百输或是赢的官司。”楚歌始终平静。或许可以说从看到刘义洲提交的那些所谓的证据开始，她就猜到了早晚会有这么一天。

“好，我尊重你的选择。”徐征说着站起身。

“徐征。”楚歌叫住他，“你告诉刘义洲，不管发生了什么，我都不会原谅他。”

徐征愣住，看到她眼中的坚决的那一刻，他就明白了，刘义洲彻底失去了楚歌。不管他有多少理由和苦衷，楚歌都不会原谅他。

撞毁的轿车早已经修好，却落了一层的灰，在这里孤单地停了很久。

楚歌坐在车里，将一张光碟放进 CD 机，车里响起清幽的乐声。这张光碟是于继晨给她的，可以缓解情绪。她试探着伸出手，握上方向盘的手不自觉地收紧。

“楚歌，你必须要放下，你一定要放下。”楚歌在心里一遍一遍地跟自己重复，“楚歌，你必须走出来。”

楚歌的身体不停地颤抖，但她还是咬紧打战的牙齿，用力踩下油门。汽车驶出车库的时候，她已经泪流满面。

有些你以为永远都做不到的事情，不过是等你真逼自己放手一搏。

结束了，一切都结束了。

结束之后，才会有新的开始。

楚歌去见了她的代理律师宋子涵，对方是一位很干练的女人，专门打刑事案的律师。她办的第一件，也是唯一一件离婚官司，就是跟自己的老公离婚时的官司。两人共同拥有一家很大的律师事务所，还有很多产业。她老公更是律师这个行业的前辈，比她大了十岁。他在这行的人脉，是宋子涵所不能及的。就这样，宋子涵还是利用各种手段，打赢了这场官司，让老公和小三身败名裂。之后，她再也没有打过离婚官司，而楚歌的官司是她接的第二起离婚官司。用宋子涵的话说，楚歌那时候的处境，忽然就让多年没有了七情六欲的她感同身受。

见她进门，宋子涵也不客套，开门见山地说：“单从婚外情这一点，你丈夫手中的证据，恐怕比你充分，想以婚外情打赢他，恐怕有点难。”

楚歌觉得有些好笑，真相和是非黑白真的可以被颠倒。她奋起反击的那个婚姻过错方成了她自己。

“很失望吗？”宋子涵看着一直沉默的楚歌，“来做几天律师你就知道了，这世上多的是人为了避免伏法，试图把黑的变成白的。而法院是个讲求证据的地方，即便是你的故事再生动，再催人泪下，也不能让你赢了官司。”

楚歌平静下来，问：“有好的建议吗？”

“这才是想赢官司的心理素质。”宋子涵难得地展露出微笑，“哭闹和指责这个时候都派不上用场，能帮你的只有冷静。”

“我一定要拿到启航的股份。”楚歌说。

“你有没有想过，你的丈夫根本没有出轨？至少在我接手你的官司后，他和谷倩玲之间再无关系，所以我们才找不到他出轨的铁证。”宋子涵说。

“他出轨是我亲眼所见。大概是谷倩玲离开公司后，他们就不联系了。”楚歌说这话时，语气也不是很肯定。她即便把他们俩堵在了别墅里，两人也是一个楼上一个楼下，看到的多是现场证据，并没有实质性地看到两人做什么。可是，又有多少捉奸是真的看到俩人在那儿办事？

“有的时候，我们的眼睛看到的东西传达给大脑后，大脑会做出很主观的判断。”宋子涵顿了顿，一脸认真地继续说，“我无意于打听你的私生活。只是，如果你真的决定把这场官司打到底，只有充分掌握对方这么急着想要离婚的目的，才能更好地攻击对方的软肋。显然，我们现在找不到刘义洲的软肋。”

“我们或许可以从别的人身上下手。”楚歌的眼神深邃，清冷的声音里透着决绝，“陈家。”

宋子涵看着楚歌笑了，她从她的眼中看到了必胜的决心。

古香古色、香气弥散的茶室中，已经两鬓花白的蒋伯诚看着坐在对面的楚歌，面容慈祥。

“说吧。这种时候你愿意来找我，就说明你还是信任我的。”

他的话让楚歌愣了一下，这种时候一般人都会觉得她是为了利益，为了和刘义洲争公司，蒋伯诚却说出了这样的话——是为了信任。她感激地看着他，眼圈微微泛红。

“楚丫头，别难过。”蒋伯诚温和地说，“一时风沙迷了眼，掉点眼泪冲冲，你就会发现所有美好都不曾离去。”

“蒋叔，我们的情况跟您和妻子不同。”楚歌的神色黯然。

“当年在我看来，我们也是再也走不下去了。”蒋伯诚至今提起往事还是心有余悸，若是当年他错过了她，错过的便是这一生的幸福。

“蒋叔，我们……”她刚一开口，蒋伯诚便一摆手，说：“我知道，这种时候谁说什么都没有用，我是过来人。说吧，你希望我为你们做点什么？”

蒋伯诚并不想做两人的和事佬，当年他的好兄弟来做他和妻子的和事佬，说妻子不是那样的人，他还把好兄弟给打了。人生就是这样，你永远不会觉得别人的经验之谈比自己的眼睛更可信，比自己的感受更重要。

“我希望您能同意董事会改选，由我来接替刘义洲成为新的董事长。”楚歌说。

蒋伯诚并不惊讶于她的要求，淡定地说：“丫头，你叫我一声蒋叔，我也一直把你当自己的孩子来看。但是，作为启航的股东，我需要一个应该帮你的理由。”

楚歌从包里拿出文件夹，递给他。他接过打开，仔细地看过文件的每一页。十五分钟后，他合上文件，点点头，说：“好，我帮你。那小子最近搞出那么大的动静，也该让他受点教训了。我以前就总说，即便他有勇有谋，想成就霸业，身边也绝不能少了你这位贤内助。”

“谢谢您，蒋叔。”楚歌不免激动，即便她来时就觉得蒋伯诚会帮她。

“不用谢我。如果只有我一个人支持你，肯定改变不了结果。”蒋伯诚直白地提醒道。

“我知道。”楚歌坦然而坚决地说，“我不会让自己输的。”

“我以茶代酒，祝愿你早日达成夙愿。”蒋伯诚举起茶杯。

楚歌与他碰了杯，却没有多少成功后的喜悦。蒋伯诚说得对，对于她来说，后边才是硬仗。相较于杨守生，蒋伯诚就算是今天不帮她，也绝对不会拆她的台。

蒋伯诚喝完杯中最后一口茶，撂下茶杯。

“我就不和你多聊了。今晚约了那小子吃饭，一定多吃他点，给他放放血，给你出气。”蒋伯诚的语气格外地唬人，好像要做什么大事。

楚歌扑哧笑了，附和说：“那就谢谢蒋叔了。”

蒋伯诚起身，她也跟着起身。两人刚要道别，蒋伯诚的手机就响了起来。他看了一眼来电显示，旋即眼角的皱纹都丌了花。他旁若无人地接起电话，笑呵呵地说：“怎么？我才走一天就想我了？”

电话那头的蒋夫人无奈地说：“你个老不正经的，别让人家沈助理听了去，该笑话我们了。”

“他敢！谈恋爱又不是他们年轻人的专利。”蒋伯诚扫了一眼助理沈洛，煞有介事地凶他一眼。沈洛差点憋不住笑，直接笑场。他跟在蒋伯诚身边多年，深知他的品行。蒋伯诚只是节约，对公司要求严格。对人，绝对可以说是善人。他记得蒋伯诚说过，他这辈子要多做点好事，好让老天奖励他下辈子和妻子再相遇。

“好好好，我说不过你。”蒋夫人的语气无奈，却透着幸福，“我打电话来就是告诉你，有应酬也早点回酒店休息，你神经衰弱，要是今晚睡不好，明天又要难受一天了。还有，枕头我给你放在行李箱最下层了。”

“放心吧。”蒋伯诚语气认真，一如每次她关切他的身体时，他都会格外认真一样。他们没有孩子，他不放心自己一个人先走，让她孤苦无依地活在这个世上。所以，他格外地保重自己，努力地想要陪她走过生命的每一天。

楚歌冲着蒋伯诚点点头，由沈洛送出门前，眼前最后一个画面是蒋伯诚拿着手机，幸福地笑着，像极了情窦初开的小伙子第一次陷入热恋。

爱情，本就该如此。

楚歌上了自己的车，拿出包里的手机，才发现有十几通未接来电。她去见蒋伯诚时，特意把电话调成了静音模式。所以对方打电话来时，她自然没有感知。她按着手机上未接电话的号码打了回去。

她按下免提，静静地听着手机里拉长的等待声。

电话一接通，她一眯眸，葱白的指旋即按下录音键。

还不等她说话，对面已经传来一个男人迫不及待的声音：

“我要见见你。”

楚歌一皱眉，问：“怎么这个时候忽然要见我？”

“对方威胁我，如果我再闹下去，他不保证不会动我的孩子。”男人的声音有些慌乱，显然是信了对方的威胁。

楚歌目光冷峻地看着前方，红唇轻动，说：“如果我是你，会把对方的威胁一并告诉记者。”

“他们要是真动我的孩子怎么办？”男人有些恼怒，“你说得轻巧，不是你的孩子，你当然不担心。”

“你要是害怕可以报警。但我要提醒你一点，你现在如果怕了，他们会拿你的孩子威胁你，一分钱都不会给你。”楚歌的声音冰凉。

“你说得也是。行了行了，干脆这几天不让他去幼儿园了，放在身边看着好了。”男人不耐烦地说，随即挂断电话。

楚歌看了眼挂断的手机，随手将手机扔到副驾驶座位上，踩下油门，驱车快速离开。她看着前路的视线格外地清冷，她能不再迷失，要感谢很多人……

人是这世界上适应能力最强的动物，根本不用害怕会像珍稀动物一样灭绝。就如她，她在这条泥泞的道路上一路跋涉，艰辛前行。只有她真的不怕脚下的泥脏了，才能走得毫无顾忌。

刘义洲比约定的时间提前了半小时到了和蒋伯诚约定的五星级酒店的中餐厅。进门后，他叫来服务员，亲自交代了一番蒋伯诚的喜好和忌口。

“记得，所有菜里都不能有味精。”刘义洲点菜前说了一次，交代完其他细节后，又不忘交代一下这件事情。如果菜里有味精的味道，蒋伯诚是一口不吃的。

服务员接过菜单，客气地说：“您请放心，我会交代厨师的。”

“好，出去吧。”刘义洲的话音刚落下，还不待服务员转身离开，门口就传来了一道略带嘲讽的女人声音，“这个蒋伯诚要求还真多。”

刘义洲一皱眉，陈莹已经走进他的视野。

“你怎么来了？”刘义洲明显不悦地问。

陈莹示意服务员出去，走到刘义洲的身边坐下。

“我知道你今晚来见蒋伯诚，涉及他的站队抉择，所以我来给你助助阵。有我们长河地产和你一条战线，蒋伯诚一定很清楚该怎么选。”陈莹柔声说，一副我很识大体，是你的贤内助的模样。怎奈，刘义洲的脸色却异常地黑。

“不用了，你先回去。”刘义洲有些恼怒地说。

也不怪刘义洲恼怒，蒋伯诚当初为什么帮他和楚歌，他一清二楚。那是因为蒋伯诚最看中夫妻恩爱，同甘共苦。如果他公然领着陈莹出现在这种场合，蒋伯诚会怎么看他？只可惜，陈莹根本领会不到这些。因为在她的眼里，没有人会不在乎利益，蒋伯诚自然也不例外。她一心觉得有长河地产为刘义洲站队，谁会不买账？

刘义洲的担心很快就变成了现实，还不等他把陈莹劝退，蒋伯诚已经领着沈洛走了进来。

蒋伯诚始终是那副宽厚、爽朗的样子，对于在场的陈莹并没有任何的意外和惊讶。

“蒋总，好久不见。”刘义洲主动上前，伸出手。

蒋伯诚与他握了一下手，转头看向陈莹：“这位小姐是？”

陈莹也不等刘义洲介绍她，优雅一笑，冲着蒋伯诚伸出手：“蒋总您好，我是陈国涛的女儿，现在就职于启航。”

蒋伯诚哈哈大笑，开玩笑说：“好好好，陈国涛那老头子长得不怎么样，居然能生出这么漂亮的女儿。”

只是，一句话都说完了，蒋伯诚却丝毫没有与陈莹握手的意思。

陈莹的手就这样僵在半空中好一会儿，才尴尬地收回。她的心里恨得咬牙切齿，脸上强撑的笑容也跟着极为僵硬。

“蒋总，入座吧。”刘义洲做了个请的手势，蒋伯诚应承入座。

入座后，刘义洲和蒋伯诚闲谈了一会儿启航的业绩。有了之前的教训，陈莹倒是乖巧地坐在一边没有出声。

很快，刘义洲之前点好的菜就陆续端了上来，一桌子的菜品都相对清淡。

蒋伯诚扫了一眼桌上的菜，半开玩笑半认真地说：“我来之前，可是答应了你媳妇，要狠狠地吃你一顿。”

刘义洲的表情一僵，一时间没接上话。

陈莹一听这话，眼中一抹鄙夷一闪而过。她早就听说过这个蒋伯诚有多抠门。她扫了一眼他身上那件廉价的手织毛衣，心想：这个蒋总也是个平时在家只舍得吃馒头的抠门的主。

她见刘义洲没搭话，对旁边的服务员吩咐说：“告诉你们主厨，我来了，让他做三份两头鲍送上来。”

有钱难买两头鲍，一头和两头的鲍鱼都极为稀有。即便是五星级的酒店，也鲜少有卖。而这家酒店的主厨做得一手好鲍鱼，深得陈国涛的喜爱。于是陈国涛就把自己收集来的极品鲍鱼存放在酒店，方便随时来吃。

刘义洲闻言，本就不好看的脸色直接沉得如暴风雨前的天，就是沈洛也是一皱眉。

蒋伯诚闻言却哈哈大笑，赞美道：“哈哈哈，还是陈小姐大方，让蒋某可以一饱口福。”

陈莹得意一笑，继续说：“我爸很喜欢搜罗极品鲍鱼，蒋总要是喜欢，可以带些回去给蒋夫人补身体。”

她知道蒋伯诚和妻子的感情特别好，又听说他这人抠门，喜欢占便宜，她想着一贿赂，讨好蒋伯诚肯定是没错的。她的脸上挂着灿烂的笑，心里却把蒋伯诚鄙视个透，心想这就是个没见过世面的土包子。

“看看，还是陈小姐大方。”蒋伯诚格外真诚地赞美，看向刘义洲，说，“你那媳妇跟陈小姐真是没得比，没事只会送我一些家乡的便宜茶。”

陈莹一听这话，笑意里不免多了几分得意。

沈洛不禁在心里替这位陈小姐捏了一把汗，端起茶杯喝茶，等着看戏。

刘义洲眯眸，转头看向陈莹，想警告她别说了。可惜陈莹没有接收到他的好意，全然当他是为了护着楚歌。

“陈总如果喜欢喝茶，我可以让给我家供应茶叶的供应商每年寄最好最贵的茶给您。”

蒋伯诚的笑容不减，却是一摆手。

“陈小姐还是不必费心了，我这人穷命，只能喝点他媳妇寄来的便宜茶，肠胃才不会跟我闹别扭。”蒋伯诚说着站起身，“我还要去赶夜市，给我老婆买纪念品，就不奉陪了。”

陈莹脸上的笑容一僵，一时间没反应过来蒋伯诚这是什么意思。

“蒋总……”刘义洲连忙起身，想挽留。

蒋伯诚直到走出包间，面上都始终带着笑容。刘义洲却恰好与他相反，阴沉的一张脸，极为吓人。

陈莹毫无感应地看着包间门口，鄙夷地说：“哼！出趟门，就去夜市给他老婆买东西，他也真做得出来。这个蒋伯诚还真是跟传说中一样抠门。”

刘义洲嗤笑，扫了一眼还在得意的陈莹，自顾自地抬步向门口走去。

“你去哪儿？”陈莹有些傻了眼，这才意识到不对劲，连忙追了上去，“等等我。”

等她追到门口，服务员正好端着两头鲍过来，拦住她的去路。

“陈小姐，您的两头鲍做好了。”

陈莹看着刘义洲的身影消失在拐弯处，恶狠狠地看向服务员。

服务员被瞪得一愣，没反应过来怎么回事。陈莹见服务员不识相，恼怒地一把推开她，快步追了出去。

毫无防备的服务员被她直接推倒在地，盘子里的汤汁洒了她一身，极为狼狈。而她和陈莹都不知道不远处正有一部相机，拍下了事情的全过程。

事情快速在网络上传播开了，随后又被各家媒体相继报道。陈莹一瞬间成了国人口中的坑爹女。大富豪陈国涛的女儿居然打骂服务员，欺负弱势群体。这还不得被全国网民声讨?

夜幕初降，陈莹走进家门，旋即有用人接过她的包，却小心翼翼地打量她一眼，大有点同情她的意思。其实陈莹这人平时虽然骄纵，但对家中的用人也算是不错，即便有时候心情不好态度差点，也不至于打骂那么严重。

陈莹也意识到家中的气氛不对，屏息走进客厅，一看到平日里回家很晚的父亲就坐在客厅里，正盯着自己的方向看，她的心不禁一沉，这是在等她。而母亲坐在父亲的旁边，正在给她递眼色。

她小心翼翼地走过去，低头认错："爸，对不起。"

陈莹到底不算是笨人，她很懂得怎样的姿态能让父亲息怒，所以她没有选择解释。

"有没有让人去查?"陈国涛的声音含怒。

“已经让人去查了。回复说，最初发布这条消息的微博是一个新注册的账号，注册用的手机号也是新买的。”陈莹回说。

陈国涛对她的回答并不惊讶，他就猜到了会是这样的结果。

“你怀疑是谁做的？”

“一定是那个女人的儿子，他看到莹莹回来了，怕抢了他的功劳。”陈母抢先一步说，“说不定上次海儿被举报的事情，也是他安排的。”

陈国涛的脸色一沉，瞪向自己的老婆，显然并不喜欢听这个话题。

“与其把问题怪到别人头上，不如以后做事谨慎些。你站在上边，总有人看不惯，想要整你，不一定就是自己家人。”陈国涛的音量提高，透着警告。

陈母被他这么一吼，抽泣一下，委屈地说：“我知道海儿上次那么做莽撞了。可他不也是怕连累到你，才会做了错事？”

陈国涛冷笑，反问：“他吸毒也是怕连累到我？”

陈母被他这句话撑得噎了一下，说不出话来。

“爸，您别生气。这事是我的错，我会自己想办法处理的。”陈莹端起桌子上的茶杯递给陈国涛，见他接过，喝了一口，她才接着说，“目前楚歌已经取得了蒋伯诚的帮助，搞不好董事会改选时，义洲的位置都会被她挤掉。我别的倒是不担心，只是担心百花园的项目会被她破坏。”

“他们夫妻闹得越凶，对我们越有利。启航到时候都是我们的，百花园的项目自然也会在我们的控制范围之内。”陈国涛放下茶杯，缓缓眯起精明如狐狸一般的双眼，“莹莹，别忘了你答应过我什么。如果你不行，你弟弟可以。”

陈母闻言，也生了怒意，说：“莹莹只有一个弟弟，就是海儿。”

陈国涛转头瞪向陈母。陈莹赶紧表态，说：“爸，你放心，我不会忘记的。我帮助义洲，也是希望他可以跟我们站在一起。目前来看，启航很难解决百易留下的烂摊子。义洲又答应了，会撤回递交给证监会的材料，暂时放弃上市，爸很快就会拥有启航30%的股份，成为启航最大的股东。”

“如果他们夫妻不离婚呢？”陈国涛的眼中充满了算计。

“义洲已经拒绝调解，直接走诉讼了。不管楚歌想不想离婚，这个婚都离定了。到时候他们平分了股份，义洲想在启航站稳，就只能仰仗爸了。”陈莹讨好了一番陈国涛后，担心地说，“现在就怕他们离婚后，股份归一方所有，最大的股东就还是他们夫妻。”

“这个你倒是不用担心。只要他们离婚，你弟弟会想办法帮我拿到楚歌的一半股份。”陈国涛肯定的语气里透着欣赏。

“小心那个女人的孩子犯蠢，坏了你的事。”陈夫人冷嘲热讽。

“你以为是你生的儿子吗？”陈国涛反讽一句，站起身，向楼上走去。

陈母看着他离开的背影，眼含怒意，红了眼圈。

陈莹在母亲的身边坐下，抱住她的胳膊。

“妈，您别难过，我一定不会让那个野种进家门的。”陈莹一边哄着母亲，一边在心里想着：这次还真是偷鸡不成蚀把米。

“莹莹，你切记，一定要给妈妈争气。”陈夫人恨得几乎咬牙切齿，“只有你保住了自己的地位，男人才不会给你脸色看。”

“妈，我知道了。”陈莹明白母亲的意思，当年父亲娶母亲算是高攀，借着母亲的娘家一路爬上来。后来羽翼丰满了，不但在外边有了女人，如今对母亲的感受也是丝毫不在意了。

这样的家庭出来的陈莹，对人对事自然也出现了偏差。她不是应承母亲的话，她真的觉得利益才是重要的，利益才会成为她和刘义洲之间的催化剂。

叛 徒

严熙组局，嚷着要聚聚。楚歌最近忙得精疲力竭，也正好放松一下。

他们约定的酒吧并不吵闹，反而有些浪漫的小资情调。她知道，这是严熙为了照顾她。她向来不喜欢杂乱的地方，与在酒吧里推杯换盏相比较，她更喜欢看一本书。

她和于继晨走过去时，严熙正和罗峰在聊着什么，罗峰的眼中写的全是对严熙的迷醉，但显然严熙对他并不是这样的情绪，只是把他当成一个玩得很好的朋友。不过，楚歌倒是觉得，罗峰挺适合严熙的。严熙的性格浮躁而果决，属于那种不顾性命向前冲的人。罗峰温暖而正直憨厚，绝对是能给女人安全感的类型。

楚歌在桌子边坐下，好奇地问："你们聊什么呢？这么开心？"

"严熙在和我聊国外过年时的趣事。"罗峰特别兴奋地说，

“别说，洋人过中国年还真有一套。”

楚歌唇畔的微笑一僵，要过年了，她差点忘记了。时间过得还真快。

“今年咱们四个可以一起过年。”罗峰兴奋地提议，“我要在所里值班，肯定不回老家了。师父估计也没事。”

严熙一听，也兴奋起来。

“好啊。我爸妈都在国外，正好我也不打算出国去过年。楚歌你呢？”严熙看向楚歌。

楚歌迟疑着，没有接话。她倒是想回家过年，陪陪父母。可是，她还没想好怎么和他们说自己离婚的事情。眼看着离年关只有一个月了，她实在不想在大过年的时候告诉他们，让他们连年都过不好。可是瞒得了初一，瞒不过十五。年后如果刘义洲没有去老家探望父母，父母必然也会多心。楚歌忽然有些后悔，或许她早该跟父母说实话，要不然也不会这么骑虎难下了。

“到时候再说吧。”于继晨忽然开口。

严熙这才意识到楚歌的神色难看，握住她的手，无声地给她力量。

“过年的事，等过年时再说。”楚歌有些过意不去自己把气氛给搅和了，连忙转移话题，“严熙，你不是说有喜事吗？来，说说看。咱们给你庆祝一下。”

严熙神秘一笑，向前凑了凑：“我可只告诉你们了。”

“放心，我保证绝不会出卖你。”楚歌作势举手发誓。

“我也保证。”罗峰随即跟着举手，格外认真。

楚歌被他的反应逗笑了，她是逗严熙玩的，而罗峰是认真的。这是罗峰的性格，也是他对严熙喜欢的一种表现。这会儿只有于继晨还一本正经地坐在那儿。

严熙看向于继晨，开玩笑地说：“你徒弟都保证了，你怎么不表态？是不是打算做叛徒？”

楚歌转头看向于继晨，他依旧是那副一本正经的样子，作势要起身，“我可以不听。”

“哎……你这人怎么这么没趣！”严熙无语地翻着白眼。

楚歌打量他一眼，他这会儿正沉着淡定地端起酒杯，轻啜一口，动作优雅而自然。

“你说吧。师父向来讲义气，不多话，绝对不会告诉别人的。”罗峰无比肯定地说，说完似乎怕不够取信于大家，举起手，“不行我替他发誓。”

“全世界就你师父最好。”严熙瞪他一眼，“不知道的还以为你爱上你师父了。”

正优雅地喝酒的于继晨一哽，一口酒呛进了嗓子，呛得他剧烈地咳嗽起来。

楚歌怔愣了一下，随即哈哈大笑。

罗峰却红了一张脸，连连摆手，对着严熙急切地解释。

“严熙，我是直男，我跟你保证，我绝对是直男，你可别误会我啊。”罗峰急得直挠头，把楚歌和严熙逗得不行。严熙故意憋着笑，看罗峰慌乱地解释。这会儿也只有于继晨一个人坐在那儿尴尬得脸色发紫。

“好了好了，相信你了。”严熙终于玩够了，进入正题，“我跟你们说，我已经说服我们总编，明天我会有一篇报道面世。借助新媒体的力量，一定轰动全国。”

楚歌一皱眉，并没有严熙脸上的喜悦之情。

于继晨握着杯子的手一紧，紧紧地盯着严熙。

“是关于长河地产的？”罗峰猜测道。

“答对。”严熙兴奋不已，笑眯眯地看着罗峰，“在长河地产的事情上，你功不可没，我一定给你记上一功。”

被女神夸奖，罗峰笑得合不拢嘴了。但出于警察的本能，反应能力还是不错的。

“之前你们总编不是不让报吗？”罗峰狐疑地问。

“可能是因为他觉得之前的证据不充分吧，而且之前有一位最严重的受害者不是很配合。我们总编怕贸然报道出去捅娄子，毕竟媒体人还是要有责任心的。”严熙的语气不太确定，可见她自己也不是很认可这样的解释，但她之前对领导的不满这会儿全都一扫而空了。

“现在好了，那位受害者配合了。我们总编那儿也通过了。”严熙开心地说。

“我早就告诉过你，只要别放弃，肯定能成功的。”罗峰一昂头，“我们国家是有正义有法律的。即便有点黑暗的势力，也有一群人为阻止它而奋斗着。”

“是呀是呀。”严熙笑成了一朵花，“人民警察最正直。”

“那当然了。”罗峰提了提肩膀，一身正气凛然。他一直坚信邪不压正。

“来，我们祝严熙打了胜仗。”楚歌举杯提议，大家相继举杯。

楚歌用眼角的余光扫了一眼于继晨，他依旧同往常一般淡定自若。大家对他的反应早就已经习惯了。就像罗峰所说的，于继晨仿佛就是个八卦绝缘体。喜欢八卦的人和他在一起，一定不能愉快地玩耍。

严熙憋屈了那么久，终于取得了阶段性的胜利，格外兴奋。

一直到严熙喝醉，这天夜里的酒局才散去。楚歌不放心严熙，索性就把她带去了自己家。

好在严熙的酒品很好，在她家倒头就睡，并不用她半夜三更洗床单什么的。

楚歌看着床上甜甜睡着的严熙，这会儿她的唇角还带着微笑。她不禁想，醉了多好。醉了就不用清醒地看着世俗，只需要沉浸在自己甜美的梦中。而她这个清醒的人，正与黑暗做伴，定定地看着天花板，等待黎明的来临。真的会像严熙想的一样，正义很快就会来临吗？

严熙即便宿醉，第二天却还是早早就起了床，翻出手机，找今天报纸的电子版，看报纸的微博和微信公众号。她急切地想要看到自己的成果，想要看到自己为新闻工作努力付出所换来的这个清晨。只是，她失望了。

她失落地小声嘟囔说：“怎么不是我那篇头条？”

楚歌的心里咯噔一下，已经有了不好的预感。

“难道挪版面了没告诉我？”严熙一边嘟囔，一边急切地翻看电子版报纸。她手上有些慌乱的动作已经出卖了她的心事。她料到了，不是换版，而是被抽掉了。

果真，她翻看了报纸的每一个版面，都没找到她煞费苦心做了一个多月的内容。

“怎么会这样？一定是发生什么事情了，我要去找我们总编。”严熙说着就向门外冲去。楚歌不放心她，立刻跟了上去，和她一起开车赶往严熙报社总编的家。

楚歌想安慰她一句，也许挪到明天了，也许还有些地方需要删改，但她知道，这都是不可能的事情。她并不善于以麻醉的方式安慰人，索性最后什么都没有说。

楚歌的车很快在严熙报社总编的小区门口停下，严熙像追债的人一样，急汹汹地冲下车。楚歌停好车，也连忙跟了上去。她跟着严熙的脚步，一路冲到目标楼下时，忽见一个人从天而降，嘭地砸在地上，吓得她和严熙下意识地都停住了脚步，看向地面时，双双傻在了当场。

晨光温暖而柔和，照在流淌着的鲜红血液上，格外地刺眼。

楚歌只觉得双腿发麻发软，险些跌倒在地。稍微缓和了一下情绪后，才看清血泊中是一个五十多岁的男人，这会儿正瞪大着眼睛，看着她们的方向，身体一动不动。

她慌乱地从包中摸出电话，一口气拨完了120和110，才上前去扶严熙。

“总编，他是我们总编。”严熙声音颤抖地嘟囔着，整个人的情绪已经崩溃。楚歌的手一僵，平复了一下气息，才轻声说：“我们到旁边坐一会儿，警察马上就会过来。”

这会儿小区晨练、上班的人都已经围了上来。虽然被这样的情景吓得不轻，却又抑制不住围观看热闹的心思，不舍得离开，仿佛每个人都是福尔摩斯，需要观察现场破案一般。这时，有经过的孩子看到这样的情景，吓得尖叫、哭泣。楚歌被吓得一哆嗦，握着严熙手臂的手一紧。严熙转头看向她，不知何时已经满脸泪水。

“楚歌，都是我的错，我不该逼他报道长河地产的新闻，都是我的错。”严熙越说情绪越激动，声音颤抖，“是我不知道天高地厚，可是为什么不报复我？”

她的话瞬间引来了围观人群的视线，大家小心翼翼地打量着哭得悲戚的严熙，在心里猜测着她的身份。

很快，120 和警察都赶了过来。恰好罗峰是这个片区的警察，也过来了。他看着情绪激动的严熙，心里着急，却只能公事公办。

医生一番急救和检查后，宣布严熙的总编孔记民当场死亡，将现场交给了警察。而楚歌和严熙作为最初报警，以及认识死者的当事人，被带去了警察局做笔录。

严熙颤颤巍巍地将事情说了一遍，始终都是满面泪水。这是楚歌第一次看到向来坚强勇敢的严熙哭成这样。她知道，严熙是内疚，觉得是自己低估了黑恶势力，才害死了孔记民。因为孔记民最初不同意报道关于长河地产的新闻，严熙认为是在她坚持不懈的游说下，孔记民才答应的。而新闻最终没能面世，孔记民却死了。这是一向追求正义和自由的严熙怎么都想不到和不能接受的。

等所有程序都走完，罗峰才算是有机会以朋友的身份来关心严熙。

严熙抓着罗峰的衣袖，激动地说："你一定要抓住凶手。"

罗峰的表情有些尴尬，又有些不忍，犹豫了一会儿才说："我们初步断定，孔记民是自杀。"

严熙的情绪更加激动，忘记了优雅，大喊道："做笔录时，我已经说过了，一定是长河地产的陈国涛逼死他的！"

"严熙，我明白你的心情，长河地产这条线我们一定会调查。"罗峰擦去严熙脸上的泪水，"你相信我，只要我能找到证据，我一定会把陈国涛绳之以法。"

严熙扑倒在罗峰的怀里，罗峰的身体僵了一下，把她紧紧地抱在怀中。他一直想靠近严熙，没想到会是在这样的环境下，没人可以高兴和幸福起来。

从警察局离开后，严熙就病了，发着高烧，整个人迷迷糊糊地说着胡话。

楚歌抹了把疲惫的脸，她虽然没像严熙一样病倒，却不比她好受多少。

冯威的死，孔记民的死，都像是狠狠的巴掌，把他们这些还在梦中的人打醒在残酷的现实中。他们无法躲避，无法逃跑，只能选择坚强起来。但楚歌始终坚信，纵使世道艰险，这世界上更多的还是坚守正义的人。

手机的铃音忽然在安静的室内响起，格外刺耳。她接起，是宋子涵的律师事务所打来的。

“楚小姐，我们这边有些新发现，你什么时间有空来事务所看看？”宋子涵的助理苏晴轻快地说。

楚歌迟疑一下，说：“不用了，交给宋律师全权处理就好。”

“这不好吧。您最好还是能来看看。”苏晴劝道，“很重要的证据，关于你身边的人。”

能让宋子涵那边说重要的证据，就一定会如惊雷一般。

楚歌和宋子涵约的时间是下午 2 点 15，楚歌提前了 15 分钟到，宋子涵还在里边见客。她被苏晴安排在办公室外等候。

正好 2 点 15 分的时候，她被叫进了办公室。可见宋子涵是个多有时间观念的人。

她进门时，宋子涵正坐在椅子上，全神贯注地等她。她身穿一条火红的裙子，妆容精致。

在认识宋子涵之前，楚歌一直以为律师都是一本正经如徐征的。

宋子涵也不多费口舌，直接递给楚歌一摞东西。

楚歌打开看了看，都是一些关于刘义洲的日常生活的材料——有照片，有关于他见过的那些人的资料。

“按照我们上次的想法，我让人从陈莹的身上调查，有点收获。”宋子涵勾了勾唇角，又说，“这个人很有趣。”

“谁？”楚歌问。

“陈莹。”宋子涵清晰地吐出两个字，也不卖关子，径自说，“我的人发现有个在圈里喜欢以名人照片牟利的狗仔拍到了陈莹。后来，如你所见，陈莹欺凌底层人民的事情闹得沸沸扬扬，她也荣获了坑爹的称号。”

“狗仔有向她勒索，但是她没给钱？”楚歌猜测道。

“她给了。”宋子涵勾唇笑着说，“事情还是没捂住。”

“那个狗仔如果只是为了钱，不会转手又发出去，这样以后就没人相信他了。”楚歌冷静地分析一番，一惊，急切地说，“不会是她自己吧？”

“没人会想到她自己害自己，所以就要有个人在害她。”宋子涵说。

“我之前听说陈国涛有个私生子，陈家有可能上演争产大战。”

“我喜欢和聪明人说话。”宋子涵满意地笑笑，肯定地说，“拭目以待，我一定会帮你打赢这场官司，让背叛婚姻的男人付出代价。”

楚歌感谢地笑笑：“我很期待。”

“另外，我派去的人虽然没有拍到谷倩玲和你丈夫的暧昧，但是发现谷倩玲经常去安心疗养院探望一位叫于英的女人。”宋子涵饶有兴致地说。

楚歌愣住，难道是狗血情节，小三为了母亲的病才做了小三？

“你想多了，谷倩玲与这位于英女士并没有血缘关系。于英有个儿子叫于继晨。”

楚歌惊得瞠目结舌，难以置信地看着宋子涵。

“于继晨的背景已经很有趣了。谷倩玲买凶伤人那次，为她奔走的律师是我前夫，他是长河地产的法律顾问。”宋子涵耸耸肩，“吃惊吗？谷倩玲离开启航后，并没有被你丈夫金屋藏娇，而是跟于继晨一直有来往。”

楚歌的手狠狠地握紧椅子的扶手，才不至于全身颤抖到不能自已。

一个小时后，楚歌站在一棵粗壮的大树后，正静静地看着不远处坐在轮椅上，神色平静，眼底却透着淡淡哀伤的女人。

女人的脸色透着病态的白，头上戴着一顶毛线织的帽子，年纪看上去五十出头。

大约站了半个小时，楚歌安静地转身离开。

楚歌回到公司时，已经是傍晚。她站在窗边，看着楼下街道上渺小的人，神色冷淡。这是她每次有心事时，都会做的动作。

她不知道哪一天会与那些陌生人相识，也不知道身边的哪个熟悉的人会变成陌生人。人生来来去去，与其说是缘分，不如说是心之所向。她已经不再信缘分，不再信命运，匆匆一生，她的命运会掌握在自己的手中。

安静的办公室里响起了敲门声，她唇瓣轻动，吐出一个“进”字。

陆娇娇快步走了进来，在她的办公桌前停下脚步，说："楚总，杨总没有联系上，据他的秘书说，他在外边出差。"

"好，知道了。"楚歌平静地回道。

陆娇娇小心地打量她一眼，说："我怀疑他是有意避开咱们，不愿意见。"

楚歌点点头："知道了，出去吧。"

"是，楚总。"陆娇娇退出去前，又悄悄地打量了平静的楚歌一眼，一向心思细腻的她，也猜不出楚歌这时心里的想法。

桌子上的手机响了起来，屏幕上闪烁着于继晨的名字。她接通电话，还没想好开场白，对面已经传来了于继晨的声音："我们能见一面吗？"

"一个小时后，小区楼下的咖啡馆见吧。"楚歌挂断电话，心情越发地沉重。

"好。"于继晨的声音也有些沉重。

楚歌刚要挂断电话，就听电话线另一端的于继晨急切地又说："楚歌，我……算了，见面再说吧。"

一个小时后，楚歌到咖啡馆的时候，于继晨已经在等她了。

于继晨点了点头，问："你今天去疗养院了？"

楚歌愣了愣，反问："你知道了？"

"这么多年只有我一个人去看我妈，忽然有生人来，护士就告诉我了。"于继晨的声音沙哑而疲惫。

楚歌这才想起她向护士询问过于英在哪儿。只是于继晨的话，明显是在说谎，不是还有谷倩玲去看他的母亲吗？

于继晨见她出神，表情不对，试探着问："楚歌，怎么了？"

楚歌与他对视一眼，不动声色地说："对不起，没有和你打招呼就过去了。"

"怎么？觉得窥探到我的伤疤了？"于继晨无所谓地笑笑，语带撒娇地说，"有没有一点心疼我，想抱抱我，安慰我？"

楚歌平静地看着于继晨，说："于继晨，你还有多少秘密我不知道？"

"你忽然关心我，我倒是有点高兴。"于继晨笑着调侃，拿起咖啡杯，神态自然地喝了一口，放下咖啡杯，问，"你想知道我什么秘密？"

"我想知道……"楚歌的话还没有说完，就被突如其来的声音打断了："于老师！"

于继晨和楚歌循声看去，就见一个小丫头欢喜地跑了过来。

"于老师，你也在呀。"小丫头满眼的惊喜，打扮有点非主流。

楚歌总觉得小丫头有点眼熟，好像在哪里见过。她仔细想了又想，一惊，是启航另一个股东杨守生的女儿杨蕾蕾。

楚歌的手机提示音响了起来。她点开手机，是陆娇娇给她发的微信，恰好是关于杨蕾蕾的。因为杨守生一直不肯见她，她只能让陆娇娇去调查杨守生身边的人。

杨蕾蕾是杨守生六十岁时有的女儿，被宠上了天。而这个杨蕾蕾正是情窦初开的年纪，很迷于继晨，每周都会去于继晨那里学习音响设计。不仅如此，她还大献殷勤，送于继晨各种名牌，都被于继晨一一拒绝。小姑娘追求爱情倒是没什么稀奇的，奇葩的是那个杨守生，知道女儿这些事情后，开怀大笑地说，我女儿泡泡男人，找找乐子有什么的？老子有的是钱，就是找一屋子男人哄她开心又能如何？可见这个杨守生有多喜欢这个小女儿，大有培养她成为公主的架势。

楚歌看着对面和于继晨格外亲近的杨蕾蕾，她想见杨总，于继晨是她的捷径。

杨蕾蕾在于继晨的各种拒绝后，依依不舍地离开了。

于继晨微笑着看向楚歌，问："你想知道我什么秘密？刚刚还没说完。"

楚歌摇了摇头，说："能帮我约一下杨总吗？"

于继晨一愣，凝视着楚歌。

楚歌不等他回答，继续说："我知道刚刚那个女孩就是杨蕾蕾，是你的学生。她是杨守生最宠爱的小女儿。于继晨，你说过，你会帮我的。"

于继晨凝视了楚歌好一会儿，才点了点头，说："好，我帮你。"

"谢谢。"楚歌浅淡地微笑，端起咖啡杯，低头喝了一口，长睫毛下遮住的是思绪万千。

楚歌揉了揉发疼的脖子，走进公司的电梯里，电梯门缓缓关起，就在只剩下一条小缝的时候，被人从外按开。

她抬头看去，正好对上刘义洲看进来的视线。两人都愣了一下，刘义洲才抬步走了进来。

直到电梯门关起，两人都始终沉默着。

电梯的空间狭小而密闭，她却再也不会像从前一样觉得不能喘息。对眼前的男人，她更多的感觉是最熟悉的陌生人。

电梯在地下停车场停下，刘义洲撤到一旁，让她先走了出去，才跟着走出电梯。他偷偷地打量她一眼，她冷峻的模样，不亚于他在商场上所向披靡的气势。他曾觉得他能估计到她的每一步，后来，他觉得自己低估了她。

就在她走到自己的车旁时，他忽然意识到了什么。

“楚歌，你能开车了？”刘义洲无比地激动。于他而言，仿佛看到了很大的胜利。但他不知道，于楚歌而言，从那一次克服开始，意味着的是结束。

“过往不重要时，心理障碍自然就没有了。”楚歌平静地说。

楚歌的话犹如一盆冷水，浇在刘义洲的身上，把他那兴奋的火苗顷刻浇灭。他的脸色已经白了，高大的身体似乎有些站立不稳。

刘义洲轻轻皱了一下眉心，低声说：“我不打扰你了。”

在他即将转身的时候，楚歌忽然开口：“严熙报社的总编孔记民坠楼了。”她故意用的是“坠楼”这个词，而不是“跳楼”。

刘义洲微拧眉，反问：“然后呢？”

聪明如他，他怎么会猜不到楚歌为什么忽然和他说这个话题。在她的心里，这件事情和他有些关系。

“本来严熙曝光长河地产的百花园工程问题的新闻会面世。新闻忽然被抽掉不说，就连同意严熙报道这条新闻的总编都坠楼了。你觉得是巧合吗？”楚歌努力让自己尽量冷静地提问。

刘义洲本就苍白的脸色瞬间似乎更白了些，但他的神情始终还是他惯有的平静。

“你觉得是巧合吗？”他不答反问。

“刘义洲，你真不知道这件事情？”楚歌恨不得将他脸上的平静撕掉，看看内里藏的到底是血肉，还是坚冰。

“我如果说我不知道，你会相信吗？”他的声音有些虚弱，透着讽刺的味道。

“我信。”楚歌肯定地说，“可是，就算是我相信你不知道孔记民的事情，这事和长河地产也脱不了干系，时间上太巧合了。到底是为什么？你情愿助纣为虐，也要和长河地产合作？难道仅仅是为了得到陈国涛的支持？如果是这样的话，我之前已经答应会把启航交给你了，为什么你不愿意相信我？你的信仰呢？就算是你做的这些事情为你带来再多的利益，你真的会开心吗？”

楚歌说到最后，眼泪已经在眼眶里打转。她一直在试图回忆，他到底是从什么时候开始变的？可是，她怎么也找不到他一点一点转变的节点，仿佛一瞬间，他身体里的灵魂已经易主。他已经不再是他。

“你开心吗？”刘义洲忽然问。

“我开心过，一起与你并肩作战的日子。”楚歌像个视死如归的战士，“我不会放弃的。我永远不会忘记‘启航’两个字的意义是让梦想启航，而不是为了钱去毁掉别人的梦想。我会为了实现这两个字一直坚持下去。”

楚歌转身，拉开车门，又狠狠地关上。她大力踩下油门，驱车绝尘而去。

刘义洲不知道是怎么走回车上的，他的大掌按在方向盘上，却抑制不住地颤抖着。他看着她的车尾灯消失不见时，视线也彻底变得模糊。额头上豆大的汗珠正顺着他的脸颊滴落，平日里坚强如铁的男人这会儿唇色苍白，洁白的牙齿都跟着微微打战。他的大掌哆嗦着去拉手套箱，在里边一番翻找，找出一大瓶药。他的眼神如饥渴了多日的人看到了水，颤抖着手慌忙拧开药瓶，手上一软，药瓶跌落在地，里边的药撒落一地……

他每吐一下气息都艰难异常，他伸手想要去抓地上的药，面容已经憋得狰狞，却仍是未能如愿。他用尽最后一丝力气，整个人瘫软在椅子上，渐渐失去了知觉。

驱车在马路上疾驰的楚歌忽然心口一疼，视线晃动，才看到前边已经停下等红灯的车。她惊慌失措地踩下刹车，轮胎紧急摩擦过地面，发出尖锐而难听的声音。她整个人惯性地向前冲去，又被安全带拉了回来，跌靠回座椅的靠背。

她心有余悸地喘着粗气，直到变回绿灯，再次启动车子，她的心还有些发慌。

楚歌去了严熙家，最近严熙因为孔记民的死，情绪受了很大的打击。

深夜，严熙从噩梦中惊醒，就一直不肯说话。她明明身处明亮的灯光下，整个人却仿佛置身于伸手不见五指的黑暗中，她看不到前方的楚歌，看不到一切，只是沉浸在无边的痛苦中。

楚歌坐在她的身边，静静地陪着她。她知道，这个时候不管她说什么，都无法治愈严熙心底的伤痛。能战胜这一关的只有严熙自己，而楚歌作为她最好的朋友，只能以陪伴告诉她，她不会孤单。

天快亮的时候，严熙忽然开口。

“楚歌，我忽然不知道什么是错，什么是对了。”严熙的眼中盈起了泪光。她一直坚信的正义，在这会儿忽然成了杀人的刀子，她害怕自己坚持下去，不但不能维护正义，反而会害了更多的人。

“严熙，你没错。”楚歌握住她颤抖的手，“你只是没想到坏人会这么穷凶极恶。”

“我没错？”严熙呢喃一句，忽然反手握住楚歌的手，“楚歌，我好害怕我身边所有的美好都只是遍布毒雾的假象。”

“不会的。”楚歌的手被她握得有些疼，跟着一起疼的还有她的心。她的回答并不是那么有力，因为严熙这时的心路历程，她也曾经历。只是，她的反应不如严熙这般激烈，全都伤在了心里，一刀一刀，都化作心上不能愈合的伤口。

这就是严熙，会爽朗地笑，也会悲戚地哭。楚歌相信，她也会勇敢地站起来继续战斗。

“严熙，任何时候，黑暗和光明都是并存的。也正因为有黑暗，我们才不应该放弃。总有一天，我们的信仰会驱散这些黑暗。那一天，我们一定会为自己骄傲的。”楚歌坚定地说。这话是对严熙说的，也是对她自己说的。

“楚歌，我只剩你了。”严熙的眼神迷茫而痛苦，“你不会变的，对不对？”

楚歌的唇瓣动了一下，终是没有发出声音，只是静默地看着严熙。

严熙等不到她的回答，转头看向窗外的晨光，痛苦的眼神迷离。

“楚歌，你说是谁害了我们总编？”严熙轻喃，“明明那天晚上，我还打电话问了同事，他们说一会儿就下厂印刷了，我们的心血很快就会被传阅。”

这期报道离发表只有一步之遥，就说明陈国涛在这之前是不知道这件事情的。可是，为什么又忽然知道了？阻止的人知道的时间，只能是在那天夜里。于是，连夜去找了孔记民，让他撤掉新闻。而那天晚上，严熙只把这件事情告诉给了她、罗峰和于继晨。

负责监督印刷的报社员工也确实说，接到了孔记民的电话，让他们换上备用头条，不能再刊登长河地产的新闻。对方既然已经达到目的了，为什么还要杀人？或者说逼死孔记民更准确。罗峰已经很肯定地说，根据孔记民坠楼的位置，以及家里的排查，可以判断他是跳楼自杀。但这更加说不过去了，孔记民为什么要自杀？

楚歌的眼神暗了暗，不知道在想什么，沉默着。

“一定是有人给陈国涛通风报信了。”严熙的眼中闪过恨意，“这个叛徒，他害死了一条人命，就丝毫都不愧疚吗？”

楚歌紧紧地抱住严熙，看向前方的双眼中满是愧疚。

严熙的情绪一直不稳定，后来喝了些酒，才又睡着。楚歌疲惫不堪，在沙发上躺下眯了会儿，手机狂响了起来。

楚歌迷迷糊糊地接起，哑声说：“您好。”

“我是罗峰，楚歌小姐，关于孔记民的死，有些问题需要您协助调查。”

电话里的声音是那么熟悉，语气却透着疏离，犹如当头浇下一盆冷水，让楚歌瞬间从睡梦中清醒。她从沙发上蓦地坐起，眼神沉了沉，看向还在熟睡中的严熙。

这个上午，战火燎原许久的启航，刘义洲和楚歌竟出奇地都没出现在公司。

徐征取了刘义洲想要的文件，又迅速驱车离开了公司。大概在路上行驶了半个小时，徐征才在一家私家医院的停车场停下了车。

他从停车场的电梯上了这家医院住院处的顶楼 28 层，进了走廊尽头的一间病房。

病房进门是一个客厅，穿过客厅，才是供病人休息的卧房。

他进门时，刘义洲正吃力地伸手去倒水。他连忙快走几步，拿起床头柜上的水壶，帮他倒了杯水，递给他，才在病床边坐下。

刘义洲喝了一口水，润了润干涩的嗓子，放下水杯，问：“我要的文件带来了吗？”

“带来了。”徐征把文件递给他，打量一眼他过于苍白的脸色，不禁叹道：“你啊！不要命了？”

“阎王要是决定收我，我想要也没用。”刘义洲随口回了句，看似漫不经心，语气不免有些自嘲的凉意。

“还是不打算告诉楚歌吗？”徐征试探着问。

刘义洲的神情一滞，翻开文件，故作不在意地说：“她又不是医生，告诉她有什么用？”

“至少她可以帮你分担。”徐征的情绪有些激动，“义洲，如果你不愿意说，我来告诉她。”

刘义洲猛地合上文件，冷冷地盯视着徐征。

“徐征，我警告你，如果你敢告诉她，兄弟都没得做。”他的语气坚持而冷冽，自带一股杀气。

徐征不免被他不识好人心的语气气到，恨得咬牙切齿地点头，“好，你的事情我不管，求我管我都不管。”

刘义洲又怎么会不知道他是好心？语气不免软了下来。

“你现在是我唯一能信任的人，我苦心经营这么久，绝不能在这个时候毁于一旦。”

“我知道。我只是觉得最后让楚歌知道这件事情，对她来说太残忍了。”徐征叹了口气，“不过，既然你已经决定了，做兄弟的肯定不会扯你的后腿。”

刘义洲拍了拍他的肩膀，感激都在眼神中。

“去帮我办一下出院手续。我今天就出院。”刘义洲交代道。

“这么快就出院？你疯了？”徐征恼怒地低吼，“昨天晚上如果不是我在停车场发现你，你现在就死了。”

“我的身体我知道，我没事。”刘义洲低沉的声音还透着虚弱，“现在这个关键的时刻，不能让陈国涛知道我的身体出了问题。”

徐征见他坚持，也知道他的脾气。如果他不去办，刘义洲就能自己下床去办。

“好，我去给你办出院手续。”徐征站起身，出了病房，去了主治医生的办公室。

刘义洲的主治医生是一个四十多岁的男人，外表冷峻严肃，在白大褂的衬托下格外地专业。

“您好，王医生，我过来给刘义洲办出院手续。”徐征小心而礼貌地说。

这个王医生是出了名的认真、专业，之前徐征可看到过他训刘义洲时的凶样子。他现在明知道自己做的事情是一件不合理的事情，就算是律师的口才了得，也有些张嘴费劲了。

果真，如他所料，王医生立刻冷了一张脸：“出院？谁说他现在能出院的？”

徐征清了清嗓子，心想这个冤啊。他招谁惹谁了？刚看完刘义洲的脸色，又要来看王医生的脸色。只是，既然带着使命而来，他只能硬着头皮上。

“那个，公司有些事要忙，实在是抽不出身住院。”徐征差点没咬了自己的舌头，自己说的这是什么话？

“他既然这么忙，别让自己生病啊！”王医生冷哼一声，“他不怕死，我还怕我的行医生涯上多一起医疗事故呢。”

徐征抽了抽僵硬的唇角，无比尴尬。他也不想刘义洲这么快出院，显然现在回去告诉刘义洲他没办成出院手续，肯定是不行的。不是他的辩才不行，或是真的怕了这位王医生，而是在你明明知道对方是为了你好的情况下，任何的心机就都不好意思再用了。

“刘义洲的家人什么时候会来？”王医生忽然开口问。

徐征的表情又是一滞，艰涩地说：“有事可以跟我说。”

“他的情况，在一个月内必须手术，我需要跟直系家属商量，手术也需要直系家属的签字，才能进行。”王医生严肃地说。

“如果一个月内不手术呢？”徐征知道，这个时候让刘义洲接受手术，绝对不可能。

王医生黑了一张脸，说：“如果一个月内不手术，就算是华佗再世，也救不了他。”

因为徐征坚持给刘义洲办出院手续，王医生再尽职不同意也没用。

徐征办好手续，回病房后，就把王医生的话都转达给了刘义洲。显然，刘义洲本人是知道自己一个月内必须手术这件事情的，听后并没有多大的反应。

徐征气得不轻，这人怎么就这么不珍惜自己的生命？

璀璨霓虹后的真与假

楚歌是一个人去的公安局，罗峰看到她时，表情有些不自然，看她的眼神透着探究。

罗峰和一位女警负责为楚歌做笔录，他们看着楚歌坐下，才跟着坐下。女警察的年纪看着较小，像是刚毕业。

罗峰在处理公务上，还是一改以往的憨直幽默，正色看着楚歌，没有一点半点想和楚歌热络的打算。

女警察先开口说："楚小姐，我们上次给您录口供时，您说过，您不认识孔记民。"

楚歌平静地对视着女警察犀利的视线，肯定地回道："是。"

女警察一皱眉，眼中明显地闪过厌恶。即便是罗峰，眼神也暗了暗，有失望之色滑过。要知道他因为于继晨的关系，之前一直叫楚歌"师母"，可见内心对楚歌的尊重。即便后来知道楚歌还没离婚，不再乱叫了，听严熙说起楚歌靠一人之力，想要力挽狂澜，维护正义，内心就更是敬佩楚歌。可是，这个清晨，他看到了不一样的楚歌。

“根据我们的调查，有目击证人证明，你曾经和孔记民见过面。”罗峰缓缓开口，不想再听楚歌撒谎下去，“楚小姐，妨碍司法公正，给假口供也是违法的。”

“我知道。”楚歌从容淡定地回道。

女警见楚歌这么淡定，更不淡定了，她拔高声音提醒：“楚小姐，我们可不只是掌握了目击证人的口供，还有茶楼的监控录像也显示你和孔记民进了一个包间。”

“是吗？”楚歌温和一笑，态度礼貌，“如果你们觉得我跟孔记民的死有关系，可以起诉我。”

“你……”女警气得脸色难堪。

楚歌自始至终都优雅从容，丝毫没被对方的气势所影响。

“如果没其他的事情了，我还要赶回公司上班。”

“我们还没问完呢。”女警咬牙说，大有扣留楚歌的意思。

“好，那我联系我的律师。”楚歌说着拿出手机，还不待拨号，罗峰已经开口，“感谢楚小姐的配合，你可以先走了。如果想起什么，随时跟我们联系。”

“好。”楚歌说着起身，从容淡定地走出问询室。

女警看着她离开的背影，咬牙说：“我看孔记民的死肯定跟她有关系，要不然她为什么不敢承认见过孔记民？”

“就算是我们能证明她见过孔记民，也证明不了她和孔记民的死有关系。法院是不会允许立案的。”罗峰叹口气，心情复杂。

“这些有钱人还真是嚣张。”女警气得一拍桌子，“我一定盯死她，她千万别让我抓住把柄。”

罗峰宽慰地拍拍她的肩膀，他入职以来，看到过太多嚣张的有钱人了。楚歌今天虽然明显不配合，到底对他们还算是尊重、礼貌的。

女警不甘地说：“你说我们要不要找另一个当事人严熙问问？”

罗峰的眉心隆起，点了点头。

严熙走在缓缓飘落的雪花里，眼神绝望而痛苦。她刚刚从警察局出来，罗峰告诉她，楚歌在孔记民死前见过他。

可是，她的闺蜜，她最好的朋友楚歌明明和她的总编并不认识。事后，她也完全没有听楚歌提起过关于孔记民的任何事。她很不愿意怀疑自己最好的朋友，但她不能自欺欺人地告诉自己，楚歌没有秘密瞒着她。

罗峰提醒严熙，新闻是被临时抽掉的，又恰巧是那天夜里抽掉的。而楚歌、于继晨、罗峰正好是在那天晚上的聚会上收到消息的。罗峰不能不怀疑，楚歌为了自己的公司启航，逼着孔记民撤掉新闻，免得百花园项目垮掉，影响启航上市。

严熙在罗峰的引导下，仔细思考了前前后后发生的所有事情。忽然，她想到了不得不怀疑楚歌的一点。孔记民出事的那天早上是楚歌开车带她去的孔记民家，楚歌并没有问她地址，就直接开过去了。两个陌生人，怎么会知道对方的住址？

孔记民自杀后，严熙太过悲伤，楚歌又是她最亲近最信任的人，她自然不会往楚歌的身上想。如今想到了，她只觉得浑身冰冷。

严熙用力摇了摇头，将可怕的想法摇晃走。即便是楚歌与孔记民之间有许多秘密隐瞒着她，她还是不愿意相信自己的好朋友会是杀人凶手。在她的心里，楚歌是比她还有原则，不愿意屈服于罪恶的人。严熙抬头看着车水马龙的街道，一辆接一辆的车子飞驰而过，她永远都看不清里边坐着什么样的人。就好像很多人，你永远都看不清内里。

她向前挪了一步，忽然有一辆车子飞驰而过，惊得她游走的魂魄忽然清醒。不行，越是这个时候，她越是不能放弃——不能放弃对新闻真相的坚持，不能放弃对友情的坚持。

她旋即招了一辆出租车，直奔楚歌的公司。

因为她没有预约，被公司的前台拦了下来，还不待她开口说来找楚歌，陈莹恰巧经过，看到了她。

“严熙？什么风把你给吹来了？是打算又报点我们公司什么丑闻吗？”陈莹冷嘲热讽地说。

严熙冷冷一笑，问：“你们有丑闻怕我报吗？”

陈莹恨得一瞪眼，却忍下一口气，故作开心地说：“丑闻没有，喜事倒有一件，很快你就会收到请柬了。”

严熙一皱眉，一时间有点没听懂她在说什么。

陈莹像是知道她听不懂，耐心地解释说：“你跟我和义洲也是老同学了，喜糖还是要吃一块的。”

“哟，人家原配那还没离呢，你这小四就昭告天下要上位了。会不会早点？”严熙冷冷一笑，“还真是大丑闻一件，要不然我送个明天的头条给你？就叫：富家女插足他人婚姻，竟是小四。”

陈莹气绿了一张脸，旁边的前台都忍着笑，觉得解气。平日里陈莹高傲惯了，他们这些公司的老员工自然也不爽她。

严熙轻蔑地瞥了陈莹一眼，抬步向公司里走去。前台光顾着偷笑了，忘记了拦着严熙，就是想起来了，这会儿也不会拦心中的女英雄了。

楚歌看着严熙进门，心往下一沉，却并不意外。她猜到了，警察在她这里问不出什么，肯定会找严熙的。她看着严熙少有的沉黑脸色，不免有些心虚地眼神躲闪着。她可以面对警察毫不心虚，她可以对所有外人说谎，但严熙不同，严熙是她最好的朋友。

严熙在她的办公桌前坐下，定定地看着楚歌。

“警察找过我了。”

“我见过孔记民，在他坠楼的三天前。”

如果可以，楚歌想瞒着严熙一辈子，但如果隐瞒会让她们的友情面临考验，她只能说出实情。

严熙扯了扯唇角，不免感动。她的好朋友没让她失望，并没有在她的面前试图狡辩。

楚歌深吸一口气，看着严熙红了的眼圈，继续说：“孔记民之所以会同意报道长河地产那则新闻，是因为我给了他好处。”

严熙一震，难以置信地看着楚歌。

“我本来想瞒着你一辈子，让你相信孔记民是在支持你的正义。可是，我没想到孔记民会忽然跳楼。这件事情到底是瞒不住了。”楚歌叹了口气，遗憾而难过地说，“人算不如天算。”

“为什么这么做？”严熙的声音有些颤抖地问，转念一想，她不禁嘲讽地笑了，失望地说，“你不是为了帮我，你是为了弄倒长河地产，你是因为恨陈莹插足了你的婚姻。”

“严熙，你不能这么看我。没错，我是想抖出长河地产的黑料，为启航刮骨疗伤。即便启航最后会因此上市无望，我也不在意。启航存在的初衷就不是为了上市。我希望启航可以回到梦想的最初。”楚歌的情绪有些激动，这是她在好朋友面前不加掩饰的真诚，“爱情没了，婚姻散了，我是难过，但我不会为了背叛我的人丧失自我。所以，严熙，你不能这么看我。”

她虽然不是因为陈莹才这么做的，但她确实是为了弄倒长河地产，逼陈国涛卖出手里启航的股份。她想要借此拿到启航的经营权，也可以借此帮助严熙，让她辛苦了那么久的调查可以见报。但她没想到，这个计划会赔上一条人命。她也愧疚，她也想帮孔记民找出害他的人。但她不能告诉警察，她见孔记民是为了给他钱，让他报道长河地产的丑闻。

“楚歌，你真的变了。”严熙失望地笑了笑，“你的道理都对，站在你的角度都没有错。但是你的手段……”

泪水滑过严熙漂亮而疲惫的脸庞，她哽咽着指责道：“你不能打着正义的旗帜，用金钱操控新闻自由。”

“严熙，对不起，我让你失望了。”楚歌红了眼圈，泪水在眼眶中打转。她了解严熙的性格，黑就是黑，白就是白。她可以为了她追求的正义，连命都不要。而她是严熙最好的朋友，即便她并没有炮制假新闻，没有污蔑谁，但她确实用钱改变了孔记民的决定。

楚歌怕这样的打击会成为压死骆驼的最后一根稻草，让严熙彻底地倒下，从而放弃自己的梦想。

楚歌忽然觉得命运跟她开了一场很大的玩笑，非要让她一无所有才算结束吗？她挚爱的男人背叛了她，她最好的朋友这会儿正满眼失望地看着她。

这天后，他们的四人小团体再也没有聚集过。大家作为那天晚上的知情人，身份忽然间都变得敏感起来。楚歌是想念严熙的，她经常拿出大学时的照片翻看很久，那时候的他们，身上没有生活的重负，笑得甜美而单纯。她有多久没这样笑过了？她忽然觉得“端庄得体的微笑”并不是什么美好的形容，笑容背后藏着的是压力还是算计，抑或是正在厌恶坐在你对面的人，只有我们自己清楚。

深巷小店，门外烟火气十足，门里却冷冷清清。

于继晨的店在这条街上也有些年头了，从未见对外营业过，只是偶尔帮邻居免费修修家用电器，倒是真像是修家电的，也非常受欢迎。

罗峰今儿休息，就带着自己的手工音响作品跑来于继晨这里讨教。他想自己做一套设备送给严熙。严熙最近很拼，时常睡不好觉。其实罗峰和于继晨都知道严熙的心结在哪儿，但也都知道别人说什么都没用。

两个男人的世界倒是简单，拿着烙铁，对着电路板就是一天。

这会儿，于继晨刚被旁边的邻居大爷叫走，帮忙看看家里的电视。

罗峰正看着和于继晨一起修改过的设计图，研究自己的手工设备。

一阵手机铃音响了起来。罗峰顺着声音看去，是于继晨的手机在响。他本来不想管，谁知道手机响了一遍没人接，又响了第二遍。

罗峰怕有什么急事，只能帮忙接起电话，不等他说他不是于继晨，对面的人已经开口："您好，我是南辰，陈总可以见您了。您直接来长河就可以。"

"长河"两个字惊得罗峰一时间没回过神来，恰好于继晨这时进门，看着他手里拿着自己的手机一皱眉，快步走了过去，接过电话。

对面等不到回答，正在说着："喂喂喂，能听到吗？"

"可以听到了，你说。"于继晨平静地说。

"陈总有空见您了。明天上午，您直接来长河就可以。"南辰公式化地说。

"好。"于继晨挂断电话，转头看去，发现罗峰正盯视着他。

"怎么了？"于继晨淡定地问。

“长河？长河地产？”罗峰问。

于继晨面不改色，回道：“一个客户，长河文化。”

罗峰旋即没心没肺地笑了，说：“我想也是，师父认识长河地产的人怎么会不告诉我们呢。”

于继晨笑了笑，却有点心事重重。

刘义洲吃了大把大把的药，才撑住。他看了看时间，冷着脸走出办公室时，陈莹已经堵在办公室门口了。

在去往陈家的路上，陈莹始终叽叽喳喳，心情格外地好。刘义洲对她的态度是一贯的淡漠、礼貌、绅士，只是听她说，并不太接话。

向来也是工作狂人的陈国涛，早早就等在了家里，见刘义洲和陈莹一进门，立刻笑容满面地迎了上来，陈母就更是看着刘义洲，笑得合不拢嘴。

“来来来，这边坐。”陈国涛招呼刘义洲坐下。陈母连忙说：“我去倒茶。”

她说着，拉着陈莹离开。

陈国涛看着她们母女离开后，慈眉善目地说：“今天叫你来，是想和你谈谈你和莹莹的婚事。”

“陈总，即便我们两家没有姻亲关系，也一样可以紧密合作。”刘义洲淡笑着婉拒，“我已经在申请撤回递交证监会的材料，等稀释给您 30% 的股份后，再重新递交上市。”

陈国涛收起笑容，认真地说：“到底是不如一家人的关系亲近。”

“陈总除了担心拿不到启航 30% 的股份，还担心我会拿走长河地产 25% 的股份吧？”刘义洲云淡风轻地随口一说，却如一声惊雷丢下，让陈国涛立刻变了脸色。

刘义洲在帮百花园项目募集资金的协议上，有一条很多人都不知道，就是陈国涛质押了自己在长河地产 10% 的股份给刘义洲。谈判时，是刘义洲以没有质押物，无法向股东交代为理由，要求加的。陈国涛一开始不同意，但刘义洲知道他最后一定会同意。因为陈国涛太需要钱来解燃眉之急了，他又认定只要市政府一旦南迁，百花园项目完成盈利，那 10% 的质押就只是摆设。

可是，如今市政府南迁迟迟没有落实，百花园的丑闻越爆越多，警察紧追不放调查孔记民的死。这都让陈国涛看到了不好的苗头。

“冯威那档子事还没过去，如今启航和长河地产的生死捆绑在一起。晚辈都不怕，我这一把老骨头，自然也不怕。”陈国涛勾起唇角，眼底却一片冷意，“百易的建筑材料给长河带来那么大的损失，如果不是一家人，我也不会放弃追究。”

刘义洲微微一笑，眼角的余光扫到陈莹和陈母走了过来。他平静地看着陈国涛，回道：“我很愿意和陈总成为一家人。”

“好好好。”陈国涛旋即高兴地说，“后生可畏。以后长河地产也都是你们的天下了。”

陈莹听到父亲的话，不由得喜上眉梢。

“爸，您放心，我们一定会打理好长河地产，不会让您失望的。”陈莹在陈国涛的身边坐下，抱住他的胳膊撒娇，丝毫没注意到跟着自己一起走过来的陈母脸色一黯。刘义洲将她的反应尽收眼底。

晚饭的时候，陈海才懒洋洋地从楼上下来。看到刘义洲在座，他毫不掩饰地嘲讽一笑，轻蔑地说："又来我们家装孝子了？"

刘义洲从容一笑，并没有因为他的有意羞辱而有任何的难堪之色。

倒是陈莹，不悦地瞪了弟弟一眼。

"还真是女生外向，老陈你看到了吗？现在您闺女能为了一个男人这么瞪她弟弟，以后就能一起对付你这个老子。小心啦。"陈海故作夸张地说。

陈国涛的脸色一黯，陈母立刻打了儿子一巴掌。

"还不坐下吃饭？"陈母的语气里透着警告，不希望儿子再惹陈国涛不高兴。

"不吃了。"陈海懒洋洋地说，"现在家里的饭太好吃了，哪有我这个亲生儿子吃的份啊。就留给那些个私生子、上门女婿吃吧。"

"混账东西！"陈国涛气得将筷子拍在桌子上，脸色铁青，浑身发抖。陈母连忙上前，劝道："老陈，别跟孩子一般见识。"

陈国涛瞪向陈母，终于找到了发泄的端口，教训道："孩子孩子，都是因为你总是把他当小孩子惯着，才惯出这么个混账东西。"

已经走到楼梯口的陈海忽然停下脚步，嘲讽地说：“我是混账，您可以好好培养那些不混账的。”

“你……”陈国涛气得直咬牙，却奈何不了这个儿子。

陈海不以为然，溜溜达达地上了楼，全然不顾自己留下了什么样的烂摊子。

“爸，您别生气，小海他还没长大，以后我和义洲一定好好教导他。”陈莹连忙开口献殷勤，劝道。

陈国涛叹了口气，看向刘义洲：“犬子让你见笑了。”

刘义洲大方一笑，沉着地说：“年少轻狂是年轻人该有的姿态，我也是从小海这个年纪过来的。”

“小海要是有你半分，我就是死也瞑目了。”陈国涛微微叹息着说。

一句话，几个人却听出了不一样的意思。

不难听出，陈国涛对陈海还是寄予厚望的。如若不然，以陈国涛的性格早就让这个浑小子滚蛋了。

听在陈莹的耳中，这是父亲对自己男人的赞美，她美得不得了，梦想着有一天嫁给刘义洲，接手长河地产。而听在陈母的耳朵里，就是有人即将威胁到她儿子对陈家家产的继承。

一顿饭在各怀心思中吃完，刘义洲起身告辞，众人笑脸相送。陈莹是万般不舍，一副恨不得现在就跟刘义洲回家的架势。

刘义洲拍拍她的手臂，温和地说：“我先走了。”

陈国涛看在眼中，很是满意。陈母却觉得十分扎眼，和陈国涛回了房间，还不忘旁敲侧击。

“你真打算把女儿一辈子的幸福交到刘义洲的手上？”陈母一边擦保养品，一边问坐在床上看书的陈国涛。

陈母虽然已经年过六十，但容貌却年轻得犹如四十多岁。她透过镜子，看着丈夫，心里不禁发凉。她每天奋力地保养又能如何？还不是换不来丈夫的丝毫关注。

“我告诉你，你想要启航，我不反对。让莹莹嫁给刘义洲，我可不同意。”陈母一副嫌弃的样子，“一个男人能抛弃糟糠之妻，人品肯定好不到哪里去。”

陈国涛始终落在书上的视线蓦地抬起，冷冷地看向陈母。

她的话让他不快了，他反问道：“要不然呢？你想让莹莹嫁给那些你选的没用‘小开’？他们就能对莹莹一心一意？”

陈母意识到自己失言了，旋即收住话。

“我这不是担心他欺骗我家莹莹的感情吗？”陈母赔着笑脸，在床边坐下，“我听说他和他老婆还没离婚，这样就搭上了我家莹莹，说出去也不好听。”

“你不说谁知道？”陈国涛冷冷一笑，“你是真关心莹莹？”

陈母被问得一愣，不悦地反驳：“莹莹是我自己的女儿，我怎么会不关心？”

陈国涛将她的心虚尽收眼底，却懒得揭穿。

“你有时间在这里说这些废话，不如让你那宝贝儿子多争点气。我辛辛苦苦几十年的家业，自然不想交到外人的手上，但也绝不能交到一个败家子的手里。”陈国涛撂下狠话，掀开被子下了床。

陈母看着他离开，脸旋即沉了下来。

她的儿子是败家子，谁的儿子有用？

她赢了那个女人一辈子，绝不能在最后关头输给她。她原本想女儿争点气，帮着儿子把长河地产抢过来，显然女儿现在的心思都在刘义洲的身上了。

陈国涛撂下的这番话，显然在说她想多了。他并不想把家产交到外人的手上，也不想把家产交到陈海的手上，那就只剩下那个私生子了。

陈母一想到这个人的存在就恨得牙痒痒，她的眼神透着恨意。所有人都觉得她嫁了一个好老公，可以跟着他风光，可是谁知道她的辛酸、她的痛苦？

于继晨走进长河地产，前台查了预约，才放他进门。他走进办公区，遇见的员工没有一个人认识他，都是与陌生人擦身而过的态度。直到他来到陈国涛的办公室前，陈国涛的助理南辰是第一个对他展现热络的人。

“您来了？”南辰微笑着说，“陈总在里边等您呢。”

南辰是长河地产里唯一知道于继晨身份的人，他深知不能多嘴乱说，秘密到他这里也就算是守住了。

于继晨走进办公室。陈国涛一看他来了，立刻迎上来，拍了拍他的肩膀，笑呵呵地说：“过来了？一会儿中午咱们父子俩一起吃个饭。”

于继晨躲开他的手，脸色难看地看着陈国涛，像是在看什么敌对势力。

陈国涛的表情一僵，沉了脸色。

“孔记民为什么会死？”于继晨逼视着陈国涛，声音里含着怒意。

“你在质问我？”陈国涛不以为意，走到沙发边坐下。

“那是一条人命。”于继晨情绪激动。

“他不是自杀吗？还是你那个警察朋友调查的。”陈国涛拿起一旁的雪茄点燃，对于一条人命的态度格外地漫不经心。

“怎么会那么巧？我一把他要报道长河地产负面消息的事情告诉你，他就死了？”

陈国涛烦躁地放下雪茄，反问道：“你怀疑是我杀了他？”

于继晨没有接话，眼中却是情绪翻滚。

“你可以现在就去跟你的警察朋友说，是你把消息告诉我，我逼着孔记民撤掉新闻的。”

于继晨愤怒地拿出手机。陈国涛的神情一紧，喝道：“我是你爸！”

“到底是不是你害死了孔记民？”于继晨激动地问。

“不是！”陈国涛不耐烦地回道。

他的回话并没有什么信服力，不过于继晨还是迟疑着收起了手机。他知道自己在自欺欺人，只要陈国涛说一句不是，他就可以自欺欺人地觉得那条人命与陈国涛无关，与自己无关。

陈国涛松了一口气，示意于继晨坐下。待两人都落了座，陈国涛叹了口气，缓和了语气，说：“我知道委屈你和你妈了。你们再等等，陈海现在不争气，我打算让你接我的班。”

“还是留给陈海吧。我有自己的事要做。”

于继晨对陈国涛的财富没有半点的眷恋，这让陈国涛多少有点不悦，又有一些顺畅的舒服。没有人会真的喜欢窥探自己财富的人，即便那个人是他的儿子。他甚至知道，陈海希望他快点死了，好早日继承他的家产。

“我知道你帮爸是因为你孝顺。”陈国涛感叹地说，自己勾画出一幅父慈子孝的画面。

于继晨转头冷冷地看着陈国涛，一字一顿地说：“我帮你，是为了我妈。”

陈国涛被搡得尴尬，却还是压下了火。

“继晨，发生的所有事都不是我们的错。是刘义洲自己犯了错，我们就是要抓住别人的错，让他一错再错。也只有乘人之危，他才会感恩戴德地捧上你想要的给你，他才会感谢你。”陈国涛毫无愧色，在他看来每个人的因果都是源于自己，与其他人无关。

于继晨与陈国涛对视着，听他又说：“楚歌也一样。是她自己犯傻，非要一脚踩进来。这个世界从来都是能量守恒的，只有有人吃亏了，我们才能踩着他们一路往高处走。”

于继晨走出长河时，天已经阴了，像是要下一场大雪的样子。

街上的人行色匆匆，奔向自己的避难所。

于继晨看着站在不远处的人，停住了脚步。

是罗峰，他站在长河的楼下等了一个小时。

“我查过了，那个电话号码就是长河地产的。”

于继晨没有解释，站在原地看着罗峰走向他。

“是你把严熙要曝光长河的事情告诉陈国涛的？”罗峰又问。

于继晨的唇瓣动了动，依旧没有说话。

罗峰抬起拳头，猛地打向于继晨。他太生气了，这一下用了力气，打得于继晨踉跄了一下，唇角立刻有血丝渗出。

“对不起，罗峰。”于继晨抱歉地说。

“你为什么要这么做？”罗峰失望地看着他，“陈国涛给了你什么好处？”

于继晨再次沉默了，他不知道该怎么解释他和陈国涛之间的关系。于他而言，那甚至是耻辱。

“从今天开始，你不是我师父。”罗峰愤怒的吼声中夹杂着失望。可是，他在转身离开前，还是凝视了于继晨许久，即便到了这一刻，他还是希望他可以说一句实话。可是，于继晨没有，罗峰彻底地失望了。

“你告诉陈国涛，孔记民的事情，我一定会调查到底。”

这是罗峰第一次对于继晨说这么重的话，如果说前边的话都是气话，那么于继晨知道，这句不是。罗峰一向追求正义，他绝不会放弃对真相的调查。

于继晨并不紧张，他反而松了一口气，他也想知道真相到底是什么。

他抬头看向高耸的办公大楼，已是乌云盖顶……

争产局中局

楚歌比以前更加拼命地工作了，加班、熬夜、孤单，成了她生活中的主题。

已经过了下班时间，陆娇娇走进楚歌的办公室。

“楚总，两周后，百花园三期会举行动工仪式，到时候长河地产会正式对外宣布，启航将成为三期共同开发的伙伴。董事长会到场剪彩。”陆娇娇小心地打量着楚歌的脸色，她比谁都清楚，楚歌一直想阻止这件事情的发生。

“我知道了。”楚歌点点头，“你先下班吧。”

“还有一件事情。”陆娇娇站在办公桌前没动，继续说，“您让我调查冯威的事情，有了一些进展。听跟他一起工作过的同事说，他这个人的研发能力并不强，本来就是做些单位里混日子、打打杂的工作。只是，忽然有一天，他就辞职，成立了百易，生意做得风生水起，挖走了不少旧同事，他们还在感慨专心做科研有什么用，还得社交能力强才能发财。”

“开公司需要钱和人脉的。”楚歌狐疑地呢喃，“冯威到底是拥有哪一点呢？”

“他的旧同事也很奇怪，说百易刚成立的时候，办公的地方看着就很有规模，挖角旧公司的同事时，出手更是大方。以冯威当时的经济实力是不可能实现的。他们都怀疑冯威不是中了彩票，就是有人送钱给他。”

“百易最初的法人就是冯威吗？”楚歌问。

“没错。只是有一点挺奇怪的，我查到这家公司最开始并不是以研发建筑材料来赢利的，而是以倒卖建材来赢利的。”

楚歌震惊地看着陆娇娇，听她继续说：“大概是二十年前的时候，冯威用很低的价格拿到了建筑材料，再倒卖出去，赚了第一桶金。那时候冯月月还没有出生。”

“所以，冯月月并不知道她父亲身上的原罪。”楚歌感慨道。

“我们的人一直在追查冯威的供货商，但都没能查到。”陆娇娇遗憾地说。

“好，我知道了。”楚歌疲惫地叹了口气。事情到这里又卡住了。她总觉得只要查出冯威的贵人，一切谜题就都解开了。

陆娇娇把要说的话都说完了，才退了出去。

办公室里徒留楚歌一个人，她站起身走到窗边，看着窗外的华灯，才意识到天已经黑了。天黑之所以不可怕，是因为我们知道，很快就会迎来光明。她坚信，她想要的光明也不远了。现在全国都在反腐，陈国涛和他背后的大老虎必然不可能逍遥法外。所有人都只有在奉公守法的道路上前行，才能长久地走下去。歪路的尽头一定是悬崖，摔得自己粉身碎骨。

陆娇娇收拾好自己的工位，拿起手提包，刚要离开，就见不远处走来一抹高大的身影。他西装革履，昂首挺胸，面容冷峻。

陆娇娇的神色有些微恍惚，刘义洲已经走到了她的办公桌前。

“她在吗？”刘义洲压低的声音透着他特有的魅力。

陆娇娇微微敛目，回道：“在里边。”

话落，她悄悄地打量一眼他苍白的脸色，小声问：“您的身体？”

“我没事。”刘义洲说，“你先下班吧。”

“是，董事长。”陆娇娇应了声，走出工位时，转头偷偷看了刘义洲一眼。刘义洲全然没有留意，已经向楚歌的办公室走去了。

陆娇娇的眼中闪过一抹失落，快步离开。

刘义洲在楚歌的办公室门口停下脚步，手抬起良久，最终却没有落在门上。他不知道自己为什么会来，他就是想见见她。可是，一想到她就在里边，他忽然又失去了勇气。

他在门前站了良久，直到额上有细细密密的汗淌下，他还舍不得离开。身体的疼痛，让他觉得或许见她的每一眼，都将会是最后一眼。他的脑中有一股子冲动，冲进去，抱住她，义无反顾，什么都不再顾及。

就在这时，办公室里忽然传来了高跟鞋的声音。他一下子从自己的痴念中清醒过来，踉跄地奔跑到拐角处，躲了起来。他咬紧下唇，屏住呼吸，豆大的汗珠从他的脸颊上滴落。身体内的剧痛已经难忍，他的膝盖微微弯曲，马上就要承受不住摔倒在地。在他听到开门声的那一瞬间，还是咬牙忍住没让自己倒下。

楚歌关上办公室的门，总觉得周围有些熟悉的气息，她不解地转头寻找，却只是一场空。

这个时候，公司早就已经没有人了。她想自己是最近忙傻了，才会精神错乱地产生了幻觉。她再次抬步，快步向电梯间走去。

她的脚步声消失后，刘义洲才缓缓地跌坐在地上，整个人已经是精疲力竭，狼狈不堪，再也没有了往日的挺拔潇洒。

在楚歌向于继晨求助的两周后，于继晨帮她约到了杨守生。她如约而至，杨守生已经到了。已经将近八十的杨守生看起来也就六十岁，丝毫没有老态龙钟的样子，反而很有气势。只是，沉着一张脸，丝毫没有半丝老人该有的慈祥模样。

楚歌的心一沉，但还是笑容满面地迎了上去。

“杨总，您好。”她向着杨守生伸出手，杨守生却坐在那里没有动，黑着一张脸，横眉冷对。

楚歌笑笑收回手，落了座。

杨守生挥退自己的助理，助理从外边将门关上，杨守生才冷冷地扫向楚歌，厉声说：“楚小姐，我不知道你用了什么办法，让蕾蕾要死要活地逼我帮你，但我警告你，以后不要打我女儿的主意。”

楚歌只是微微一愣，便扯了扯唇角，微笑着不动声色。不了解情况的时候，最好不要轻易去解释。因为解释了对方也不一定会信，还不如安静地等着对方公布答案。杨守生既然约了她见面，肯定是有自己的目的。

果真，见她微笑不语，杨守生更怒了。

“这次我答应帮你，是看在蕾蕾的面子上，不过也仅限不站在刘义洲那一边。”杨守生几乎是咬牙说出这句话的。他叱咤商场多年，即便是创业初期，也没有人敢这么利用过他身边的人。眼前这个看似柔弱，又淡定得如商场老手的女人，居然利用他的女儿来达到自己的目的，这个仇他记下了。

“我听说杨总喜欢喝些白酒，我今天带了一瓶过来。”楚歌按了下桌子上的按钮，立刻有服务员推门走了进来。

“把我带来的酒倒上。”楚歌对服务员说。

“好的，小姐。”服务员一躬身，旋即进入操作间准备。

杨守生的脸色始终未见缓和，冷冷地盯着楚歌。楚歌却仿佛毫无知觉，始终面带微笑。于她而言，现在的局面已经比她预计的好很多。杨守生这老头极为唯利是图，所以他一直极为支持启航和长河地产的合作。能让他不站队在刘义洲那一边，已经算是他天大的让步了。

看来，她押宝在杨蕾蕾的身上，没有错。

很快，服务员端着倒好的酒壶和酒杯走了过来，摆在两人的面前。

“我敬杨总一杯。”楚歌举起杯。

杨守生冷睨着她，丝毫没有举杯的意思。

“杨总对我不满，我能理解。但是杨总，多个合作伙伴，多条路。想必杨总已经听说，我已经得到了蒋总的支持，也是我手里的太太团解决了上一次启航的危机。”楚歌面带微笑，拿着杯子的手始终举着。

“呵……”杨守生冷冷一笑，“楚总这是在对我旁敲侧击？”

“杨总可是误会我了？我怎么敢对杨总旁敲侧击？我只是希望杨总可以考虑一下，多个合作伙伴，多个选择。”楚歌将杯子送到唇边，将杯中的白酒一饮而尽，“如果我说了什么话让杨总不高兴，这杯酒当给您赔罪。”

“楚总何必如此？你应该知道，不站队，已经是杨某能做到的极限了。”杨守生冷声说。

刘义洲得到了陈国涛的支持，风头正劲不说，杨守生也是相当欣赏。他怎么可能在这个时候明摆着站在楚歌那边？除了刘义洲，陈国涛那里也频繁动作。说到底，他是看轻了楚歌，打心里觉得她不会是刘义洲和陈国涛的对手。

“我知道。”楚歌举起第二杯酒，“所以，这杯酒是我谢杨总的。”

话落，楚歌再次一饮而尽。她一放下酒杯，服务员立刻上前倒满，她便再次举起第三杯酒。

“这杯酒是谢谢蕾蕾的。”她说着再次一饮而尽。白酒辛辣的感觉这会儿已经扫过她肠胃的每一处，冲上了她的头顶。

“其实我很羡慕蕾蕾。”楚歌温和地笑看着杨守生，“她能有杨总这样一棵大树，无所顾忌地靠着。只要让她高兴，杨总再大的让步都肯做。可是，我的父母不同于杨总，他们只是小镇子上的普通老百姓，他们为我苦了一生。我不能在他们临老的时候，还凄惨地回家，让他们担心。所以，我想做他们的大树，想做杨总一样的人。”

楚歌再次举起杯，眼圈微微泛红：“按年纪来说，我可以做杨总的孩子了。可是，我却做了不尊重长辈的事情。在启航的事情上，我不奢望杨总能原谅我。我只希望杨总能喝一杯我敬的酒，接受一个晚辈对长辈的敬意。”

杨蕾蕾是杨守生的弱点，再加之楚歌的年纪确实跟他的孩子一般大，在他的眼里就是一个小姑娘。这会儿，这个小姑娘正红着眼圈求他，他哪里有不心软的道理？

杨守生到底还是举起了酒杯，与楚歌碰了杯。只是，他的唇才一沾到杯中的酒，就是一怔，随即连忙一口把一小杯酒喝下，吧吧嘴，回味一番，连忙问：“楚总这酒是从哪里买来的？”

今天喝的白酒，是楚歌特意为杨守生准备的。杨守生是做酒起家的，多年来，涉猎多个行业，但主业还是酒。她从杨蕾蕾那里得知，杨守生这一生什么都见识过，什么名酒都喝过，唯一让他念念不忘的就是以前没发迹时，街口那家酒坊里卖的酒。为了能每天喝点那里的酒，他还跑去酒坊打过工，也因此爱上了酒坊老板的女儿。酒坊老板的女儿经常会偷酒给他喝，杨守生那时候也是个文艺小青年，一喝完酒，就写诗给她。两人度过了年少时最为美好的日子。而刻在杨守生心里的不只是那段日子，还有那里的酒。后来，女孩家出了事，女孩的父亲下了大狱，杨守生的家里自然不敢再让孩子跟这样的家庭来往。杨守生那时候年少，自己大概也是怕了，在女孩最无助的时候，躲开了。后来，女孩嫁去了外地。再后来，又跟着丈夫去支援大西北。从那以后，女孩彻底留在了杨守生的记忆中……

楚歌初见女孩的照片时，发现女孩的样子居然与杨蕾蕾有几分神似。楚歌旋即明白过来，杨守生对杨蕾蕾的宠爱除了老来得女之外，可能还跟年少的恋人有关系。如今事业有成的杨守生，想起曾经自己对女孩的辜负，一定很愧疚吧？

楚歌没有回答杨守生的问题，而是从包里拿出一张纸，推到杨守生的面前。

“这里是酒的配方。她让我交给杨总的。”楚歌轻声说。

杨守生原本一直阴沉的脸僵了僵，所有绷紧的线条都垮了下来，一双因为年迈已经有些浑浊的双眼溢出了伤痛。

他颤抖着手，拿起楚歌递给他的纸片将它展开，一双布满皱纹的手颤抖得更加厉害起来。

“是她的字，我认得。”杨守生的视线被水雾遮得模糊，激动得浑身颤抖。

楚歌在心里轻轻地叹息，杨守生到底还是爱记忆中那个女子的，只是当时没勇气去爱。若非如此，时隔几十年，他怎么可能连对方的字都认得？这怕是这个叱咤风云一生的男人唯一的软肋，所以他尽情地纵容杨蕾蕾，以此来弥补内心的歉疚。但他没有勇气去找她，去见她，他怕面对自己曾经的不堪，更怕毫无遮挡地出现在她的面前，那滋味不亚于衣不蔽体地出现在人前。

“她说这一生最信任的人就是杨总。这个配方她保存了几十年，连最亲的人都没舍得给，就是怕糟蹋了。”楚歌又说。

“我辜负了她的信任！我辜负了她的信任呀！”杨守生一遍一遍地重复着这句话，泪水滚过他苍老的面容，满眼皆是悔恨。他把多年积压的情绪都在这一瞬间发泄出来了，激动得喘息困难，面容憋得有些扭曲，整个人瘫软了下去。助理吓得连忙上前，翻出药递给他。他吃了急救的药，才稍稍缓和过来。

“她还好吗？”杨守生颤声问。

楚歌微一迟疑，才说：“她已经过世了。”

杨守生一震，放在椅子扶手上的手蓦地收紧，激动地问：“什么时候的事情？”

“我去找她那天，在医院里见到了她最后一面。她知道我是为了您去的，很开心，将配方交给我后，没有任何遗憾地走了。”楚歌说。

“这一生，我到底是没有机会再见她了。”杨守生闭上眼，脑中闪过年少时，那个女孩笑靥如花的样子。她停留在他记忆中的模样永远都是十七岁。

良久后，他睁开眼，说：“配方我收下了，董事会上，我会站在你这边作为答谢。”

“我能帮两位跨越世纪的老人完成夙愿，已经很开心了，真的不求杨总如此回报。杨总只要做到和蕾蕾约定的，不站在刘义洲那边就可以。”楚歌的话听起来格外地真诚，但只有她自己知道，她煞费苦心所做的一切，为的就是杨守生能够支持她。

杨守生一摆手，坚持说：“我杨某人一生不喜欢欠别人的，这是你应得的。”

他欠了那个女人的，愧疚一生也没有勇气还清。所以，在那之后，他再也不愿意欠任何人的。

“那我就谢谢杨总了。”楚歌微微一笑，感激地说。

她送杨守生离开时，杨守生激动的情绪还没有平复。这一生，他大概每一天都在等待这一天的到来。这样的结局对于他来说，大概是最好的结局了。

楚歌看着他的车消失在车流中，才抬手打了一辆出租车，坐了上去。

这时，她的电话响了起来。她看了一眼屏幕上显示的号码，眼神沉了沉，接起电话。

“事情办得怎么样了？”她沉声问。

“楚小姐，已经办好了。一家三口已经出国了，今天走的，我亲眼看着他们上的飞机。”电话那头的男声沉稳而肯定。

“辛苦你了。”楚歌挂断电话，看向车外。这会儿的街道已经霓虹璀璨，迷人双眼。霓虹中，人们或是脚步匆匆，或是相依相偎，但是有多少是真实，又有多少只是虚幻呢？

就像是现在的她，她刚刚做了一件连自己都感动的事情。但一个电话，却让她忽然醒过来，那不过是个谎言，她为了达到自己的目的，编造出的谎言。

那位老人没有原谅杨守生，直到死都恨他。那张酒的配方，她确实珍藏了一生。先是“文革”期间，她担心配方被毁掉；后来孩子进了国企工作，也无心酿酒，这张酒的配方就彻底地压箱底了；再后来，儿子的生活不如意，也动了卖酒配方的心思，但老人的想法比较保守，她不能接受祖传的东西就这样被卖掉，死守着不肯交出。

楚歌去的那一天，老人已经奄奄一息，但是听到在心里记了一辈子的名字，她还是咬牙切齿，瞪圆了双眼，满眼的恨意。她说：“你去告诉他，我一生都不会原谅他。”她恨他，不只是因为他在最危难的时候抛弃了她，他还抛弃了他们的孩子。她离开时，已经怀孕，她写信求他别离开她，但他还是抛弃了她。她因为未婚先孕，受尽欺凌，最后这个孩子在磨难中离开，她嫁给了后来的丈夫。就因为丈夫觉得她嫁过去的时候就“不干净”了，所以丈夫心里有气，对她家暴就更是家常便饭。在她看来，这一切磨难的缘由就是那个始乱终弃的男人。

楚歌不知道杨守生到底有没有收到她的信，只知道结果是他们蹉跎，错过了一生，从最纯洁的爱到至深的恨……

老人死后，老人的儿子终于成功地拿到了酿酒配方，而楚歌又高价购得了它。楚歌还提出了送他们的儿子出国念书，如果他们想过去，可以一起过去，都由楚歌处理。他们自然开心地答应了，一家三口在母亲死后，开开心心地出了国。

“司机，找个花店停下。”楚歌说。

“好的，小姐。”出租车司机带着楚歌在路上一番穿梭后，在一家花店门口停了下来。

楚歌下车买了一束洁白的百合，又让司机带她去了海边。

她抱着百合花，走过松软的沙滩。夜风习习，吹过她的心头，是彻底的凉。末了，她在被海水润湿的沙滩上停下脚步，放下怀中的百合。海水一浪接一浪地打来，打湿了百合花。

她在老人的家里看到过老人有一张照片，就是在这个海边拍的。只是，那时候这座城市还远没有现在这么繁华。她听老人的儿子说，这是老人最喜欢的一张照片，平时总是拿起来看啊看。

楚歌想，老人还是想回来的，只是这座城市没有给她一个回来的理由。所以，她只能永远地把自己发配在那座住了几十年，仍旧觉得陌生的城市。而陌生源于没有爱……

楚歌对着百合花的方向，鞠了三个躬，抬起头来时，满眼的坚决。她唾弃自己的谎言，但她不允许自己再回头。她的底线是绝不作恶。

转身，她踏过软绵绵的沙滩，艰难跋涉，却一下比一下走得坚决。

在楚歌赢得杨守生支持的那天晚上，刘义洲再次进了医院，是徐征送他去的医院。当时王医生是从家里被“拎”来医院的，一见到刘义洲就大发雷霆，训斥他不知道爱惜自己。嘴上说得比谁都狠，但检查的时候却没有一丝马虎。

末了，刘义洲睡了，他才松一口气，叫徐征去了他的办公室。

“他必须立刻进行造瘘手术。他的肾脏再不透析，肯定坚持不住了。”

“就算是接受透析，他的肾脏也坚持不了多久，是不是？”徐征有些绝望地问。

王医生的神色黯然，纵使经历多了生死，当病人亲友问起这种话题时，他依旧不免难受。

“他的肾脏衰竭得很快。先透析吧，多坚持一天，就多一天找到合适肾源的希望。”王医生叹了口气说。

徐征的心里绞痛，难过地说：“他一辈子骄傲，你让他怎么接受腰上天天挂个尿袋子？”

“谁都不愿意接受别人异样的目光，不愿意走到哪里都一身尿液的味道。就因为怕丢人，命都不要了？”王医生被气得哭笑不得，这样的话他不知道对多少个病人说过了。

徐征的情绪这会儿也稳定下来了，他深吸一口气，说：“我会劝劝他的。”

他从王医生的办公室走出来时，只觉得全身的力气都已经被抽走。一直在走廊里坐到天亮，直到听见病房里传出声音，他才推门走了进去。

刘义洲已经起床，正从自己的公文包里找东西。见徐征进来，他一慌，手上的动作僵住。

徐征顺着他的手臂看去，看到他刚从包里拉出来的白色棉质物体。

刘义洲明明高大的身体，这会儿却佝偻着，英俊却苍白的脸上浮起无比的尴尬。

徐征的眼神一黯，滑过伤痛。

“我去给你买点早饭。”徐征说着快步退出病房，疾步向电梯冲去。

刘义洲看着他离开，自嘲地笑了，笑得鼻子泛酸，笑得红了双眼。他拿着东西的手不由自主地收紧，用力再用力，身体不受控制地跟着颤抖，他失控地将包甩了出去，白色棉质物跌落出来。是成人尿不湿，是刘义洲为了防止自己随时尿裤子，不得不穿的东西。这东西让他时刻觉得羞耻，却又不得不面对这个羞耻。这就是人生，你永远预计不到命运会让你面对怎样的难堪。

徐征全然不顾及路人的侧目，一个大男人在这个清晨泪流满面，哽咽得像个孩子。他忽然有种冲动，去找楚歌，把一切都告诉她。她的男人不是不爱她了，他只是不想以最不堪的形象面对她。

他在清晨的街头发疯地大叫，他的兄弟命都要没了，他却什么都做不了。他第一次觉得这么无力，任凭你有怎样的能力，也改变不了任何事，只能像废物一样不顾形象地发泄。

他回到病房是一个小时后，刘义洲已经如正常人一般坐在沙发上，正看着手机傻笑。

“什么事这么高兴？”徐征走过去，好奇地问。

刘义洲把手机递给他，是陈莹发来的信息，急切地告诉他，楚歌已经得到了杨守生的支持。

“楚歌竟然得到杨总的支持了。就是说，她如果能拿到你们共同持有的股份，就会成为启航的实际控制人。”徐征微微有些惊讶地说。

“上庭的事情准备得怎么样了？你有多少把握？”刘义洲拧眉问。

徐征耸耸肩，无奈地说：“你媳妇找了一个强劲的对手给我，这次我是遇上挑战了。”

“难得你也能遇上挑战。”刘义洲愉悦地笑笑，调侃道。

也不怪刘义洲会这么说，徐征虽然年轻，但是在律师圈已经是知名律师，没有几个人能及。他为人谦和，总给人一种人畜无害、毫无杀伤力的感觉。但他会埋头做足功课，找到对方的所有弱点。等上了法庭，对方后悔低估了他时，已经晚了。能让他亲口说遇上对手了，可见对方真的是个高手。

徐征看刘义洲调侃自己的样子，不忘给他泼冷水。

“你还笑得出来。你也小心了。那个女人打官司是出了名的疯狂，这次为了赢，一定会咬着你不放，指不定就给你编排点什么罪名。”徐征白他一眼，心想这官司不是你的事情吗？你怎么还能当成笑话调侃我呢？

刘义洲脸上的笑容瞬间消失，他自嘲一笑，说：“我的罪名已经那么多了，不需要编排。”

徐征的心情跟着一下子坠入了谷底，他看着刘义洲的眼神中，更多的是同情。

“义洲，你的身体再不接受化疗真的不行了。”徐征担忧地说。

“再等等，等我把想要做的事情都做了，我会出国去治疗。”刘义洲的语气淡然而笃定，并没有对死亡的恐惧，显然已经将一切计划好了。

“好。”徐征知道劝不了他，“还需要我为你做些什么吗？”

刘义洲摇了摇头，目光深远：“你去跟宋子涵谈谈吧。”

徐征微惊，还是点了点头，去见了宋子涵。

宋子涵起先不肯见没有预约的徐征，后来收到徐征写的一张字条，不只是见了他，还推掉了原本预约好的客户，把整个一下午的时间都留给了他。

宋子涵一反常态的表现，即便是她事务所里跟了她几年的老员工也猜不透缘由。只是知道，那之后宋子涵多了一个朋友叫徐征。

夜凉如水，楚歌穿着浴袍，手里拿着一杯红酒，若有所思地站在窗边。

她轻抿一口红酒，看着楼下的视线忽然一黯，秀眉紧锁。

只见，楼下一抹倩影快速进了楚歌家这个单元。即便是化成灰，她也认得这抹身影，是谷倩玲。但她知道，她一定不是来找自己的。果真，几分钟后，外边响起了敲门声，不过不是敲楚歌的门，而是敲响了于继晨家的门。

于继晨拉开门，看到门外的人是谷倩玲，下意识地皱眉。

“很失望？希望是楚歌？”谷倩玲不悦地问。

于继晨面无表情地问：“你怎么来了？”

谷倩玲的脸色有些难看，说：“我有事要找你谈。”

“进来吧。”于继晨让她进门，看了一眼楚歌家紧闭的门，才关上门。

谷倩玲在客厅坐下，左右打量一番，自嘲地笑笑：“你搬到这里来后，我还是第一次来。”

“今天怎么会过来？”于继晨倒了杯水递给她，自己也在沙发边坐下。

“没事我就不能来看看你吗？”谷倩玲红了眼圈，委屈地看着他。

于继晨没有接话，拧眉看着泫然欲泣的她。

这样的盯视，让谷倩玲最终败下阵去。

“我来是想告诉你，陈莹准备在百花园的项目剪彩后，就将楚歌彻底踢出公司。”谷倩玲说，“如果陈莹真的跟刘义洲在一起，你就没机会了。”

于继晨微微拧眉，沉声说：“你怎么知道的？”

随即，他反应过来，追问道：“你离开启航后，和陈莹一直有联系？”

谷倩玲迟疑一下，点了点头，说：“我是想帮你。”

“我知道。”于继晨格外认真地看着谷倩玲，“小倩，对不起。”

“怎么突然跟我说对不起？”谷倩玲有些不自在地问。

“我一开始就不该把你牵扯进来。”于继晨疲惫地深吸一口气，“小倩，既然你已经离开启航，就放下一切，重新开始生活吧。”

“我们已经走了这么远，你跟我说让我放弃一切？”谷倩玲握住于继晨的手，“到底为什么？”

于继晨看着急切慌乱的谷倩玲，眼中只有心疼。

“我觉得我们做错了，不应该再错下去。”

“不是！”谷倩玲激动地大喊，“错的人不是你，是陈国涛。”

“小倩……”于继晨拧眉看着谷倩玲。

“你是爱上楚歌了，所以你想回头，是不是？”谷倩玲歇斯底里地质问着，泪流满面，“可是她呢？她知道真相后，会原谅你吗？”

于继晨低头看着地面，沉默地等谷倩玲的情绪平静了，说：“时间不早了，早点回去吧。”

他边说边向门口走去，想要去给她开门。

谷倩玲看着他的背影，委屈地哽咽。她忽然站起身，快步冲了上去，抱住他的腰，将脸贴在他坚实的背上。

她哽咽着，泪水滑过她苍白的面容：“别爱上楚歌好不好？”

于继晨的脊背一僵，没有回答，却如同回答了。

他将她抱着自己的手臂拉下，转头看向她。

“早点回去吧。”他的声音依旧温柔。

谷倩玲离开后，于继晨一个人在沙发上坐下，透着伤感的双眼幽暗而深远。

清晨的早餐店里，楚歌就坐在窗口的位置。她在等人。

没多久，于继晨走了进来。

他们没有约好，是楚歌知道于继晨经常会来这里。

“请你吃早餐。”楚歌将餐单递给坐在对面的于继晨，“你看看想吃什么？”

“这顿早餐算是庆功宴吗？”于继晨揶揄地问。

“百花园三期的动工仪式后，我准备召开股东大会，正式提议罢免刘义洲。”

“你以后就是启航的董事长了。我一辈子的饭票问题是不是解决了？”

“于继晨……”

“要是嫌一天请我吃三顿饭太费钱，我可以自力更生两顿，你只请早餐就行。”于继晨耍赖地笑着，“女主人，好不好？”

“于继晨，我不是那个能一直陪你吃早餐的人。”

于继晨脸上的笑容退去，只剩下落寞。

楚歌从包里拿出一份文件，推到于继晨的面前，说：“我们基金会计划做一个关于声音治愈的公益项目，想要帮助偏远山区的自闭症儿童。我们很希望你可以成为这个项目的负责人。”

“为什么是我？”于继晨苦涩地笑了，“你都知道了，是不是？所以你觉得，我也需要自救。”

楚歌沉默地与他对视了好一会儿，才吐出一个字：“是。”

楚歌和于继晨去探望于母那天，天很晴朗。

于母坐在一棵大树下，远看以为是静静地坐在那里，近了才发现她在一个人自言自语地说着什么。直到走近，楚歌才隐约听清她模糊的声音。

她说："小晨，你要乖，要懂得讨爸爸喜欢。这样爸爸才会高兴，才会经常来看我们，才不会嫌弃我们……"

她的面容一会儿开心，一会儿又浮现哀伤，完全沉浸在自己一个人的世界中。他们在她的身边站了良久，她都毫无反应。

于继晨在她的身边蹲下，握住她的手，温和地说："妈，小晨来看你了。"

于母愣了下，仔细看了看于继晨，眼中一抹厌恶之色一闪而过，忽然恼羞成怒，一把甩开他的手。

"别碰我，你这个窝囊废，要不是你没出息，你爸爸怎么会讨厌我们？"于母的眼中全是浓烈的恨意。

于继晨尴尬地蹲在原地，脸色难堪。

楚歌也被这突然的变故惊住，还不待她多做反应，于母的视线已经向她扫来。

"你是谁？"于母眼神凶狠地瞪着她，"我知道了，你一定是他的女人，你一定是来害我的。"

她说着，眼中的凶狠已经转化成了恐惧。

"我已经不和你争了，你为什么还是不肯放过我？"于母瑟瑟发抖，小声嘟囔着。

于继晨站起身，喊道："护士，护士！"

有个护士由远及近地向这边奔跑而来，手里还拿着一条毯子。

很快，小护士气喘吁吁地跑到了近前。

"于先生，对不起，天气有些冷，我又想让阿姨晒晒太阳，就去取了条毯子。"小护士急切地解释一句，连忙蹲下身，把毯子盖在于母的膝盖上，握住她的手，柔声安抚道，“阿姨，别怕，我是小白。”

于母反手握住她的手，急切地说：“小白，我怕，你快把坏人都赶走。”

“好好好，阿姨别怕。”小白说着站起身，向楚歌和于继晨使了个眼神，然后装腔作势地喊，“你们赶快走，再出现在这里，别怪我拿棍子打你们。”

楚歌愣了愣，才反应过来，拉着脸色难看的于继晨迅速离开。

走出一段距离后，楚歌才松开他的手，再看向于母的方向。她已经靠在小白的怀中，安静了下来。那蜷缩的样子，像极了一个需要保护的孩子。

楚歌看着她的双眼中却没有半点同情，而是带着探究。

于继晨看着母亲的反应，眼中滚过哀伤：“是我没用，让她难过了。”

楚歌打量着他的侧脸，问：“她不喜欢你做手工音响设计？”

“没错。”于继晨唇畔自嘲的笑意更胜，“她觉得做手工音响设计不会有出息的，她希望我能从商。”

“人只有遵从自己的本心，才会大放异彩。”楚歌的眼底闪过同情之色，继续说，“如果我没有猜错的话，你做手工音响，学习声音治疗，都是为了唤醒于阿姨。”

于继晨看着楚歌的眼神中有感激之色，仿佛在说，感谢你懂我。

陈莹趾高气扬地走进咖啡厅，迅速找到角落里已经有人在等待的位置，走过去坐下。

“有事？”陈莹挑眉看着对面的谷倩玲，问道。

“你想知道楚歌为什么能得到杨守生的支持吗？”谷倩玲不答反问。

她的话一下子勾起了陈莹的兴致，她也想知道到底为什么杨守生就帮了楚歌。她还特意找杨守生的助理打听过，谁知道杨守生的助理守口如瓶地说是商业决定。她就想不通了，商业决定最明智的选择就算是不支持长河和刘义洲，也不能明摆着支持楚歌啊。所以，她一直就怀疑，根本就不是商业决定，一定是里边有什么不为人知的原因。

“为什么？”陈莹也不掩饰自己的好奇。

“因为杨守生最喜欢的小女儿杨蕾蕾疯狂地迷恋于继晨。”谷倩玲忽然有些想笑，自嘲地笑。她跟杨蕾蕾又有什么区别？

“你的意思是说，于继晨通过杨蕾蕾帮了楚歌？”陈莹狐疑地问，“他为什么这么做？”

谷倩玲的脸色难看，并不愿意回答这个问题。

“你别告诉我，于继晨爱上楚歌了。”陈莹难以置信地说，随即不禁鄙夷地笑了，“他不是一心想当孝顺儿子，在我爸面前好好表现吗？居然会犯这么低级的错误。”

“等等。”陈莹忽然觉得不对，说，“你对于继晨那么忠心，为了他不惜接近刘义洲。你为什么要把他的事情告诉我？如果我告诉了我爸，他这个野种就更没地位了。”

“他在陈家有没有地位并不重要。”谷倩玲凉凉地说。

陈莹了然地笑了，肯定地说：“你是希望我爸能阻止他对楚歌动情？”

“没错。我不相信他会为了那个女人放弃认祖归宗。”谷倩玲的眼中泛起狰狞的恨意。

“你还真够狠的。”陈莹轻蔑一笑，“为了得到他，不惜毁了他。”

谷倩玲对她的嘲讽不以为然，说：“我们大家彼此彼此。”

陈莹撇了撇唇角，眼中对谷倩玲的轻蔑不加掩饰。在她的眼中，谷倩玲这个于继晨的“外搭”更加低级。她不禁嘲笑于继晨看人的眼光，他信任的人这么快就为了一己私欲出卖了他。

她就觉得私生子登不了大雅之堂，还真是。但是，不管她怎么鄙视谷倩玲，今天谷倩玲都传递了一个重要的消息给她。她要立刻去把这个消息告诉父亲，让于继晨彻底没有立足之地才行。

陈莹离开咖啡厅，立刻去了长河地产。

陈国涛的助理南辰看到她来了，先是一愣，随即起身阻拦。

“陈小姐，陈总在见客，现在还不方便见您。您去会议室等一下吧，一会儿陈总见完客，我再去请您。”南辰说得再委婉客气，还是改变不了他有意阻拦陈莹的举动。

陈莹随即生疑，问：“我爸在见什么人？我都不能进去？”

“这个……”南辰迟疑地没回答，表情为难。

办公室里，陈国涛正失望地瞪着于继晨。

“出息了，连杨守生你都认识。为了楚歌，你连我这个爸都不认了？”

“与楚歌无关，我想做自己的事情了。”于继晨的语气极为平静，可见他是真的决定了。

“我知道你喜欢自己鼓捣点电路板什么的，但你不能每日拿个烙铁焊焊接接就满足了。楚歌那种女人，就算是离开刘义洲，也不会看上你干的这种工作。”陈国涛想像个父亲一样指引儿子人生之路，但他的语气里透着的轻视，让于继晨微微一皱眉。

陈国涛气得胸膛起伏，见于继晨一点动容的反应都没有，又缓和语气劝道：“你焊接的是什么来着？你如果喜欢，可以当个爱好，我找一家工厂给你投产。”

“不用了。我都是根据客户需求设计手工音响设备，没办法大批生产。”于继晨平静地拒绝，但只有他自己知道他内心的波澜。一个人的语言再动听，他的话语中透露的对你的不了解，都出卖了他对你的不关心。

陈国涛再次沉了脸，他已经示好，于继晨却还是油盐不进。

“您保重，我先走了。”于继晨对着陈国涛深深地鞠了一躬。

于继晨从办公室里走出来时，陈莹正焦急地等在门口。两人四目相对，陈莹眼中有的是探究，于继晨有的却是不动声色。

陈莹快步走了过去，死死地盯视着他，压低声音质问道：“你怎么会到公司来？”

于继晨轻蔑一笑，拉了拉衣襟，越过她离开。

陈莹的心里不满，却不敢在陈国涛的办公室门口放肆，只能双眸喷火地看着于继晨潇洒地离开，才推门进了陈国涛的办公室。

陈国涛一见她这个时候来了，问："怎么会这个时间来公司？"

至于对她是不是会碰见于继晨，陈国涛并没有一点在乎的神色。这也是陈莹心中最恨的地方。陈国涛在家里从来都是光明正大地让他们知道，他有外室。如果不是他想要维护公众形象，只怕早就把那母子俩接回家了。

她在心里狠狠地想，没关系，野种就是野种，她绝不会让他们母子得逞的。

"爸，我有重要的事情要和您说。"陈莹在办公桌前坐下。

"什么事？"陈国涛问。

"是关于于继晨的。"陈莹小心地说。

陈国涛闻言，脸色一沉。陈莹的心里不禁咯噔一下，这是她对父亲与生俱来的畏惧。她一直觉得，父亲其实是谁都不爱的，他只爱自己。所以他才能对自己的妻儿冷漠无情，任意伤害。她从小就知道，她做得再好都不能讨得他的欢心。她想只要努力成为他的得力助手，完成他给的任务，他应该不会亏待自己的。所以，她不能连这个得力助手的位置都被于继晨抢去。

"杨守生之所以会帮楚歌，公然和我们作对，是因为于继晨。"陈莹故作难过地说，好像对这个被一直养在外边的弟弟还很有感情。但只有她自己知道，她是做给父亲看的。她不能让父亲觉得她别有用心，觊觎他的家产。

她小心地打量着陈国涛，等着看他愤怒的样子。可是，她最终失望了，陈国涛表情平静地看着她，说："我知道。"

她一愣，难以置信地看着父亲，刚刚装出来的伤心模样全然不见了。

“你只需要做好你自己的事情。”陈国涛冷声提醒，“小晨那边，他自有判断。”

陈莹缓和了一下，才结巴地发出声音：“知道了……爸。”

陈莹出了长河地产后给母亲打了一个电话，她满心的怒气和不平。她想不出一个理由，父亲为什么会对于继晨做的事情丝毫不在乎。

电话响了好一会儿，陈母才接起。

“莹莹。”陈母应声。

“妈。”陈莹委屈地将今儿发生的事情说了一遍。

陈母听完，旋即怒气高涨：“这种事情你为什么不和我商量一下就去找你爸？”

“我……”陈莹撇撇嘴，解释说，“我也是觉得这件事情他赖无可赖，才去找了爸。”

“你是不是傻啊？谷倩玲和于继晨那种关系，会真的出卖于继晨的消息给你吗？”陈母有些怒其不争，不禁绝望地想，自己的孩子恐怕加在一起也不是于继晨的对手。

陈莹挂断母亲的电话，强忍着怒气，又约了谷倩玲见面。她觉得母亲说得有道理。所以，她是让谷倩玲和于继晨合伙算计了。

而另一边，陈母挂断电话，眼神不禁发狠，她捏着茶杯的手用力再用力，似恨不得将手中的茶杯捏碎，来发泄自己心中对那母子俩的恨意。

陈母这会儿正坐在一家茶楼的包间里，周边清幽的环境与她发狠的眼神形成了强烈的反差。即便如此，她的面容也是端庄平静的，丝毫不见狰狞。这时，门口传来了脚步声。她的眸光一闪，就拭去了恨意，恢复淡然，一副贵妇闲来无事喝茶的模样。

门吱呀一声被服务员推开，西装革履的刘义洲从门外走了进来。

“陈夫人，久等了。”他微微一笑，在她的对面坐下。

“你约我来有什么事？”陈母微微一笑，问得温和却格外直接。她从来都是个精明的女人，她知道刘义洲不找陈莹，不找陈国涛，而选择找她这个家庭主妇，就必然有目的。

“我希望能得到陈夫人的鼎力相助。”刘义洲的语气从容，却透着不容置疑。他从包里拿出一沓照片，递到陈母的面前。

陈母看着照片一拧眉，照片中的女人是于继晨的母亲。她冷着脸，坐在大树下，谷倩玲站在一边。

“你给我看这些是什么意思？”陈母不悦地问。

她早就已经知道这个女人的存在，不需要任何人提醒她，来证明她的婚姻有问题。

“您仔细看这些照片。”刘义洲提醒道。

陈母虽然不悦，但还是又仔细看了看他给的照片。随即，她的眼神蓦地一闪，惊讶地又看了看照片，抬头看向刘义洲：“她没疯？”

刘义洲没有接话，只是保持着微笑。

“这个贱人，居然给我装疯卖傻这么多年。”陈母恨得咬牙切齿，如果当年不是因为她疯了，她肯定不会放过她。也是因为她疯了，于继晨和陈国涛的关系才缓和下来。当她知道这一切的根源都是个骗局的时候，她只觉得自己聪明一世却被人给愚弄了。

“陈夫人打算怎么办？”刘义洲如一个看客般，漫不经心地问。

陈母这会儿已经恢复淡定，笑着说：“你觉得我应该怎么办？”

“和我合作，我保证陈家一定是陈海的。”刘义洲从容地说，并不急着说服陈母，因为他知道和聪明人说话，不需要费力，他们都懂得利益取舍。

陈母打量了他片刻，唇角扯出一抹冷笑，肯定地说：“你就没打算娶莹莹。”

“我有太太，重婚罪是犯法的。而且，这不是陈夫人想要的结果吗？”刘义洲不以为然，淡定地反问。

“你别忘记了，我也是莹莹的母亲。”陈母有些许的愤怒。但刘义洲却读出了这些情绪除去一个母亲的爱以外，还有愧疚。从那天陈国涛表示对他的重视，他就看出了陈母的特殊情绪。她并不希望陈家落到他这个外人的手里。或许是重男轻女的简单想法，抑或是陈国涛的不忠，让她失去了安全感。她怕陈家的财产落到除了她儿子以外的其他人手里，她都会什么也拿不到。所以，那天他就决定要和这位陈夫人谈一场交易。

一番思量后，陈母抬起头，问：“你想得到什么？”

“我想让启航在 A 股上市。”刘义洲的神情笃定，志在必得地说。

“启航原本不是要在新三板上市吗？”陈母不解地看着他，“而且你不是听老陈的，把递交证监会的材料都拿回来了吗？”

陈母一惊，长河地产是A股公司。

“陈夫人不用怀疑我的意图。您只需要知道，我们可以成为最佳的合作伙伴。您得到您想要的，我保住我想要保护的。”刘义洲顿了顿，又说，“于英能装疯十几年，可见她对长河地产一定是志在必得。如果我没有说错的话，于继晨现在也极为得陈总的重用。对于您来说，长河的归属很重要。但对于陈总来说，于继晨和陈海既然都是他的儿子，谁能守住他打下来的江山才是最重要的。”

陈母听得脸色铁青，刘义洲的话很明显不客气地在说，她的儿子陈海是个废物。她想恼怒不让说，却又觉得做这些争辩是无用的挣扎。就算是她今儿骂跑了刘义洲，也提升不了陈海的能力。她能做的就是帮他守住陈家的产业。

她压下所有情绪，端起茶杯，说：“合作愉快。”

刘义洲满意地笑了，端起自己的茶杯，与陈母碰了碰。

绝地反击

陈莹一进餐厅，不等谷倩玲反应，端起桌子上的水杯就冲着谷倩玲泼了过去。

谷倩玲一惊，躲闪不及，一杯水都泼在了她的脸上。

脸上的水让谷倩玲清醒过来，她气得浑身直哆嗦，生气地问：“你干什么？”

“回去告诉于继晨，别以为他讨得我爸 时的欢心，就可以一步登天了。他永远都是个野种！”陈莹满眼的嫌恶，狠狠地说。

谷倩玲咬牙看着她，水流过她的睫毛，模糊了她的视线。

“野的家的不重要，重要的是法律承认他的存在，他既然有陈家的血脉，他就有资格和你们平分陈家的一切。”

“终于露出真面孔了？”陈莹更加认定她是被谷倩玲和于继

晨算计了。

“随便你怎么想。”

谷倩玲垂在身侧的手攥得紧紧的，如果不是这般抑制，她已经冲上去掐死陈莹了。

陈莹没时间跟她争辩，狠狠地瞪了她一眼，随即转身离开。

谷倩玲像被钉在了椅子上似的，她仿佛看到了周围的客人都在放肆地狂笑，在嘲笑她。

这时，餐厅的门被推开，有人走了进来，在她的旁边坐下，一张面巾纸递了过来。

谷倩玲抬头看到楚歌平静的面容，没有接她递过来的纸巾，而是愤恨地看着她。

“你是来看我笑话的？”谷倩玲的声音里含着怨恨。

“你有什么笑话让我看？看小三和小四掐架，来证明我找了一个风流的男人吗？”楚歌自嘲地笑着反问。

楚歌见她不接纸巾，抬手帮她细致地擦去脸上的水。她的表情认真，动作轻柔，仿佛两人是好姐妹一般，根本不是昔日的情敌。

谷倩玲哆嗦了一下，拿过纸巾，心有余悸地擦去脸上的水。

“你想让我帮你做什么？”谷倩玲问。

“不。”楚歌否定她的想法，“是我帮你。”

谷倩玲拧眉，不解地看着楚歌。她有什么值得她帮的？她又怎么会知道她想要什么？

楚歌微微一笑，笃定地说：“我帮你回到陈家。”

谷倩玲一怔，眼神慌乱地闪动一下，说："我听不懂你是什么意思。"

"谷倩玲，我都知道了。"

"你知道继晨是陈家的孩子了？！你想帮他，为什么不去跟他说？"

"不是，不是帮于继晨。"楚歌注视着她，"我说的是你。"

谷倩玲瞠目结舌地看着她，慌乱地辩解："陈家和我有什么关系？"

"我没有告诉于继晨。"楚歌把她的反应尽收眼底，竟有些同情她。她和于继晨都是畸形的关系下受害的孩子，而制造这场悲剧的陈国涛才是罪魁祸首。她看不起任何的婚外情，即便打着爱情的旗号，说得多么冠冕堂皇，她依旧看不起他们。基于爱情之上的应该是责任和担当，以自己的欲望为基准的所有情感都不会是伟大动人的。

"你怎么会知道的？"谷倩玲攥紧衣襟，紧张地看着楚歌，"你调查我了？"

"你和于继晨摆了那么大的局给我，我调查你们不应该吗？"楚歌轻蔑地一笑。但只有她自己知道，她这会儿心里的痛。和刘义洲的婚姻走到尽头，她痛不欲生，幸好有于继晨的帮助。她一直将这个忽然出现的男人当成是上天的恩赐，只是，他并不是来帮她解脱的骑士。

"你是打算利用我和继晨。"谷倩玲愤恨地瞪着楚歌，"我不会让你利用他的。"

“利用他的不是我，是你们母女俩。”楚歌盯视着不知该如何是从的谷倩玲，“于英装疯卖傻这么久，也是时候让她清醒一下了。”

谷倩玲绷直的身体瘫软在椅子上，她和于英所有的底牌都被翻出来了，她无力再辩解。

楚歌看着谷倩玲仓皇逃走的背影，一点开心的感觉都没有。她回想起知道这个消息的那一天，她在办公室里坐了大半夜。那一夜，她想了很多事，回忆和未来都有，但更多的是发自心里的悲伤。原来，他们所有人都不能幸免地在局中。对于继晨的恨在那一夜消失殆尽。不管他曾经做过怎样的事情，都不需要她再报复他。命运给他的报复，他怕是已经不能承受了。

在她和谷倩玲谈完的第二天，她接到了一个电话，是于英打来的。她的声音没有一点的痴傻，反倒是精明厉害。

楚歌不禁想，这样的人能装傻多年，也真是厉害。

于英约了她在疗养院见面，说要找她谈谈合作。看来，她对自己的亲生女儿倒是真的爱护，生怕楚歌会把谷倩玲生吞活剥了。

楚歌离开公司去赴了于英的约。再见她，是在病房里，于英正痴痴傻傻地坐在沙发上。

楚歌不禁在心里冷笑，还真是时时刻刻都在伪装。她转身将门关上，锁好，走到沙发边坐下，于英才收起脸上的痴傻，狠狠地瞪向她。

“你不用这么看着我。”楚歌面带微笑，语气轻松，“说不定我会是那个帮你完成心愿的人。如果我没有利用价值，你也不会冒险见我。”

“你有什么计划？”于英也不绕弯子，直截了当地问。

“三天后，是陈国涛的百花园项目三期的启动仪式。我希望到时候于阿姨可以出席。”楚歌说。

“你想告诉所有人，他是怎么把我逼疯，又弃而不管的？”于英冷笑着反问。

“不好吗？他让你痛苦这么多年，你也让他丢一回脸。”楚歌说道。

“如果我能这么做，我为什么还要苦心经营这么多年？”于英嗤笑，她还以为楚歌有什么好点子，敢情就是利用她让陈国涛丢人啊。

“我知道，你当初处心积虑地把自己生的女儿换成儿子，也是因为陈国涛一直没有儿子，你想母凭子贵。可是，你没想到你还没出月子，陈夫人那边就怀了二胎，而且一生就是个儿子。你想利用儿子上位的梦想彻底破灭了。”楚歌定定地看着已经泪流满面的于英，她知道，自己都说对了。

“是，没错。我知道他想要个儿子，所以我忍痛把自己的宝贝女儿送到了山里去，养了别人的儿子。”于英的唇瓣颤抖，“他明明告诉我，他很喜欢我们的儿子，他要培养我们的儿子成为他的继承人。就是因为那个女人的哥哥可以帮他弄到几乎不用花钱的建材，我就只能忍气吞声。”

楚歌一震，追问：“你说陈国涛早年是做建材起家的？”

“你不知道吧？”于英嗤笑，继续说，“他为了避免出事，扯出他和那个女人的哥哥，就让一个跟他没有任何关系的人当名义上的老板。那人还一直把他当成恩人，一心一意地替他打理生意。他这才赚到钱，搞后来的房地产事业。”

楚歌只觉得大脑轰的一声，她一直在追查的人居然是陈国涛。

“他喜欢聪明稳重有规矩的孩子，我就教导小晨说话声音不能太高，吃饭的姿势都要练到有板有眼。可是，命运对我何其不公，我为他付出这么多，就因为那个女人的哥哥有用，他就看都不愿意看我们母子俩一眼。”于英恨得咬牙切齿，可见这些年她憋得有多难受，要不然也不会一下子跟楚歌说了这么多。可是多说多错，她以为并不重要的几句话，对于楚歌来说，却是非常重要的线索。

“命运是不公，是对于继晨不公。”楚歌并不同情她。因为于英的所有可怜都是她自己造成的。但是，她却毁掉了于继晨。

“如果不是我，他能好吃好喝地生活在大城市？反倒是他，一点都不争气，去做什么手工音响。他爸爸怎么会喜欢他？”于英并不觉得自己有错，反而觉得自己的决定是对于继晨的恩惠。没有她，他留在山里，只怕连书都念不起。于英从来都只觉得亏欠了女儿谷倩玲，却从来不觉得对不起于继晨。

楚歌看到丢在角落里的音响，心里狠狠一疼。

“他不是不争气，他是心疼你。他自己去做音响，拼命地研究声音治愈，企图把每个音色都控制在最完美的范围内，他以为只要这样就能唤醒你。可是，他错了，他永远都不可能唤醒一个有心骗他的人。”

楚歌知道她说再多都没有用。像于英这种作恶的人都有自己的理论，她能心安理得地漠视对别人的伤害，永远觉得自己是受害者。说白了，她并没有一个活在这世上的人该有的羞耻心。

“你走吧。我不可能毁掉我忍辱负重多年的成果。如果不是因为我当年疯了，那个贱人也不会停止对我的迫害，陈国涛也不会因为对我的愧疚而决定培养小晨。如果让他知道我是装疯，他一定不会放过我们的。”于英不耐烦地说。

“你放心，你只要继续装疯，被我利用就行。到时候，所有人都知道你有个儿子是陈国涛的，你又疯了，他迫于舆论的压力，也要照顾你和你的儿子。退一万步说，就算是他没这个善心，你都疯了还被我利用，他也只能是心疼你。”楚歌看着于英的表情一点一点地变化，继续说。“不管这件事情顺利不顺利，背叛你的男人都会受千夫所指。”

“你说得对。”于英满意地笑了笑，一双媚眼中闪烁出凶狠的光。

楚歌本不想再骚扰冯威的家人，但事关重大，她只能再找一次了。这次，她没有去找冯月月，而是找了冯威的太太。

咖啡厅里，冯太太看着她的眼神透着提防。

楚歌微微一笑，说："您放心吧，我没有联系过月月。"

她理解冯太太的心情，做母亲的，最想保护的无外乎是自己的孩子。这件事情牵扯得连冯威的命都没了，她肯定害怕月月再深受其害。人生有的时候很悲伤，你不得不做一些痛心的妥协来保护想要保护的。

冯太太眼中的提防散去了些，说："楚小姐有事就说吧。"

她很清楚，楚歌大老远地跑来找她，不可能没事。

"当年冯威的贵人就是陈国涛。"楚歌直接点题。

冯太太一惊，她的反应很好地说明了楚歌的怀疑。冯太太也立刻意识到自己的反应过激，赶紧说："我不知道陈国涛是谁。"

"冯太太怎么可能不知道陈国涛是谁？长河地产可是百易最大的客户之一，也是长河地产因为建筑材料不合格向百易发难，百易才走到了今天。"楚歌有条不紊地说。

"你们不是已经接手百易了吗？公司的事情就不用和我说了。"冯太太明显心虚。

"你难道就一点都不想为冯威做些什么，让他死得瞑目吗？"楚歌紧紧地盯着表情紧张的冯太太。

冯太太被她盯得窘迫，忽然就恼怒了。

"他最大的希望是女儿过得好，请你们这些人别再来骚扰我们母女了。"冯太太恼怒的样子看似凶猛，却把她的脆弱和恐惧暴露无遗。

"你呢？你希望他就这样白死了吗？"楚歌淡淡地问。她看得出冯太太的纠结，面对冯威的死，她并不能心如止水。

这么多年的夫妻，怎么可能不心痛呢？自己和刘义洲只是离婚，就已经伤得体无完肤，而冯威和冯太太却是生死相隔，可想而知她的痛和恨。

“冯太太，我也不想逼你，也逼迫不了你。但是我看得出，如果不能还冯威一个公道的话，你一辈子都不能安心。”楚歌温和的声音一字一字地敲打进冯太太的心里。冯太太的泪水涌出眼眶，这些日子以来的坚强全都在这一瞬间崩塌。楚歌说得没错，她保护了女儿，但对自己的男人却会觉得一辈子不安。

“冯威自杀前，给我发过微信。他说，对不起老婆，我再也保护不了你们了。要拜托你保护好女儿和自己了。”冯太太说到最后，声音哽咽得难以抑制。

“这么说，他是自杀？”楚歌问。

“他是被陈国涛所逼才自杀的。陈国涛知道上边有人在调查工厂违规用地和排污超标的事情，所以他逼着我老公把这件事情了结，要不然就别想我和女儿能好好地活着。可是，人活着怎么能了结这件事情。他自然害怕我老公一旦被抓进去，会供出他，所以逼着我老公自杀来安他的心。”冯太太满含泪水的双眼含着恨，如果她有能力，现在只恨不得去亲手杀死陈国涛。

楚歌抽了一张纸巾递给冯太太，看她擦去脸上的泪水，才继续问：“既然是陈国涛逼死冯威的，为什么冯威会跑去启航跳楼？月月为什么会认定两次投资百易的启航是害死父亲的元凶？”

“对不起。”冯夫人抱歉地看着楚歌，歉疚的神色漫过了她眼中的哀伤。

陈国涛携着妻女，满面笑容、春风得意地走进了会场。在记者会后，百花园三期项目会正式启动。

楚歌坐在第一排的位置上，在心里轻蔑地笑了。不知道的还以为这家人有多和睦呢。实际上内部的斗争和恶心，只有他们自己知道。

陈国涛扫了她一眼，唇角微微上翘，虽然没有将对她的不满表现出来，楚歌却也看出了他对她的厌恶。可是，有什么关系呢？她本来就厌恶他，而且今天还会让他更不痛快，让他在全市的媒体面前不痛快。

严熙也来了，她与楚歌相视而笑，不需要解释，不需要言语。楚歌从严熙的眼神中看到了谅解。

楚歌落座后，刘义洲缓缓走进会场。因为他们是一家公司的董事，在外人面前又是夫妻，位置也被安排在了一起。

楚歌听说，原本刘义洲也被邀请上台，但被他谢绝了。

他利落地在她的身边坐下，唇畔勾起一抹好看的弧度。

“董事长今天的心情不错啊。”楚歌有点冷嘲热讽地说。

刘义洲忽然一弯身，唇贴在她的耳畔说：“等着看你的好戏，心情岂能不好？”

楚歌一拧眉，他这话是什么意思？意思是说他知道她要做的事情吗？

还不待她多想，主持人已经上台，宣布今天的仪式正式开始。陈国涛春风得意地讲着他为中国房地产事业的腾飞做出的卓越贡献。除了百花园这种纯住宅的小区外，他还打造了商业类型，就是把商铺卖出去，再帮助业主出租，以达到一铺在手，无忧赚钱的效果。然而事实上，各地很多长河地产建的商圈，最后都不肯返租。而业主想追究时才发现，他们根本追究不到长河地产。

楚歌忍着恶心听陈国涛发表完他的言论，唇角缓缓勾起一抹笑，好戏即将登场。她的视线扫向最后一排，于英和照顾她的小护士正坐在角落里。于英满眼的恨意，但见自己该登场了，这个充满心机的女人立刻又掩下了自己的恨，眼神变得痴痴傻傻起来。

楚歌冷冷一笑，忽然想起于继晨形容母亲时的样子。大概在每个孩子的心里，自己的父母都是善解人意的善良人，可是事实呢？

对于于英今天的结果，楚歌并没有任何的同情。说白了，这么有心机而又狠辣的一个女人，在与陈国涛的那段感情里扮演的是狼还是羊，尚且难说。她还没有笨到同情心泛滥地去同情于英这样的人。

就在陈国涛打算宣布启动仪式正式开始时，于英身边的小护士忽然站起身，高喊："等一下！"

这个小护士是楚歌花了大价钱收买来的，于英要装疯卖傻，总要有个照顾她，并且同情她的小护士现身说法，才更有说服力。

她响亮的声音在安静的会场里显得尤其突兀，前排正在不停地、公式化地按着相机快门的记者闻声，个个都是眼睛一亮。他们的职业本能告诉他们，接下来要发生的才是大新闻。

谁都没想到会有这样的突变，更不会想到有一颗定时炸弹。

楚歌觉得这不能怪别人，陈国涛如果进场时能注意到于英，或许接下来的事情就不会发生了。

陈国涛因为这打破他美梦的一声，才看向于英的方向，表情一僵。纵使他身经百战，向来喜怒不形于色，这会儿也束手无策了。他冲过去制止，显示自己心虚，反而给媒体更多的材料写；可是，如果不制止，显然对方是为了让他身败名裂而来。

楚歌并不奇怪他的反应，转而看向陈夫人。她倒是很好奇一向护夫心切的陈夫人会是什么反应。她和陈国涛这么风光的日子，她就眼睁睁地看着小三来砸场子？

只见，陈夫人坐在原位上，动一下的意思都没有，冷冷地盯视着台上的陈国涛，似在用眼神质问他。陈国涛连连给她使眼色，希望她这会儿能站出来解自己的困局。很可惜，一向跟他心连心的陈夫人居然一点触动都没有。

陈莹倒是沉不住气地要起身，却被她身边的母亲一把拉住。陈莹不解地看向母亲，陈夫人向她使了个眼色，像是在对她说，不要轻举妄动。

这一刻，楚歌仿佛在陈国涛的眼中看到了众叛亲离的痛。本来有两个女人围在他的身边，为他要生要死的，可是，忽然这一瞬间好像都掉转了枪口来对准他。他仿佛做了一场噩梦，在无声地挣扎着，想从梦中惊醒。可是，这不是梦，小护士推着“痴痴傻傻”的于英，一字一句清晰地说着陈国涛的浑蛋过去，如何辜负了于英，让她痴心成疯。

当然，这还不是重点，有钱人外边有人谁稀奇？只是没遇见过于英这么疯狂的而已。陈国涛稳了稳心神，忽然有两行泪水涌出他的眼眶，他痛哭流涕地冲向了于英。

他握住于英的手，哽咽着说：“小英，原来这些年你都住在疗养院里，难怪我找不到你。”

楚歌见此情景，差点没忍住笑。陈国涛没当演员还真是可惜了。

记者见此情形，连忙发问：“陈先生，您能说一下您和这位女士的关系吗？”

陈国涛抹了一把眼泪，哽咽着说：“她是我青梅竹马的爱人，在我出外打工的那一年，我们失散了。我以为这一生再也见不到她了。”他说着抬头看向小护士：“小姑娘，谢谢你能带她来这里，让我有生之年还能见见她。尽管我已经成家，不可能再与她行嫁娶之礼，但照顾她的余生是我接下来的责任。”

小护士一听也慌了，下意识地看向楚歌的方向。

楚歌一拧眉，是她忽视了陈国涛的脸皮之厚。的确，小护士的台词里没有两人私生子的年纪，也没说于英是小三。可是不对啊，她明明交代了小护士要说陈国涛和于英是婚外情的事情，小护士怎么会没说？

她恍然大悟，想必今天小护士说的台词都是于英教的。

她身边的刘义洲忽然说：“你找来的人不但演技不行，对你也没有什么忠诚度。”

楚歌愤恨地转头看向他，他这会儿唇畔勾着笑，有点幸灾乐祸的样子，让她不禁想起曾经每次他逗弄她时，也是这个模样。

他们之间的气氛融洽得就像是回到了那些年——他们还被誉为“投资双侠”的时候。

楚歌晃了晃头，把自己从错觉中拉出。

刘义洲继续说：“看来你交给她的证据，她不会拿出来了。”

楚歌的心里又是一惊，他真的什么都知道了。没错，她把冯家证据的复印版给了小护士，但是没告诉于英。按说小护士自己是不会突然不拿出证据的，只有一个可能就是于英知道后，阻止了小护士。

她的心一凉，是她低估了敌人。于英等了这么多年，她不可能完全信任她，把身家性命交到她的手上。

今天于英的目的是达到了，而她的目的是很难实现了。

她的心情阴了下来，如果错过了这次机会，只怕以后再难有机会了。就在她心情沮丧之时，原本关闭的会场大厅的门忽然被推开，冯月月居然从门外走了进来。她一脸的哀伤之色，披麻戴孝地闯进已经够乱的会场。

楚歌一惊，冯月月怎么会出现在这里？

她一下子反应过来，看向刘义洲。

“是你让月月来的？”她几乎肯定地问。

如果没有人保驾护航，冯月月怎么可能披麻戴孝地闯到这里来？

刘义洲不置可否地笑了笑，并未否认，也未应她的话。

冯月月这样的打扮，一进门就已经是新闻了，而她接下来拿出的证据更是让人大跌眼镜，即便是装傻的于英都傻了眼。转瞬，她愤恨地瞪向楚歌，大概她的心里认定了是楚歌安排了冯月月这样的后手。她怎么会安排冯月月呢？她答应过冯母，一定不会将月月卷进来，就不会这么做。

她的心到底是软了，没像刘义洲一样，直接以最厉害的武器攻击敌人的要害。

冯月月不只拿出了当年陈国涛侵吞国有资产的证据，还说出了陈国涛就是冯威持有工厂的真正老板，以及违规买卖土地一事。还有就是关于启航的部分，冯威第一次通过朋友，认识了刘义洲，是陈国涛特意安排的。启航第一次对百易注资时，百易的确还是有希望的企业。再加之陈国涛就是想引刘义洲入套，在百易的账目上更是下了功夫。那时候冯威还不知道，陈国涛并不看好他，想牺牲他和百易，来达到重击刘义洲的目的，使自己顺利拿到启航 30% 的股份。后来冯威看懂了，去找了陈国涛，陈国涛就策划了冯威去启航跳楼的事件。至于启航为什么会二次注资给百易，冯月月也说不清，但她清楚地知道，启航二次注资给百易的钱，全部都被陈国涛拿走了。

楚歌看得出，冯月月是打算破釜沉舟，一定要把害死她父亲的人绳之以法的。

一直看热闹的刘义洲缓步走到冯月月的身边，站在聚光灯下。

“各位，我来告诉大家启航为什么会二次注资给百易。”刘义洲淡定从容，“纵使百易存在人为管理不当等问题，但是百易研发的新型建材将会改变我们的居住环境。我想要保住的不是一家问题百出的企业，而是属于中国人的成果。很可惜，我还是没能留住冯威。”

刘义洲拍了拍冯月月的肩膀，从徐征的手里接过一张纸，对着记者们举起。

“但是我保住了他的研发成果，现在被我拿在手上的就是新型建材的专利证明。”

陈国涛难以置信地看着刘义洲，在今天之前，他一直都认为自己赢定了——牺牲了百易，就可以拿到启航。

楚歌也是后来才知道，刘义洲在发现美国的鉴定证明有问题后，就暗中召集了冯威原本的研发团队，又从国外请来了这方面的专家，继续新型建材的研发。他一直等到今天才拿出来，就是想当着所有媒体的面为启航一雪前耻。

刘义洲转头看向还处在震惊中的陈国涛，一字一顿、冷冷地说：“关于百易被转移的款项问题，已经触犯了法律。来之前，我已经向相关部门实名举报。”

陈国涛当天就被带走调查了，其后，严熙一篇犀利的报道拔得头筹，被争先转载。人们这才知道陈国涛不是什么白手起家，而是靠侵吞国有资产赚到了第一桶金。他身上罪行累累，罄竹难书。罗峰终于找到了证据，证明孔记民的自杀也与陈国涛有关。

被刑拘、接受调查的陈国涛没办法再管理长河地产，只能把管理权交给了陈太太。到底是多年的夫妻，他这个时候没信任两个儿子和一个女儿，选择了信任自己的枕边人。

楚歌见到陈太太这天，几乎没费什么口舌，就从她的手里买走了长河地产持有的15%的启航股份。没多久，她听说陈太太变卖了陈家持有的长河地产股份，带着儿子出国了。陈莹知道的时候，大怒找到陈太太，为父亲抱不平，只可惜一切愤怒都没有意义，因为陈太太似乎一早就已经料定了陈国涛会出事，做好了卷钱离开的准备，要不然怎么会那么快就联系到了买家？

因为陈国涛被查，百花园的项目也被迫停工。启航在这一波又一波的事情里，受到了巨大的牵连。刘义洲这时却拿出了和陈国涛签署的补充协议，如果百花园的项目出问题，将给予启航10%长河地产的股份作为补偿。更让人震惊的是，与陈夫人签署股份购买协议的也是刘义洲。至此，陈家在长河地产持有的股份全被启航收入囊中。除此之外，刘义洲还陆续收购了一些小股东的股份，随后申请为长河地产改名为启航创投。

启航和刘义洲再次成了神话，放弃新三板上市的启航，正式登陆A股市场。这是刘义洲和启航的一次绝地反击，而在刘义洲身后为他提供资金流的人正是蒋伯诚。

蒋伯诚和杨守生都信守了承诺，在董事会上支持了楚歌。刘义洲正式卸任启航创投的董事长职位。

楚歌走进刘义洲的办公室时，他正坐在办公桌后，看着他们的合照。

见她进门，他放下相框。

“我曾想让你远离是非，没想到你还是回到了是非中。”刘义洲长长叹了口气，微笑着说，“有一份协议在我们共同的银行保险柜里，是我把股权转让给你的协议，以后启航是你的了。”

“刘义洲，这算什么？”楚歌红了眼圈，“你以为我会感激你？我不会的。即便当初你想和我离婚是为了让我离开是非圈，即便你对谷倩玲是将计就计，你都背叛了婚姻最基础的信仰——没有欺骗，不离不弃。”

“我知道。”刘义洲苦涩地笑笑，“从你告诉徐征，不管我为了什么要离婚，你都不会原谅我的时候，我就知道，你越来越接近真相了。你也真的不会原谅我了。”

“那你为什么还要一意孤行？”楚歌抑制不住地激动，“刘义洲，你真的在意过我的感受吗？”

“如果让我再选一次，我想，我还是会这么做。”刘义洲抬起手，轻抚她的脸颊，“楚歌，我太怕我不能照顾你时，你会吃苦，我太怕看到你伤心。”

楚歌向后退了一步，躲开他的手。

“刘义洲，我不怕吃苦。可是，我很伤心，我以为会和我一辈子走下去、一起面对所有喜怒苦甜的男人，半路却丢下我一个人。”楚歌已经泪流满面，“只要我们都活着，什么困难面对不了？为什么你要自作主张地先离开？”

“是啊。只要还活着……”刘义洲意味深长地感叹一句，转身走到窗边，眼神飘远。

隔着泪光，楚歌忽然发现眼中模糊的背影消瘦得厉害。她向前踏出一步，又顿住。如果他这个时候转身，她一定会走过去。

可是，最后却是她转了身。

楚歌离开刘义洲的办公室后不久，在员工们的震惊和窃窃私语中，启航的创始人刘义洲涉嫌违规交易，被警察带走了。

他高大的身体有些佝偻，三十岁出头的他不知从什么时候起，已经失去了创业时的意气风发。相比人们的震惊，他的表情始终很平静，和每次面对大事时一样临危不乱，以至于那些震惊中的员工都相信他还会回来。

楚歌坐在办公室里，听着外边的动静，她努力地克制自己，告诉自己别出去。可是，她还是没忍住，端起水杯，假装不经意地推开办公室的门。一直没有迟疑的刘义洲忽然停住脚步，神情专注地凝视着她。刚刚还在窃窃私语的员工一时间都闭上嘴，屏住了呼吸。他们的视线在两个人之间小心翼翼地滑动，在心里不知道骂了楚歌多少句。他们都觉得楚歌狠毒，为了争夺公司的控制权，亲手把自己的丈夫送进监狱。他们没有兴趣辨别事实真相到底是什么，只对花边新闻中的是是非非感兴趣。

楚歌没有说话，平静地与刘义洲对视几秒，向茶水间走去。她与他擦身而过时，甚至看都没有看他一眼。

刘义洲的唇角微微抽动，笑得有些苦涩。他继续抬步，微微垂着视线，想要掩盖眼中的落寞。还不等他身后的警察跟上，他的视线变得模糊，视线里的地面开始晃动时，他高大的身体已经倒了下去，重重地砸在地面上，一张照片随着他的倒地从上衣口袋中滑出。

楚歌的脚步顿住，手一颤，手中的水杯掉在地上，陶瓷碎片四溅。她忘记了淡定，慌乱地转头看去，他就躺在不远处的地上，脸色苍白得没有一点血色。她的脚步僵在原地，视线定格在照片上。照片上的他们笑得天真灿烂，距离这一刻形同陌路的他们，已经过去了十年。十年如白驹过隙，她还清晰地记得拍下这张照片时的情景，还没有忘记他们曾经站在城市的最高点，大喊着要携手征服金融市场。可是，十年间，到底是金融市场征服了他们？还是他们征服了金融市场？他们从一个极致走向了另一个极致，又是谁背弃了初心，谁抛下了谁？

楚歌的耳边嗡鸣，已经听不到那些慌乱呼喊刘义洲的声音。透过人群的缝隙，她看到他试图努力睁开眼睛看向她，那眼神像是在祈求她的原谅……

她没想到，一向刚强的刘义洲，也会有倒下的一天。她被自己心里的想法惊到，刘义洲是不是也是这样想的，才会拼了命地不在她的面前倒下。

泪水滑过她的脸庞，她的手机响了起来。她看向手机屏幕，是宋子涵。她按下接听键，放到耳边。

“楚小姐，你的离婚官司已经生效了。刘义洲作为过错方，所有财产都划归给你。”宋子涵公式化地说。

楚歌手里的手机滑落在地，身体不稳地晃了一下，被身旁的陆娇娇扶住。

楚歌再见于继晨，是在事发几个月后的严熙和罗峰的婚礼上。

我们曾以为永远不能原谅的事情，在经历过太多离别后，会以粉饰太平的方式盖过。

曾经银装素裹的城市现在已经绿意盎然，隆冬过后，春天已经来了。

严熙还是那个严熙，敢爱敢恨敢闪婚。

罗峰还是那个罗峰，追求正义，铁血男儿，却对严熙千依百顺。

婚礼过后，楚歌才算是正式和于继晨打了照面。

楚歌的唇瓣动了动，想说话却又咽了回去。她在知道了于继晨和谷倩玲的身份错位后，却没有告诉他，反而利用这一点，把一切曝光在聚光灯下。

“不用和我说对不起。我觉得挺好的，是你让我解脱了。”于继晨冲着她微微一笑，声音里透着淡淡的伤，“是我欠你们一声对不起。”

楚歌知道，他说的是心里话。陈国涛私生子这个身份给了他太多的无奈和压抑。他为了这个身份，恐怕这一生都没为自己活过。现在终于摆脱这个身份了，并不是什么坏事。只是，他曾经认为最亲近的人却是彻头彻尾利用他的人。

“于英还好吗？”楚歌试探着问。

于继晨摇了摇头，说：“她知道陈国涛进去了，陈夫人卷了所有财产离开，整个人都不好了。”

到底做了多年的母子，于继晨纵使心中有再多的痛与不满，依旧没办法不为于英伤心。

"今后有什么打算？"楚歌问。

"我已经和基金会联系过，下周就会进山，帮助那些自闭症孩子。"

在艰难的人生路上，他们都要学会自救，救自己走出泥沼。

两人之间是一阵漫长的沉默，他们都知道，没人能在发生了那么多事情后，依旧心无芥蒂。

良久后，就在楚歌决定离开时，于继晨忽然开口说："谷倩玲和刘义洲之间并不是情人关系，刘义洲一开始就洞悉了陈国涛的布局，想将计就计，让你可以置身事外。他们在一起的所有举动，都是在演戏。包括那天在别墅里，刘义洲没想到你会去，也没想到那时候谷倩玲还没走。"

"徐征已经告诉我了，是你们发短信引我去的。"楚歌平静地回道。

"对不起。楚歌。你恨我吗？"于继晨歉疚地问。

"我在得知这个消息的最初，恨不得冲过去杀了你。后来，我想怎么可以这么简单就揭穿你呢？我得报仇啊。我得拿到启航啊。"楚歌的眼中盈满了泪光，"可是我发现，最后我拿到了启航，却只剩下了孤单。"

于继晨哽咽了，她面对他的过错，有过怨恨，却终究平静地掩过。另一面却是她面对刘义洲时的痛彻心扉。于继晨终于明白了，爱之深才会责之切。她由始至终都不曾对他动情，那是因为刘义洲从未走出她的内心。

"找到刘义洲了吗？"

“还没有。”楚歌摇了摇头，“徐征只告诉我，他帮刘义洲申请了法外就医，刘义洲去了国外治病。”

“今后有什么打算？打算去找他吗？”

楚歌的眼神飘远，虔诚地说：“我只希望他能活下去。”

徐征说，刘义洲很爱她，就连陆娇娇都是刘义洲请来帮助她的。陆娇娇所知道的一切关于楚歌的喜好，都是刘义洲一句一句嘱咐的。他从来都把她的事情放在最重要的位置。很多个被病魔折磨的日夜，他都靠看着监控中的她，挨过痛苦。所以，徐征相信，刘义洲一定会努力活下来，回来见她。

但，他们都知道，希望渺茫。

楚歌让人摘掉了办公室里的监控，她不接受以这样的方式给予的感情。不管谁对谁错，刘义洲都应该回来自己面对她。

楚歌站在刘义洲的办公室里，看着十八层的夜景，她又想起了刘义洲说过的话，如果十八层是地狱，那么下边的每一层都是。我们拼尽全力地爬上来，为的不是毁灭，而是依旧可以对全世界说，我们无愧于心，无愧于梦想的初心……